한국 현대 문학사를
보다

한국 현대 문학사를 보다 1

1판 1쇄 발행 2017년 12월 22일
1판 4쇄 발행 2020년 9월 25일

지은이 채호석, 안주영 **펴낸이** 박찬영 **편집** 김윤하, 정훈의
마케팅 조병훈 **디자인** 이재호 **메인 삽화** 이진우 **캐릭터** 이재호 **사진** 박찬영
발행처 (주)리베르스쿨 **주소** 서울특별시 성동구 왕십리로58 서울숲포휴 11층
등록번호 제2013-16호 **전화** 02-790-0587, 0588 **팩스** 02-790-0589 **홈페이지** www.liber.site
커뮤니티 blog.naver.com/liber_book(블로그), www.facebook.com/liberschool(페이스북)
e-mail skyblue7410@hanmail.net **ISBN** 978-89-6582-238-7(세트), 978-89-6582-239-4(44810)

리베르(Liber)는 자유와 지성을 상징합니다.

일러두기

1. 맞춤법은 표준국어대사전을 따랐다. 단, 경우에 따라 통설로 굳어져 사용되는 경우를 따르기도 했다.
2. 문장 부호는 다음 경우에 따라 달리 표기했다.
   「 」: 문학 작품명, 『 』: 책, 〈 〉: 신문, 잡지, 그림, 영화, 연극 등
3. 단, 2권 5장 1과의 '난쟁이가 쏘아 올린 작은 공'은 연작 소설 전체의 제목을 이르는 경우와 단편 소설의 제목을 이르는 경우를 구분하기 위해 문장 부호를 다르게 표기했다.
   『 』: 연작 소설 전체의 제목, 「 」: 단편 소설의 제목

한국 현대 문학사를 보다

보다

①

개화기~일제 강점기

㈜리베르스쿨

머리말

　우리는 다양한 방식으로 소통을 합니다. 손짓 하나, 눈짓 하나로도 다양한 뜻과 감정을 전달할 수 있지요. 여러 의사소통 수단 중 우리가 일상생활에서 가장 많이 사용하는 것은 말과 글, 즉 언어입니다. 언어는 인간과 동물의 결정적 차이점 중 하나인 동시에, 인간이 문화를 이룩하는 바탕이기도 합니다.

　물론 동물도 저마다의 의사소통 방식을 가지고 있습니다. 지구상의 여러 동물들은 몸짓이나 냄새, 소리 등을 이용해 서로 의사소통을 합니다. 하지만 인간의 언어와 같이 발달된 의사소통 방식은 아직 발견되지 않았습니다. 우리가 사용하는 언어는 '분절성'이라는 고유한 특성을 지니고 있습니다. 분절성이란 어떤 단위를 기준으로 나누어 구분할 수 있다는 것입니다. 인간의 언어는 음소, 음절, 단어, 문장 등 다양한 기준을 두고 나누거나 합칠 수 있습니다. 그래서 우리가 복잡한 구조의 언어를 구사하고 이해할 수 있는 것이지요. 그 결과 우리는 각양각색의 삶을 언어로 표현할 수 있게 되었고, 언어로 표현할 수 있는 범위가 넓어지면서 언어가 더욱 발달할 수 있었습니다.

　문학은 언어를 매체로 하는 인간의 자기표현 양식입니다. 인간은 문학을 통해 자신과 자신이 살고 있는 세계를 그려 내고, 자신과 세계가 맺고 있는 관계를 탐구합니다. 문학에는 사람들이 살아가면서 갖는 질문들과 그 답이 담겨 있습니다. 때때로 문학은 답을 찾는 데 멈추지 않고 새로운 질문을 던지기도 하지요. 오랜 시간 동안 인간과 삶에 대한 질문을 주고받은 끝에 문학은 인간의 삶 깊숙이 자리 잡았습니다.

　삶이 복잡해질수록 질문이 많아지고, 그만큼 문학도 다채로워집니다. 어떤 문학은 문학 자체의 내면으로 깊게 파고들며 사색합니다. 어떤 문학은 특정한 이념이나 사상에 종속되기도 하지요. 각각의 문학 작품은 저마다 다른 의미와

방향을 가지고 읽는 이와 세상을 향해 질문을 던지고, 답을 합니다. 우리는 그 질문과 답에 대해 다양한 평가를 할 수 있습니다. 하지만 내가 생각하는 답과 다르다고 해서 그 존재를 부정할 수는 없습니다.

문학의 매체인 언어에는 한계가 있습니다. 언어만으로는 쓰는 이의 뜻이나 감정을 있는 그대로 전할 수 없지요. 언어는 현실 세계를 똑같이 재현해 내지도 못합니다. 이는 언어의 한계이자 문학의 한계입니다. 표현하고자 하는 것을 모두 담아 낼 수 없기 때문에 빈틈이 생기지요. 문학은 이 한계를 뛰어 넘고자 부단히 노력해 오고 있습니다. 언어의 한계, 언어의 빈틈은 문학이 성장하는 원동력이기도 합니다.

문학은 언어를 넘어 음악을 꿈꾸고, 회화를 지향하며, 행동을 대신하고자 합니다. 우리가 문학 작품을 읽을 때 귓가에 음악이 들리는 것 같고, 눈앞에 그림이 펼쳐지는 것 같고, 어떤 행동을 한 것처럼 감동이나 깨달음을 얻는 것이 바로 이 때문이지요. 문학은 언어의 빈틈 속에서 새로운 세계를 지향합니다.

이 책은 한국의 현대 문학의 다양한 모습들을 일곱 개의 시기로 나누어 살펴봅니다. 문학의 사조나 경향을 개괄한 후 작품 하나하나에 관심을 기울였습니다. 시기별로 중요한 의미를 지닌 작품들을 세심하게 톺아 나갑니다. 그 과정에서 한국 현대 문학에 던져졌던 질문들과 그에 대한 문학적 답변을 살펴보고, 나아가 문학이 각 시대와 그 시대를 살아가는 인간의 삶에 던졌던 물음이 어떤 것이었는지 짚어봅니다. 한국 현대 문학에서 제기되었던 흥미로운 문제들은 '생각해 보세요'에 담아 냈습니다.

물론 이 책에 한국 현대 문학의 '모든 것'이 담겨 있지는 않지만 '모든 것'에 대해 짚어보고자 했습니다. 독자들은 이 책을 통해 우리 현대 문학에 좀 더 쉽게 다가갈 수 있을 것입니다. 또한 우리 현대 문학이 지녔던 고민을 이해하고, 문학이 품었던 꿈을 같이 꿀 수 있으리라 생각합니다.

2017년 겨울, 채호석 · 안주영 씀

차례

1920년대의 한국 문학

3장 1930년대~1945년의 한국 문학

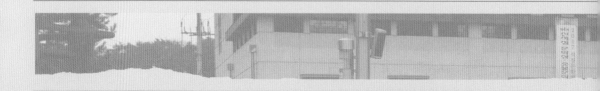

① 개화기~1910년대의 한국 문학

이 시기에는 어떤 일이 일어났을까요?

　외국과의 통상 수교를 거부했던 흥선 대원군이 물러나고 개항이 되면서 조선에는 서양 문물이 쏟아져 들어왔습니다. 당시 카메라를 처음 본 사람들은 '아이들의 눈알을 빼서 만든 건가?'라고 생각하며 신기해했어요. 이렇듯 조선은 개항 이후 서양 문물의 영향을 받아 변화하기 시작했습니다. 봉건 질서를 타파하고 근대적 사회로 바뀌어 갔지요. 개혁과 변화로 가득했던 이 시기를 개화기라고 해요. 개화기는 갑오개혁이 일어났던 1894년부터 1910년에 이르는 시기랍니다.

　개화기에는 일본을 비롯한 서구 열강이 우리나라에서 치열하게 세력 다툼을 벌였어요. 외세의 침탈에 맞서기 위해 전국 곳곳에서 독립 의병 운동이 격렬하게 전개되었지요. 당시 지식인들은 안으로는 근대적 개혁에 관해, 밖으로는 민족의 생존에 관해 고민해야 했습니다. 이러한 시대적 과제를 안고 새로운 문학 양식이 등장했어요. 이 시기는 고전 문학에서 현대 문학으로 넘어가는 시기로, 자주독립, 애국, 개화, 계몽 등이 문학의 주제로 다루어졌지요.

　1910년 한국 병합 조약이 체결되면서 일제 강점기가 시작되었습니다. 일제는 우리 민족의 말과 글자를 사실상 쓰지 못하게 했어요. 이에 따라 우리말을 사용한 신문과 잡지가 강제로 폐간되었지요. 지식인들은 조국 독립에 대한 의지와 근대화에 대한 고민을 문학 작품 속에 담아냈어요. 이 시기에는 서구의 새로운 문예 사조가 소개되면서 문학 양식에 관한 관심과 안목이 확대되기도 했답니다.

전통 시가를
넘어 근대화를
추구하다!

새로운 내용과
형식의 소설이
등장하다!

완전하지는
않지만 자리 잡기
시작하다!

1 '새로운' 소설이 탄생하다 |
소설

급변하는 사회의 흐름에 따라 소설에도 변화가 일어났습니다. 개화기에는 고전 소설과 다른 새로운 소설이 탄생했어요. 바로 이인직의 「혈의 누」를 시작으로 등장한 신소설이랍니다. 신소설은 고전 소설과 현대 소설을 연결하는 징검다리 역할을 하며 새로운 내용과 형식을 보여 주었어요. 개화기에는 역사상 영웅을 다룬 역사 전기 소설도 유행했습니다. 사람들은 영웅의 이야기를 읽으며 암울한 시대를 극복할 수 있다는 희망을 품었지요. 또한 이 시기에는 당시 사회 문제 등을 대화 중심으로 표현한 토론체 소설도 발표되었어요. 1917년에는 이광수의 「무정」이 발표되었습니다. 이 소설은 개화와 계몽이라는 주제를 담고 있어 국문학 사상 최초의 근대적 장편 소설로 평가받고 있지요.

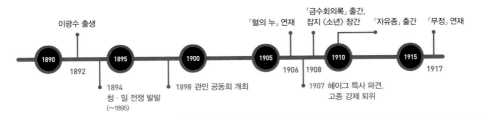

이광수 출생

1890   1895   1900   1905   1910   1915

1892

1894
청·일 전쟁 발발
(~1895)

1898 관민 공동회 개최

1906 1908

1907 헤이그 특사 파견,
고종 강제 퇴위

「혈의 누」 연재

「금수회의록」 출간,
잡지 〈소년〉 창간

「자유종」 출간

「무정」 연재

1917

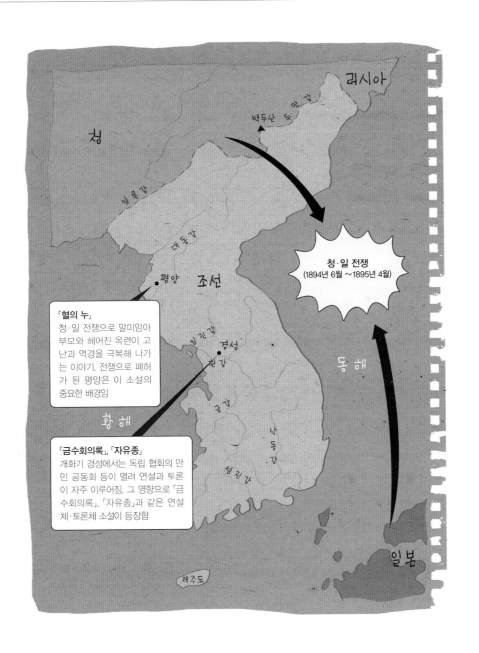

러시아

청

백두산 두만강

압록강

대동강

평양

조선

청·일 전쟁
(1894년 6월 ~1895년 4월)

「혈의 누」
청·일 전쟁으로 말미암아
부모와 헤어진 옥련이 고
난과 역경을 극복해 나가
는 이야기. 전쟁으로 폐허
가 된 평양은 이 소설의
중요한 배경임

임진강 경성 한강

동해

황해

공강

낙동강

「금수회의록」, 「자유종」
개화기 경성에서는 독립 협회의 만
민 공동회 등이 열려 연설과 토론
이 자주 이루어짐. 그 영향으로 「금
수회의록」, 「자유종」과 같은 연설
체·토론체 소설이 등장함

성진강

일본

제주도

지금까지의 고전 소설은 잊어라!
– 이인직의 「혈의 누」

"여기 신문에 실린 이 이야기 좀 읽어 보게."

"어디 보자……. 어라? 이거 지금까지 우리가 봤던 이야기와는 완전히 다른걸?"

고전 소설이 대중의 인기를 누리며 번창하던 시기에 〈만세보〉를 펼쳐 든 사람들이 웅성거리기 시작했습니다. 언론인이자 문화 운동가였던 이인직이 1906년 〈만세보〉에 발표한 소설 때문이었지요. 이 소설이 바로 '우리나라 최초의 신소설'이라는 명예를 차지한 「혈의 누」예요. 「혈의 누」는 연재와 동시에 사람들의 주목을 받았답니다. 그 이유는 무엇일까요?

이인직(1862~1916)
우리나라 최초의 신소설 작가로, 한국 소설이 근대 소설로 나아가는 데 큰 역할을 했다. 하지만 이완용의 비서로 일하는 등 친일 행동을 해 많은 비판을 받았다.

〈만세보(萬歲報)〉
1906년 6월 17일, 천도교 교주인 손병희가 창간한 국한문 혼용의 일간 신문이다. 경영난으로 어려움을 겪자 1907년 이인직이 인수해 '대한신문'으로 이름을 바꾸었다.

「혈의 누」
1907년 광학서포에서 간행했다. 1906년 7월 22일부터 10월 11일까지 〈만세보〉에 연재된 「혈의 누」를 단행본으로 엮은 것이다.

일청 전쟁(日淸戰爭)의 총소리는 평양 일경이 떠나가는 듯하더니, 그 총소리가 그치매 사람의 자취는 끊어지고 산과 들에 비린 티끌뿐이라.

평양성의 모란봉에 떨어지는 저녁볕은 뉘엿뉘엿 넘어가는데, 저 햇빛을 붙들어 매고 싶은 마음에 붙들어 매지는 못하고 숨이 턱에 닿은 듯이 갈팡질팡하는 한 부인이 나이 삼십이 될락 말락 하고, 얼굴은 분을 따고 넣은 듯이 흰 얼굴이나 인정 없이 뜨겁게 내리쪼이는 가을볕에 얼굴이 익어서 선앵둣빛이 되고, 걸음걸이는 허둥지둥하는데 옷은 흘러내려서 젖가슴이 다 드러나고 치맛자락은 땅에 질질 끌려서 걸음을 걷는 대로 치마가 밟히니, 그 부인은 아무리 급한 걸음걸이를 하더라도 멀리 가지도 못하고 허둥거리기만 한다.

–이인직, 「혈의 누」 부분

앞글을 통해 알 수 있듯이 「혈의 누」는 청·일 전쟁이 끝난 직후의 평양 거리를 배경으로 하고 있습니다. 전쟁으로 김관일과 그의 아내, 딸 옥련은 평양에서 뿔뿔이 흩어지게 돼요. 앞글에서 묘사된 부인이 김관일의 아내예요.

신소설은 고전 소설과 현대 소설 사이에 있어 과도기적 성격을 지닙니다. 이러한 성격은 「혈의 누」에도 잘 담겨 있지요. 우선 고전 소설과 비슷한 요소는 어떤 것이 있을까요? 전쟁으로 부모님과 헤어진 옥련은 피란길에 상처를 입지만, 일본 군의관 이노우에의 도움을 받게

청·일 전쟁 당시의 일본군
청·일 전쟁은 조선의 지배권을 놓고 청과 일본이 벌인 전쟁으로, 1894년 6월에 시작되어 1895년 4월까지 이어졌다. 일본은 이 전쟁에서 승리해 동아시아 패권을 잡게 되었다.

됩니다. 이노우에가 죽고 혼자가 된 옥련은 구완서라는 청년을 만나 미국으로 가게 돼요. 옥련은 미국에서 아버지를 만나게 되고 구완서와 약혼하지요. 즉, 주인공인 옥련은 위기 때마다 도움을 주는 사람을 만나 결국 행복한 결말을 이룹니다.

이러한 옥련의 일생은 고전 소설에 등장하는 인물의 일생과 비슷해요. 설명적인 묘사가 과도하거나 우연에 의존해 사건이 전개되는 점 등도 고전 소설 쪽에 가까워요.

하지만 「혈의 누」에는 고전 소설에서 한 걸음 나아간 요소가 많습니다. 옥련의 일생을 일본, 미국 등 외국의 문물과 관련지어 근대적인 성향을 부각한 점, 문명개화(文明開化, 낡은 폐습을 타파하고 발달된 문명을 받아들여 발전함)와 신교육 등 새로운 주제를 제시한 점, 구체적이고 현실감 있는 배경을 제시한 점, 언문일치(言文一致, 실제로 쓰는 말과 그 말을 적은 글이 일치함)가 이루어진 점, 구어체 문장을 사용한 점 등을 꼽을 수 있어요. 앞글의 첫 문장만 봐도 구어체가 쓰였음을 알 수 있지요.

이렇듯 이인직은 구어체와 묘사체 문장을 새롭게 사용한 작가였어요. 이렇게 작가로서 뛰어난 점만 문학사에 남겼다면 얼마나 좋았을까요? 이인직은 1900년부터 일본 유학을 했고, 러·일 전쟁 시기에는 일본군 통역관으로 활동했습니다. 그는 강국인 러시아를 상대로 이긴 일본의 국력에 감탄했어요. 결국 이인직은 1910년 국권 피탈(被奪, 억지로 빼앗김) 때 일제의 편에 섰던 이완용을 도우며 친일 행동을 해 비난의 대상이 되기도 했답니다.

러·일 전쟁
1904년 한반도와 만주에 대한 지배권을 둘러싸고 러시아와 일본 사이에 일어난 전쟁이다. 전쟁에서 승리한 일본은 1905년 9월 포츠머스 조약을 통해 러시아로부터 한반도에 대한 독점적인 지배권을 승인받았다.

인간의 악행을 신랄하게 비판하다
– 안국선의 「금수회의록」

1898년 10월 29일, 정부 대신들과 각종 계층의 사람 1만여 명이 종로에 몰렸습니다. 독립 협회가 개최한 민중 대회인 만민 공동회 중에서 최대 규모로 열린 관민 공동회였지요. 한 남자가 엄숙한 표정으로 개막 연설을 하기 위해 연단에 올랐습니다. 그는 당시 가장 천대받던 계층인 백정 출신의 박성춘이었어요. 박성춘은 군중을 둘러보며 천천히 연설을 시작했습니다.

"나는 대한의 가장 천한 사람이고 무지몰각(無知沒覺, 지각이나 상식이 도무지 없음)합니다. 그러나 충군애국(忠君愛國, 임금에게 충성을 다하고 나라를 사랑함)의 뜻은 대강 알고 있습니다. 이에 이국편민(利國便民, 나라를 이롭게 하고 백성을 편안하게 함)의 길인즉, 관민이 합심한 연후에야 가하

관민 공동회(1898)
독립 협회의 주도로 개최된 만민 공동회에 정부 대신들이 참여해 열린 집회다. 관민 공동회에서 개혁안인 헌의 6조를 결의하고, 이를 고종에게 건의했다.

독립 협회(獨立協會)
1896년 7월 서재필, 이상재, 윤치호 등이 우리나라의 자주독립과 내정 개혁을 위해 조직한 정치·사회 단체다. 〈독립신문〉을 발간하고 독립문을 건립했다.

다고 생각합니다. 저 차일(遮日, 햇볕을 가리기 위해 치는 포장)에 비유하건대, 한 개의 장대(대나무나 나무로 다듬어 만든 긴 막대기)로 받친즉 역부족이나, 많은 장대를 합한즉 그 힘이 공고합니다. 원컨대 관민이 합심해 우리 황제의 성덕에 보답하고, 국운이 만만세 이어지게 합시다."

연설이 끝나자 군중은 힘찬 박수를 보냈어요. 이렇듯 관민 공동회는 누구든지 자유롭게 자신의 정치적 의견을 발표할 수 있는 자리였습니다. 한편 개화기에는 '연설'이 자신의 의사를 표현하는 가장 대표적인 방식이었어요.

신소설 작가이자 애국 계몽 운동에 적극적으로 참여했던 안국선은 이러한 사회상을 반영한 소설을 썼습니다. 그 소설은 1908년 황성서적조합에서 발간한 「금수회의록」이지요. 「금수회의록」은 제목 그대로 금수(禽獸), 즉 동물들이 회의하는 형식으로 구성된 소설입니다. 여덟 동물이 등장해 박성춘 못지않은 연설을 펼치지요. 이 소설은 여러분이 잘 알고 있는 『이솝 우화』처럼 동물들이 인간의 악행을 비판하고 풍자하는 우화 소설이랍니다.

자, 이제 「금수회의록」의 내용을 살펴보도록 해요. 관찰자인 '나'는 꿈속에서 동물들의 회의장인 '금수회의소'에 들어가게 됩니다. 동물들은 저마다 자신과 관련 있는 고사성어를 들면서 인간을 비판하지요.

예를 들어, '반포지효(反哺之孝)'는 까마귀 새끼가 자란 후 늙은 부모에게 먹이를 물어다 주는 모습에서 비롯된 말이에요. 까마귀는 이 반포지효를 강조하며 인간의 불효를 비난하지요.

파란만장했던 안국선의 삶

1878년 경기 안성(당시 양지군)에서 태어난 안국선은 1895년 관비 유학생으로 선발되어 일본 유학길에 오른다. 1899년 귀국한 후에는 독립 협회의 일원이 되어 계몽 운동에 힘쓴다. 같은 해 11월 박영효와 관련된 역모 사건에 연루되어 체포되었고, 한성 감옥에 수감되었다. 1907년 방면된 안국선은 강연과 저술 활동에 몰두했다.

『금수회의록』(오른쪽)
1908년 황성서적조합에서 간행한 안국선의 우화 소설이다. 일제가 시행한 언론 출판 규제법에 의해 1909년 금서로 분류되었다.

한성 감옥에 수감된 안국선(아래)
1903년 한성 감옥에 수감되어 있던 사람들의 모습이다. 안국선은 1899년부터 1904년까지 한성 감옥에서 수감 생활을 했다. 뒷줄 오른쪽에서 두 번째가 안국선이고, 가장 왼쪽은 훗날 대한민국 초대 대통령이 되는 이승만이다.

인간들은 부모님께 불효를 저지르는군요. '반포지효'라는 말도 모르나 봐요.

여우는 '호가호위(狐假虎威)'를 언급합니다. 이는 여우가 호랑이의 권세를 빌려 으스대는 것을 뜻하는 말이에요. 여우는 외세에 의존하는 인간들의 모습이 자신보다 더 간사하다며 비판하지요.

파리는 앵앵거리며 바쁘게 날아다니는 자신의 모습을 '영영지극(營營之極)'이라고 부르는 것에 대해 말합니다. 그러면서 세력이나 이익을 얻기 위해 이리저리 옮겨 다니고, 동포끼리 서로 싸우는 인간의 이기심을 꾸짖어요. 이외에도 개구리, 벌, 게, 호랑이, 원앙 등이 인간의 악행을 낱낱이 지적합니다.

마지막으로 사회자가 나와서 인간이라는 동물이 세상에서 제일 어리석고 더럽다는 결론을 내립니다. 이 말을 들은 '나'는 인간으로서 어떤 기분이 들었을까요? '나'는 수치심을 느끼며 인간을 구할 방법에 관해 생각해요.

다른 신소설과 비교했을 때 「금수회의록」이 돋보이는 점은 현실 비판적인 주제 의식을 뚜렷하게 드러냈다는 것입니다. 안국선은 인간 사회의 여러 문제점을 고발해 당시의 잘못된 사상을 바로잡으려는 의지를 작품에 담았지요. 이런 소설이었으니 당시 독자들은 고개를 끄덕끄덕하면서 읽었을 거예요. 하지만 현실 비판이 너무 강했기 때문이었을까요? 「금수회의록」은 1909년 사회 질서를 해친다는 이유로 우리나라 최초의 판매 금지 소설이 되었답니다.

　슬프다. 여러 짐승의 연설을 듣고 가만히 생각하여 보니, 세상에 불쌍한 것은 사람이도다.

(중략)

　여러 짐승이 연설할 때 나는 사람을 위하여 변명 연설을 하리라 몇 번이나 생각하여 본즉 무슨 말로 변명할 수가 없고, 반대를 하려 하나 현하지변懸河之辯, 급한 경사를 따라 흐르는 물처럼 거침없이 말을 잘함을 가졌더라도 쓸데가 없도다. 사람이 떨어져서 짐승의 아래가 되고, 짐승이 도리어 사람보다 상등上等, 정도나 수준이 높거나 우월한 것이 되었으니, 어찌하면 좋을꼬. 예수 씨의 말씀을 들으니 하나님이 아직도 사람을 사랑하신다하니, 사람들이 악한 일을 많이 하였을지라도 회개하면 구원 얻는 길도 있다 하였으니, 이 세상에 있는 여러 형제자매는 깊이깊이 생각하시오.

　　　　　　　　　　　　　　　　　-안국선,「금수회의록」부분

「금수회의록」의 아쉬운 점은 결말 부분에 숨어 있어요. 윗글을 보면 '나'는 여덟 동물의 연설을 통해 제기되었던 문제들을 기독교에 의존해 쉽게 해결하려 하고 있습니다. 인간이 악한 일을 많이 저질러도 회개하면 구원을 얻는 길이 있다고 말하고 있으니까요. 이렇듯 「금수회의록」에는 당대의 부조리와 인간의 비리에 관한 현실적인 개혁 방안이 빠져 있습니다. 이 점은 다음에 소개할 「자유종」에서도 아쉬운 부분이에요.

지식인 여성들의 밤샘 토론회
— 이해조의 「자유종」

여러분은 TV에서 방영하는 시사 토론 프로그램을 본 적이 있나요? 여러 계층의 사람들이 모여 토론하는 시사 토론 프로그램은 현 시대에 닥친 여러 문제를 논제로 삼는 경우가 많습니다. 문제 자체에 초점을 맞추어 이야기를 나누기도 하지만, 토론을 통해 사회를 비판하거나 정치적 입장을 강조하기도 해요.

TV 프로그램이 없었던 개화기에는 앞에서 살펴본 관민 공동회처럼 연설을 통해 자신의 의견을 발표하거나 삼삼오오 모여서 토론의 장을 펼쳤어요. 이들 역시 당시 사회의 여러 문제를 토론의 주제로 삼았지요. 그래서인지 개화기에는 연설체나 토론체를 사용한 문학 작품이 많이 발표되었답니다.

20세기 초 우리나라 정세는 급박하게 돌아가고 있었어요. 을사늑약

을사늑약(乙巳勒約)
1905년 을사년에 러·일 전쟁에서 승리한 일본이 대한 제국의 외교권을 빼앗기 위해 강제적으로 체결한 조약이다.

제2차 만국 평화 회의(1907)
1907년 네덜란드 헤이그에서 열린 국제회의로, 세계 평화를 도모하기 위해 전 세계 44개국의 대표가 참여했다. 고종은 이 회의에 이상설, 이준, 이위종을 파견해 을사늑약의 부당함을 알리고자 했다. 하지만 일제의 방해로 뜻을 이루지 못했다.

이 체결되자, 고종은 1907년 을사늑약의 부당성과 일제의 침략성을 알리기 위해 네덜란드 헤이그에 특사를 파견합니다. 이 사건을 계기로 일제는 고종을 강제로 퇴위하게 하고 순종을 즉위시키지요. 이어 일제는 한·일 신협약을 체결해 대한 제국의 군대까지 해산시켰어요. 당시 상황이 이러했으니 지식인들의 애국정신이 높아질 수밖에 없었겠지요?

이인직과 함께 신소설의 대표 작가로 꼽히는 이해조는 자신의 계몽의식을 고스란히 소설에 담았어요. 그는 신소설 작가 가운데 가장 많은 작품을 남겨 신소설의 대중화에 크게 이바지했답니다. 1910년 광학서포에서 출간한 「자유종」은 이해조의 대표작이에요. 토론 소설이자 정치 소설인 「자유종」은 부인들의 대화로만 이어지는 특이한 소설이지요.

1908년 음력 1월 16일 밤, 이매경 여사의 생일잔치가 열렸습니다. 잔치에 초대된 신설헌, 홍국란, 강금운 등의 부인들이 신설헌 부인의 사회로 토론을 시작해요.

「자유종」은 크게 토론부와 꿈부로 나눌 수 있습니다. 토론부에서는 당대 사회의 여러 문제에 관한 부인들의 비판과 대안이 제시돼요. "남자가 절대 지배권을 행사하는 잘못된 풍습을 바로잡아야 한다.", "교육은 부국강병과 새 사회 건설에 꼭 필요하다.", "형식에 치우치는 관혼상제(冠婚喪祭, 관례, 혼례, 상례, 제례를 아울러 이르는 말)의 폐단을 고쳐야 한다." 등의 주장이 나오지요.

부인들은 토론을 마치고 지난밤에 꾸었던 신기한 꿈에 관

광학서포
1906년 4월 윤치호, 이상설 등이 민족의식 고취를 목적으로 설립한 출판사다.

『자유종』
1910년 광학서포에서 간행한 이해조의 소설이다. '신소설(新小說)'이라는 표제가 눈에 띈다.

20세기 초 조선의 여성은 남성에
비해 많은 억압과 차별을 받았다.
「자유종」에서는 이러한 사회상을
토론 주제 중 하나로 다루었으며,
진보적인 여성관을 드러냈다.

해 이야기합니다. 이 부분이 꿈부예요. 그들은 대한 제국이 자주독립
할 꿈, 대한 제국이 개명(開明, 지혜가 계발되고 문화가 발달해 새로운 사
상, 문물 따위를 가지게 됨)할 꿈, 대한 제국이 영원히 안녕할 꿈을 비롯
해 이상 사회에 관해 이야기를 나누지요. 이렇듯 강한 정치적 성향과
진보적인 여성관을 드러낸 「자유종」은 발표 당시 일제에 의해 판매가
금지되기도 했답니다.

　여러분이 알고 있는 토론의 개념은 무엇인가요? 토론이란 의견을
나누어 각자의 의견을 말하고 상대방의 의견을 반박하면서 자기의 주
장이 옳음을 밝혀 나가는 형식입니다. 토론하는 양쪽은 반드시 의견
차이가 있어야 하지요. 하지만 「자유종」에서 나타나는 토론은 약간의
의견 차이만 있을 뿐 비슷한 주제가 반복되거나 열거되고 있어요. 마
치 한 사람의 주장을 듣는 것 같지요.

"나는 어젯밤에 대한 제국의 독립할 꿈을 꾸었소. 오뚝이라는 것은 조그마하게 아이를 만들어 집어 던지면 드러눕지 아니하고 오뚝오뚝 일어서는 고로 이름을 오뚝이라 지었으니, 한문으로 쓰려면 나 오 자, 홀로 독 자, 설 립 자 세 글자를 모아 부르면 오독립이니, 내가 독립하겠다는 의미가 있고 또 오뚝이의 사적을 들으니 옛날 조그마한 동자로 정신이 돌올突兀, 두드러지게 뛰어남하여 일찍 일어선 아이라. 그런고로 후세 사람들이 아이를 낳아서 혹 더디 일어설까 염려하여 오뚝이 모양을 만들어 희롱감으로 아이들을 주니 그 정신이 오뚝이와 같이 오뚝오뚝 일어서라는 의사라."

-이해조, 「자유종」 부분

윗글의 꿈부에서는 자주독립에 대한 염원이 잘 드러나 있습니다. 이해조는 부인의 입을 빌려 대한 제국이 오뚝이처럼 다시 일어나 자주독립하고, 오랜 세월 안녕하기를 바라고 있어요. 「자유종」의 후반부에는 이러한 간절한 바람이 담겨 있지만, 토론이 이야기 자체로 끝나고 현실적인 실천 내용이 빠져 있습니다. 「금수회의록」처럼 아쉬운 결말이지요.

이러한 결점에도 「자유종」을 중요한 신소설로 꼽는 이유는 강한 시대정신 때문입니다. 개화기 때 우리나라는 반봉건과 근대화, 반외세와 자주독립, 주체성 확립이라는 과제를 안고 있었어요. 「자유종」에는 이를 이루고자 하는 정신이 큰 줄기를 이루고 있답니다.

자유연애와 계몽을 소설에 담다
– 이광수의 「무정」

〈매일신보〉에 실린 「무정」
이광수의 대표작인 「무정」은 1917년 1월부터 6월까지 〈매일신보〉에 연재되었다. 사진은 1917년 1월 1일자 〈매일신보〉에 실린 「무정」 첫 회다.

이광수(1892~1950)
평북 정주에서 태어난 이광수는 일본 유학 중이던 1909년부터 본격적인 작품 활동을 시작했다. 한때 조국 독립을 위해 노력했으나, 변절한 뒤 친일의 길을 걸었다.

〈소년(少年)〉
1908년 11월에 최남선이 창간한 우리나라 최초의 종합 월간지다. 서양 문물의 소개, 과학 지식의 도입과 계몽주의, 애국 사상의 고취 등에 힘썼고, 신문학 형성에도 큰 역할을 했다.

'조선의 세 천재'가 있었습니다. 바로 소설가 이광수와 홍명희, 그리고 시인 최남선이었지요. 언제부터 이들이 천재라고 불렸는지는 분명히 밝혀지지 않았어요. 하지만 〈소년〉에 세 사람의 글이 실리면서 '조선 삼재(三才)' 즉 조선의 세 천재라는 칭호가 따라다녔다고 해요. 당시 홍명희는 22세, 최남선은 20세, 이광수는 18세였답니다.

최남선은 〈소년〉을 창간한 다음 해인 1909년 일본으로 건너가는데, 이때 일본에서 홍명희의 소개로 이광수와 처음 만났어요. 당시 이광수는 일본에 유학하고 있던, 이름이 널리 알려지지 않은 청년이었지요. 천재 눈에는 천재가 보이는 것일까요? 최남선은 이광수를 보자마자 우리 문단에 꼭 필요한 인재라고 생각했습니다. 이렇게 해서 세 사람의 인연이 시작되었어요.

이광수는 1917년 신소설의 틀에서 과감히 벗어난 소설을 126회에 걸쳐 〈매일신보〉에 연재합니다. 이 소설이 바로 우리나라 최초의 근대 장편 소설로 꼽히는 「무정」이랍니다. 「무정」은 수많은 젊은이를 열광시켰어요. 젊은이들은 어디를 가나 「무정」의 세 주인공인 형식과 영채, 선형의 이야기에 열을 올렸답니다. 도대체 어떤 내용이었기에 젊은이들의 인기를 한 몸에 받은 것일까요?

「무정」의 인기 비결 가운데 하나는 바로 주인공들의 삼각관계였습니다. 남자 주인공인 이형식은 경성 학교의 영어 교사로, 미국 유학을 앞두고 있던 김선형에게 영어를 가르쳐요. 형식은 점점 선형에게 사랑의 감정을 느끼게 되지요.

이 무렵 형식과 어린 시절에 정혼한 박영채가 나타나 형식에게 사랑을 고백합니다. 어린 시절 형식은 영채의 아버지로부터 도움을 받아 공부했어요. 하지만 형식은 영채와의 결혼을 망설입니다. 시간이 흐르는 동안 영채는 기생이 되어 있었기 때문이지요. 형식은 영채에 대한 죄책감과 선형에 대한 사랑 사이에서 갈등해요. 여기까지만 봐도 「무정」이 자유연애 사상을 적극적으로 반영한 소설이라는 것을 알 수 있어요.

하지만 「무정」에는 '자유연애'라는 주제 의식만 담겨 있는 것이 아닙니다. 사실 이광수는 작가가 아닌 정치가가 되고자 했어요. 하지만 을사늑약이 체결되자 꿈을 바꾸어 문장과 교육으로 동포를 깨우쳐야 겠다고 결심했습니다.

이광수가 이러한 계몽 의식을 갖기까지는 도산 안창호의 영향이 컸습니다. 안창호가 창건한 신민회는 수십 개의 학교를 설립하고, 계

안창호(1878~1938)
평남 강서 출신의 독립운동가다. 을사늑약이 체결되었다는 소식에 양기탁, 신채호 등과 신민회를 조직하고 국권 회복을 위해 활동했다. 평양에 대성 학교를 세워 민족 교육에도 힘썼다.

〈매일신보(每日申報)〉
1910년 8월 조선 총독부의 기관지로 발행된 일간 신문이다. 국권 강탈 후 〈대한매일신보〉를 강제 매수해 발행했다. 1945년 '서울신문'으로 이름을 고쳤다.

신민회(新民會)
1907년 안창호가 이승훈, 양기탁, 이회영 등과 함께 국권 회복을 목적으로 조직한 항일 비밀 결사 단체다. 국권 회복과 공화정체제의 국민 국가 건설을 목표로 삼았다. 평양에 대성 학교, 정주에 오산 학교를 세우고 〈대한매일신보〉를 발행하는 등 꾸준히 항일 활동을 벌였다.

탁월한 재능을 가졌기에 더욱 안타까운 이광수의 작품들

1909년, 일본 메이지 학원 중학부에 다니던 이광수는 메이지 학원의 동창회보인 〈백금학보〉에 일본어로 쓴 소설 「사랑인가」를 발표하며 본격적인 작품 활동을 시작했다. 귀국한 후 소설 「무정」, 「마의태자」, 「단종애사」 등을 발표하며 호평받았다. 소설뿐만 아니라 시, 논설, 번역 등 다양한 분야에서 저술 활동을 했다. 하지만 창씨개명과 징병제를 지지하는 등 친일 작품을 남기기도 했다.

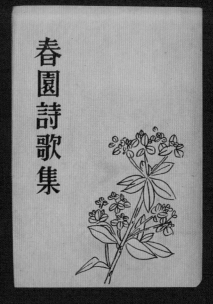

『어둠의 힘』(위 왼쪽)
러시아 작가 레프 니콜라예비치 톨스토이(Lev Nikolayevich Tolstoy, 1828~1910)가 1888년에 쓴 희곡 「어둠의 힘」을 이광수가 번역한 것이다. 1923년 중앙서림에서 간행했다.

『춘원시가집』(위 오른쪽)
이광수의 시와 시가를 묶어 펴낸 것으로, 1940년 박문서관에서 간행했다. 총 149편의 시가 수록되어 있다. '춘원'은 이광수의 호(본 이름 외에 편하게 부를 수 있도록 지은 이름)다.

『나의 고백』(아래)
광복 후인 1949년에 출간된 이광수의 자서전이다. 이 책에서 이광수는 일제 강점기 때 자신의 행적에 대해 설명했다. 하지만 친일 행동에 대한 변명으로 평가되며 비판받았다.

이광수의 육필 원고

이광수가 직접 쓴 산문 원고고. "내가 이 나라 이 백
성이 가장 좋은 백성이 되어지라 하는 내 원력(부처에
게 빌어 원하는 바를 이루려는 마음의 힘)도 불멸입니다."
라는 문구가 눈에 띈다.

『문장독본』

이광수가 본보기로 삼을 만한 좋은 문장이나 문학
작품을 모아 엮은 책이다. 1953년 청록사에서 간
행했다.

春園 李光洙 著

文章讀本

「무정」
이광수가 〈매일신보〉에 연재한 것을 묶어 펴낸 것으로, 1918년 광익서관에서 처음 간행했다. 사진은 회동서관에서 1925년에 간행한 제6판 표지다. 「무정」은 일제 강점기에만 무려 여덟 번에 걸쳐 간행된 베스트셀러였다.

몽 강연을 통해 국권 회복과 조선 민족의 실력 양성을 강조했어요. 이러한 사상은 「무정」에 고스란히 녹아 들어갔지요.

「무정」에서 이광수의 계몽 의식을 대변하는 인물은 바로 형식과 병욱입니다. 작품의 마지막 부분에 이런 생각이 잘 드러나 있어요.

"그러면 어떻게 해야 저들을 — 저들이 아니라 우리들이외다. — 구제할까요?"

하고 형식은 병욱을 본다. 영채와 선형은 형식과 병욱의 얼굴을 번갈아 본다. 병욱은 자신 있는 듯이,

"힘을 주어야지요! 문명을 주어야지요."

"그리하려면?"

"가르쳐야지요. 인도해야지요."

"어떻게요?"

"교육으로, 실행으로."

영채와 선형은 이 문답의 뜻을 자세히는 모른다. 물론 자기네가 아는 줄 믿지마는 형식이와 병욱이가 아는 이만큼 절실하게, 단단하게 알지는 못한다. 그러나 방금 눈에 보는 사실이 그네에게 산 교훈을 주었다. 그것은 학교에서도 배우지 못할 것이요, 큰 웅변에서도 배우지 못할 것이었다.

–이광수, 「무정」 부분

영채는 경성 학교 배 학감에게 순결을 잃은 후 유서를 남기고 자살하려고 합니다. 하지만 병욱의 도움으로 자살을 단념하고 동경(도쿄)

유학길에 오르게 되지요. 병욱은 동경(도쿄)에서 유학한 신여성이에요. 영채와 병욱은 형식과 선형을 같은 기차 안에서 만납니다. 네 사람은 수재민 구호 활동을 하면서 민족이 처한 현실을 깨닫게 되지요. 앞글을 보면 형식은 수재민, 즉 어려움에 부닥친 우리 민족에게 필요한 것이 무엇이냐고 병욱에게 묻습니다. 병욱은 힘과 문명이 필요하다고 대답하고는 민족을 구할 방법으로 교육과 실행을 꼽지요. 신교육을 받았으면서도 투철한 계몽 의식을 갖추지 못했던 선형과 보수적인 가치관을 지니고 있었던 영채는 민족의 실상을 목격하면서 점점 민족의식을 깨닫기 시작해요.

하지만 안타깝게도 이광수는 '진정한 계몽'의 의미를 놓치고 맙니다. 아무리 남이 발달한 문명을 지니고 있더라도 자기 것을 버리고 무조건 남의 것을 따라가는 것은 진정한 계몽이 아니에요. 진정한 계몽주의자라면 조선 민중 스스로가 근대화된 문물을 추구할 수 있도록 도와주어야 맞는 거지요. 하지만 이광수는 일본과 하나가 되어 근대 사회를 이루고자 했습니다. 이로 말미암아 나중에는 친일의 길로 들어서지요.

「무정」은 문명개화 지식을 일방적으로 전달하고, 계몽사상을 주입하려 하며, 지나치게 설교적이라는 점에서 비판받기도 했어요. 하지만 근대적 인물들이 등장하고 적절한 심리 묘사와 구어체의 사용, 소재의 현실성 등에서 신소설의 한계를 극복해 소설의 새로운 지평을 열었다는 평가도 받았지요. 이러한 점이 당시 많은 젊은이의 마음을 사로잡은 비결이었을 거예요.

2 비슷한 듯 다른 개화기 시가 삼 형제 | 개화 가사, 창가, 신체시

개화 가사, 창가, 신체시는 개화기 시가를 대표하는 삼 형제였습니다. 첫째인 개화
가사는 전통적인 가사 형식에 새로운 개화사상을 담은 시가였어요. 둘째인 창가
는 서구 민요와 기독교 찬송가의 영향을 받아 다양한 형태를 보였습니다. 둘째답게 개화
가사와 신체시를 연결하는 다리 역할도 했지요. 막내인 신체시는 가장 자유롭고 개방적
인 시가였어요. 개화 가사와 창가의 특징이었던 규칙적인 율격에서 벗어나 현대 자유시
에 가장 접근했지요. 하지만 형들의 영향을 받아 시행을 규칙적으로 배열하고 후렴구를
반복하는 등 정형성에서 완전히 벗어나지는 못했답니다.

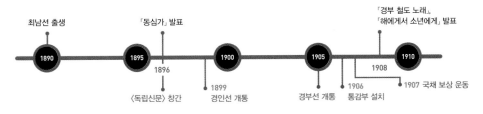

최남선 출생

「동심가」발표

「경부 철도 노래」,
「해에게서 소년에게」발표

1890

1895

1900

1905

1910

1896

1899 경인선 개통

1908

〈독립신문〉창간

경부선 개통

1906 통감부 설치

1907 국채 보상 운동

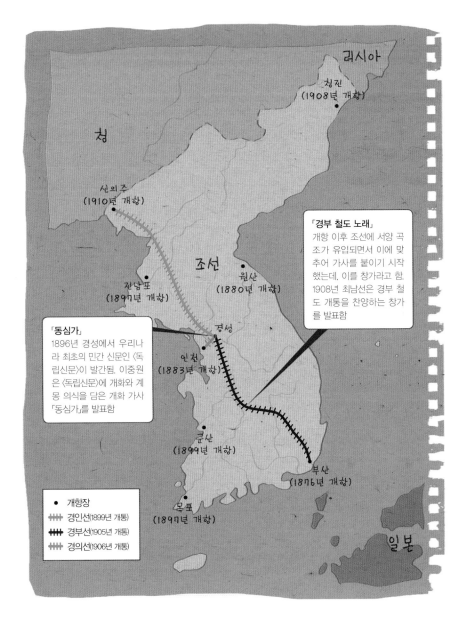

러시아

청진
(1908년 개항)

청

신의주
(1910년 개항)

조선

원산
(1880년 개항)

진남포
(1897년 개항)

「경부 철도 노래」
개항 이후 조선에 서양 곡
조가 유입되면서 이에 맞
추어 가사를 붙이기 시작
했는데, 이를 창가라고 함.
1908년 최남선은 경부 철
도 개통을 찬양하는 창가
를 발표함

경성

「동심가」
1896년 경성에서 우리나
라 최초의 민간 신문인 〈독
립신문〉이 발간됨. 이중원
은 〈독립신문〉에 개화와 계
몽 의식을 담은 개화 가사
「동심가」를 발표함

인천
(1883년 개항)

군산
(1899년 개항)

부산
(1876년 개항)

목포
(1897년 개항)

일본

• 개항장

╫╫╫ 경인선(1899년 개통)

╫╫╫ 경부선(1905년 개통)

╫╫╫ 경의선(1906년 개통)

"개화를 위해 마음을 합쳐 단결합시다!"
– 이중원의 「동심가」

개화기는 열강의 침략과 개항의 문제점을 제기한 보수파와 서양 제도나 문물을 받아들여 근대화를 이룩해야 한다고 주장한 개화파의 대립이 팽팽하던 시기였습니다. 잠시 눈을 감고 개화기 때의 한 젊은이가 되었다고 상상해 보세요. 여러분이라면 보수파와 개화파 중 어떤 세력의 주장이 더 나라에 도움이 된다고 생각했을까요?

개화기 지식인이었던 이중원은 서구의 발달한 문명을 받아들이고, 국민이 단결해 문명개화를 실천해야 한다고 생각했어요. 그래서 자신을 '양주(楊洲) 사람'이라고만 소박하게 소개한 후 1896년 〈독립신문〉에 「동심가」를 투고(投稿, 의뢰를 받지 아니한 사람이 신문이나 잡지 따위에 실어 달라고 원고를 써서 보냄)하지요.

개화 가사인 「동심가」는 총 4연으로 구성되어 있어요. 1연에서는 지금은 세계가 하나로 움직이는 시대이므로 개화되지 못했던 지난 시간에서 벗어나 현실을 인식해야 한다고 말하고 있습니다. 2연에서는 개화를 위해 자신의 주장만 내세울 것이 아니라 모든 사람이 마음을 합쳐야 한다고 주장하고 있고요. '마음을 합치자'는 이 주장이 바로 제목에 있는 '동심(同心)'이랍니다. 3연에서는 당시 정세를 비판하면서 현실을 제대로 파악하고 개화의 여러 방법을 실천하는 것이 중요하다고 말하고 있어요. 마지막 4연은 어떤 내용일까요?

〈독립신문(獨立新聞)〉
1896년 서재필이 정부 지원을 받아 창간한 우리나라 최초의 민간 신문이다. 순 한글로 된 판과 영문으로 된 판을 각각 발간했다. 사진은 1896년 4월 7일에 발행된 〈독립신문〉 창간호다.

못에 고기 불워 말고

그물 맺어 잡아 보세.

그물 맺기 어려우랴

동심결(同心結)로 맺어 보세.

-이중원,「동심가」부분

한글 표기가 지금과 달라 어렵게 느껴지지요? 하지만 내용은 간단하답니다. 연못에 물고기가 있습니다. 그 물고기를 부러워 말고 그물로 잡아 보자고 말하고 있네요. '동심결(同心結)', 즉 힘을 합쳐 그물을 맺어서라도요. 이렇게 해서 잡고자 하는 물고기는 개화한 문명을 의미합니다. 발달한 문명으로 부유해진 나라를 부러워만 하지 말고, 전 국민이 단결해서 문명개화를 이루어 보자는 뜻이지요.「동심가」는 독자를 계몽하려는 의도가 뚜렷한 작품입니다. 부강한 나라를 만들기 위해 일치단결하자고 요청하고 있으니까요. 이중원은「동심가」에 계몽적인 효과를 더욱 살려 주는 몇 가지 요소를 넣었습니다.

우선 시조나 가사 등을 통해 우리 민족에게 친숙한 4·4조와 4음보를 사용했어요. 4·4조와 4음보가 헷갈린다고요? 위에 제시한「동심가」의 4연을 예로 들어 설명해 볼게요. 4연 1행인 "못에 고기 불워 말고"는 "못에 고기" 네 글자, "불워 말고" 네 글자 이렇게 나눌 수 있습니다. 이처럼 네 글자가 반복되는 형식이 바로 4·4조예요. 2~ 4행도 전부 4·4조지요.

음보는 시의 운율을 이루는 기본 단위 중 하나예요. 대부분 시에서는 세 글자나 네 글자가 한 음보를 이룬답니다.「동심가」의 4연을 소

운율(韻律)
시를 읽을 때 느껴지는 말의 가락이다. 동일한 모음이나 자음, 일정한 수의 음절(글자), 비슷한 문장 구조가 반복될 때 생긴다.

리 내서 읽어 보세요. 어느 부분에서 숨 쉬면서 멈추게 되나요? 그렇습니다. 마침표가 찍혀 있는 4연 2행에서 자연스럽게 한 번 쉬게 되지요. 4연 2행까지는 "못에 고기 / 불워 말고 / 그물 맺어 / 잡아 보세." 이렇게 네 부분으로 나눌 수 있어요. 따라서 「동심가」는 4음보랍니다.

또한 이중원은 「동심가」의 연을 구분했습니다. 4·4조와 4음보가 계속 이어지는 전통 가사와 달리 호흡을 짧게 끊었어요. 독자가 지루하지 않게 배려한 것이지요. 모두가 힘을 합쳐 부강한 나라를 만들자는 메시지를 전달하기 위해 함께 행동할 것을 요청하는 청유형 문체를 사용했고요. 이러한 요소가 계몽적인 효과를 잘 살려 주고 있어요.

「동심가」를 통해 살펴본 것처럼 개화 가사는 시조나 가사 등 전통 시가 양식의 틀을 따르면서 부분적인 변화를 시도했습니다. 하지만 그 안에는 시대에 걸맞게 개화나 계몽 의식을 다룬 내용이 담겼지요.

기차가 싣고 온 '별세계'를 찬양하다
– 최남선의 「경부 철도 노래」

여러분은 현재 우리나라에서 가장 빠른 기차인 KTX를 타 본 적이 있나요? KTX는 시속 300km까지 속도를 낼 수 있습니다. 그래서 KTX를 타면 서울에서 부산까지 약 2시간 40분 만에 도착할 수 있지요.

그렇다면 우리나라 최초의 철도는 무엇일까요? 바로 인천에서 서울까지 연결된 경인 철도랍니다. 경인 철도는 1899년에 개통되었습니다. 다음은 당시 경인 철도 광고 문구예요.

"경성에서 마포 오고 갈 시간이면 인천에 왕래함이 넉넉하고 그 비용도 몇

푼이니 동대문에서 남대문 가는 가마 값이면 인
천에 왕복하겠느니라."

철도와 기차를 처음 본 사람들은 큰 충격에 휩싸였어요. 그들의 눈
에는 기차가 무엇보다 빠르게 움직이는 것처럼 보였을 테니까요. 이
충격이 가시기도 전인 1905년에는 서울과 부산을 연결하는 경부 철
도가 개통되었습니다. 당시 남대문역(지금의 서울역)에서 출발한 기
차가 부산의 초량역까지 도착하는 데 약 17시간 정도 걸렸다고 해요.
KTX가 있는 지금 우리에게는 너무 긴 시간이지만, 당시 사람들에게
는 놀라운 사건이었답니다.

'조선의 세 천재' 중 한 사람이었던 최남선은 1908년 경부 철도 개
통을 찬양하는 「경부 철도 노래」를 발표했습니다. 이 작품은 개항 이

경인 철도 개통식(1900)
1900년 11월 남대문역 인근에서 열
린 경인 철도 개통식 모습이다. 경
인 철도는 1899년에 노량진 – 인천
구간이 개통되었으며, 1900년에
한강 철교가 완공되면서 남대문 –
인천 구간이 개통되었다.

최초의 경인 철도 열차
경인 철도 위를 최초로 달린 증
기 기관차다. 열차에 영문으로 '서
울 – 제물포'라는 구간이 표시되어
있다.

후에 들어온 서양 곡조에 맞추어 제작한 노래 가사인 창가(唱歌)예요. 당시에 노래로 불렸고 가사에 맞는 악보도 있었답니다. 스코틀랜드 민요인 〈밀밭에서〉의 곡조에 가사를 붙였지요. 「경부 철도 노래」는 우리나라 최초의 7·5조 3음보 노래이기도 합니다. 개화 가사의 특징인 4·4조 4음보를 깨뜨린 것이지요.

「경부 철도 노래」
최남선이 1908년 창작한 창가 「경부 철도 노래」를 단행본으로 펴낸 것으로, 같은 해 신문서관에서 발행했다. 최남선은 이 시에서 경부선의 각 철도역을 나열하고, 주변 지역의 풍물 등을 서술했다.

1

우렁탸게 토하난 긔뎍 소리에
남대문을 등지고 떠나 나가서
빨니 부난 바람의 형세 갓흐니
날개 가딘 새라도 못 따르겟네.

2

늘근이와 덟은이 셕겨 안졋고
우리네와 외국인 갓티 탓스나
내외 친소 다 갓티 익히 다니니
됴고마한 딴 세상 뎔노 일윗네.

-최남선, 「경부 철도 노래」 부분

「경부 철도 노래」는 총 67절로 되어 있어요. 굉장히 길지요? 여러분에게는 1절과 2절을 소개합니다. 최남선은 1절에서 밖에서 본 기차의 움직임을, 2절에서 기차의 내부 풍경을 묘사했어요. 1절은 우렁차게

기적을 울리며 출발하는 기차가 새보다도 빠른 것 같다는 내용이에요. 기차 속도처럼 당시 새로운 문명이 빠르게 수용되고 발전했다는 의미이기도 하지요. 2절은 남녀노소, 내국인과 외국인이 모두 함께 기차에 탔으니 예전에는 볼 수 없었던 새로운 세상이라는 내용입니다. 나이가 많은 사람과 어린 사람이 함께 있는 것은 세대 간의 차별이 없음을, 내국인과 외국인이 함께 있는 것은 문호가 개방된 것을 뜻해요. 평등사상을 나타낸 부분이지요. 1절과 2절만 봐도 최남선이 경부 철도 개통을 얼마나 긍정적으로 생각했는지 짐작할 수 있어요.

경인 철도와 경부 철도는 모두 우리의 힘으로 직접 놓은 것일까요? 당시 대한 제국 정부가 근대 문물의 상징인 철도 건설을 생각하지 못한 것은 아니었습니다. 하지만 자본과 기술이 부족한 상황이었지요. 철도를 건설하고자 하는 의지가 강하지도 않았고요. 반면 일본은 미국으로부터 경인 철도 건설 권리를 사들여 완공하고, 그전부터 눈독을 들이던 경부 철도 공사를 서두릅니다. 왜 그랬을까요?

일본이 우리나라 철도 건설에 열을 올린 이유는 자원 수탈과 대륙 침략을 위해서였습니다. 특히 부산은 일본에서 가장 가까운 항구이니 철도를 놓으면 여러모로 유용했겠지요. 철도 건설에는 일본인만 참여한 것이 아니었습니다. 안타깝게도 많은 한국인이 강제로 동원되었어요. 일본은 철도를 놓으면서 농민들의 땅을 강제로 빼앗거나 목재 등을 마음대로 사용했지요.

경부 철도는 완공 후 우리나라에서 수탈한 자원을 일본으로 보내는 통로로 이용되었어요. 이러한 사실을 고려한다면, 일본에 의한 근대화를 예찬한 최남선의 역사의식을 비판적으로 바라볼 수 있겠지요.

소년을 사랑한 바다
— 최남선의 「해에게서 소년에게」

고전 소설과 현대 소설을 연결하는 징검다리 역할을 한 소설은 무엇이었나요? 맞습니다. 바로 신소설이었지요. 시에서는 신체시가 고전 시가와 현대 시를 연결해 주는 역할을 했어요. 신소설(新小說)이나 신체시(新體詩)나 '새로울 신(新)' 자가 괜히 앞에 붙은 게 아니지요.

우리나라 최초의 신체시는 최남선의 「해에게서 소년에게」입니다. 최남선은 1908년 근대화의 주역인 소년을 개화하고 계몽하려는 취지로 종합 월간지 〈소년〉을 창간했어요. 창간호 첫머리에 「해에게서 소년에게」를 실었습니다.

최남선(1890~1957)
서울에서 태어난 최남선은 1904년 대한 제국 황실 유학생으로 선발되어 일본에서 유학 생활을 했다. 1908년 귀국한 뒤 출판사 신문관을 설립하고 시, 소설, 논설 등을 발표하기 시작했다. 1919년 3·1 운동 때 독립 선언문을 작성해 투옥되었으며, 이후 변절해 친일 활동을 했다.

〈소년〉 창간호
우리나라 최초의 월간 잡지로, 1908년 11월 당시 18세였던 최남선이 창간했다. 청소년을 대상으로 계몽과 독립 의지를 고취시키고자 했다.

1

처……ㄹ썩, 처……ㄹ썩, 척, 쏴……아.
때린다, 부순다, 무너 버린다.
태산 같은 높은 뫼, 집채 같은 바윗돌이나,
요것이 무어야, 요게 무어야.
나의 큰 힘 아느냐, 모르느냐, 호통까지 하면서,
때린다, 부순다, 무너 버린다.
처……ㄹ썩, 처……ㄹ썩, 척, 튜르릉, 꽉.

　　　　　　　(중략)

6

처……ㄹ썩, 처……ㄹ썩, 척, 쏴……아.

저 세상 저 사람 모두 미우나,

그중에서 똑 하나 사랑하는 일이 있으니,

담 크고 순진한 소년배들이,

재롱처럼, 귀엽게 나의 품에 와서 안김이로다.

오너라 소년배 입 맞춰 주마.

처……ㄹ썩, 처……ㄹ썩, 척, 튜르릉, 꽉.

-최남선, 「해에게서 소년에게」 부분

묵호 등대(강원 동해)
1963년 묵호항에 세워진 등대다. 묵호항은 1941년 개항한 항구로, 당시에는 주로 한국의 석탄과 시멘트를 반출하는 역할을 했다. 등대 주변에 조성된 공원에는 「해에게서 소년에게」가 새겨져 있다.

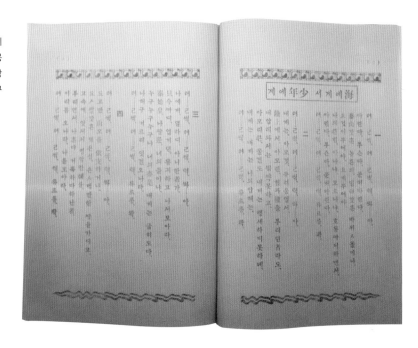

「해에게서 소년에게」와 같은 신체시는 개화 가사나 창가와 어떤 점이 달랐을까요? 우선 신체시는 개화 가사의 4·4조나 창가의 7·5조 등 글자 수의 제약에서 자유로워졌습니다. 이는 앞에 제시한 1연과 6연만 봐도 잘 알 수 있지요.

물론 규칙적인 부분도 있어요. 각 연은 전부 7행으로 이루어져 있고, 1행과 7행은 모두 파도 소리를 나타낸 의성어로 구성되어 있습니다. 좀 더 자세히 살펴보면 각 연의 2, 4, 6행은 3음보로, 3행은 4음보로 이루어져 있지요.

「해에게서 소년에게」는 완전한 자유시가 아닙니다. 하지만 의성어를 사용하고 파격적인 리듬을 만들어 낸 것은 분명 새로운 부분이에요. "요것이 무어야, 요게 무어야." 같은 구어체를 사용한 것도 신선하지요.

「해에게서 소년에게」에서 '해'는 '태양'이 아니라 '바다(海)'입니다.

최남선은 "처……ㄹ썩, 처……ㄹ썩, 척, 쏴……아." 하고 밀려오는 바다를 화자(話者, 시 속에서 말하는 사람)로 삼았어요. '바다'를 '나'와 같이 사람에 빗대어 표현한 것이지요.

1연에서 5연까지는 바다의 위력과 순수성에 관한 내용입니다. 바다는 커다란 산이나 바윗돌, 심지어 육지에서 힘과 권세를 부리는 자도 두려워하지 않아요. 오히려 "나하고 겨룰 이 있건 오너라." 하며 호통치지요. 그러면서 자신과 함께할 수 있는 이는 "적은 시비 작은 쌈 온갖 모든 더러운 것 없는" 푸른 하늘이라고 말합니다. 마지막 6연에서는 "담 크고 순정한 소년배"에 대한 애정과 기대감을 한껏 드러내고 있어요.

이 작품에서 중요한 시어는 '바다'와 '소년'입니다. 바다는 서구 근대 문명이자 새로운 세계로 나갈 수 있는 통로를 의미해요. 최남선은 바다를 통해 새로운 세계가 열린다고 믿었고, 또 그래야 한다고 기대했습니다. 미래의 주역인 소년들이 개화를 막는 세력을 이기고, 새로운 세계를 향해 달려가야 한다고 생각한 것이지요. 「해에게서 소년에게」는 이중원의 「동심가」처럼 계몽성이 강한 작품이랍니다.

최남선은 〈소년〉 외에도 다양한 잡지를 발간해 대중을 계몽하는 데 힘썼어요. 한문 투의 문장을 새로운 시대에 맞게 구어체로 바꾸는 등 문장 개혁에도 이바지했지요. 이뿐만 아니라 한국사 연구와 시조 부흥 운동 등 다양한 분야에서 업적을 남겼어요. 이러한 인재가 「경부 철도 노래」에서처럼 일본에 의한 근대화를 동경하다가 친일의 길로 들어선 것은 매우 안타까운 일이지요.

시조 부흥 운동
국민 문학파가 민족주의 문학 운동의 실천 방법으로 제시한 현대 시조 창작 운동이다. 최남선, 이병기, 이은상, 이광수 등이 카프(KAPF)의 계급 문학에 대항하며 시조 부흥 운동을 일으켰다.

〈청춘(靑春)〉
최남선이 주간한 다섯 번째 잡지로, 〈소년〉의 후신이다. 1914년 10월에 창간되었으며 청년들을 대상으로 계몽 의식을 고취시키고자 했다.

3 아직은 완전한 수필이 아니에요! |
수필

'**계**몽'은 수필에서도 중요하게 다루어졌습니다. 개화기 지식인들은 신문에 논설을 발표해 민중 계몽을 주도해 나갔어요. 이 시기의 수필은 신문에 사설이나 논설 형태로 발표되었습니다. 수필 전문 작가는 1930년대에 가서야 등장하지요. '수필'이라는 명칭도 1930년대에 들어서야 문학 양식으로 정착하게 된답니다. 유길준이 서양의 여러 나라를 여행한 후 1895년에 출간한 『서유견문』은 기행문의 성격을 띠고 있어요. 이 작품은 우리나라 최초로 국한문 혼용체를 시험했다는 점에서 근대 수필의 효시로 꼽힌답니다. 1910년대에는 〈청춘〉, 〈학지광〉, 〈창조〉 등의 계몽지나 동인지에 수필이 발표되었어요. 이 수필들은 근대 수필의 초기 모습을 보였지요.

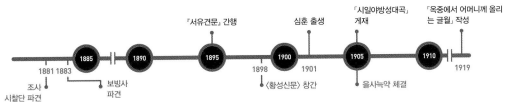
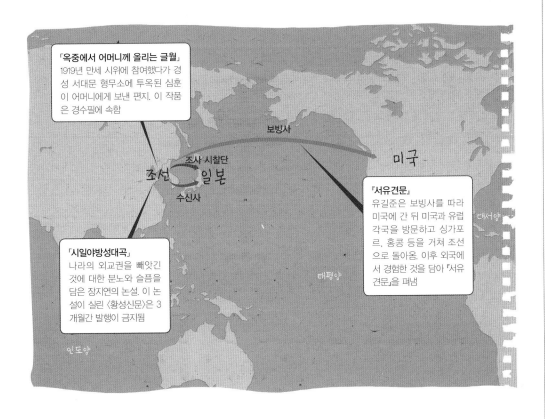

「옥중에서 어머니께 올리는 글월」
1919년 만세 시위에 참여했다가 경성 서대문 형무소에 투옥된 심훈이 어머니에게 보낸 편지. 이 작품은 경수필에 속함

「시일야방성대곡」
나라의 외교권을 빼앗긴 것에 대한 분노와 슬픔을 담은 장지연의 논설. 이 논설이 실린 〈황성신문〉은 3개월간 발행이 금지됨

『서유견문』
유길준은 보빙사를 따라 미국에 간 뒤 미국과 유럽 각국을 방문하고 싱가포르, 홍콩 등을 거쳐 조선으로 돌아옴. 이후 외국에서 경험한 것을 담아 『서유견문』을 펴냄

보빙사

미국

조선   일본

조사 시찰단

수신사

대서양

태평양

인도양

우리나라 최초의 세계 여행기
– 유길준의『서유견문』

유길준(1856~1914)
조선 말기의 개화사상가이자 정치
가다. 우리나라 최초의 국비 유학
생이 되어 일본과 미국에서 유학
하고 세계 곳곳을 여행했다.

조사 시찰단(紳査視察團)
조선 고종 때인 1881년 일본의 정
세를 파악하고 개화 정책에 관한
정보를 얻기 위해 일본에 파견한
시찰단이다. 박정양, 어윤중, 홍영
식 등 60여 명으로 구성되었다.

갑신정변(甲申政變, 1884)
급진 개화파가 민씨 일파를 몰아
내고 혁신적인 정부를 세우기 위
해 일으킨 정변이다. 청의 군대가
개입해 실패로 끝났다.

『서유견문』
유길준이 쓴 우리나라 최초의 서
구 기행문으로 1895년에 간행되
었다.

여러분이 '한국사'라는 과목을 통해 배운 유길준은 어떤 인물이었
나요? 1856년에 태어난 유길준은 박지원의 손자이자 개화론자였던
박규수의 가르침을 받으며 실학과 중국의 양무운동(洋務運動, 19세기
후반에 중국 청에서 일어난 근대화 운동)에 관한 책을 두루 읽게 됩니다.
김윤식, 박영효, 김옥균 등의 개화파와도 가까이 지냈지요. 1881년 유
길준은 박정양 등이 이끄는 조사 시찰단의 일원으로 일본에 갑니다.
그는 조사 시찰단의 일정이 끝난 뒤에도 귀국하지 않고 일본에 남아
유학 생활을 하지요. 1882년 박영효 등이 이끄는 수신사(修信使, 일본
에 보내던 외교 사절)가 일본을 방문했을 때는 통역사 역할을 하기도
했고요. 유길준은 당시 일본에서 유행하던 서양의 지리서와 서양 사
상 소개서 등을 읽으며 더 많은 개화사상을 익힙니다.

일 년 반 정도의 유학 생활을 마치고 조선에 돌아온 유길준은 1883
년 보빙사로 파견된 민영익 등을 따라 미국에 갑니다. 1884년 국비 유
학생이 된 유길준은 미국에서 생활하면서 서양의 문화나 사상에 더욱
깊은 관심을 두게 되지요. 1884년에 일어난 갑신정변이 실패로 돌아
가자, 개화파와 친분이 있었던 유길준은 소환 명령을 받습니다. 그는
유럽 각국을 돌고 싱가포르, 홍콩 등을 거쳐 조선으로 돌아오지요. 이
때의 경험을 쓴 책이 바로『서유견문』이에요. 이 책은 우리나라 최초
의 일본 유학생이자 미국 유학생이 쓴 우리나라 최초의 세계 여행기
랍니다. '우리나라 최초'라는 기록을 많이 가지고 있는 책이지요.

『서유견문』에서 다룬 내용을 보면 입이 저절로 떡 벌어집니다. 이

책은 총 20편의 72개 항목으로 구성되어 있어요. 내용은 근대 국가의 운영 원리와 제도부터 세계 각국의 지리와 역사, 풍습, 사회 시설과 발전 시설, 대도시의 모습까지 정말 다양하답니다. 또 『서유견문』에는 개화에 대한 유길준의 생각도 잘 담겨 있어요.

개화하는 일은 남의 장기를 취하는 것에만 있는 것이 아니라, 자신의 훌륭하고 아름다운 것을 보전하는 데에도 있다. 남의 장기를 취하려는 생각도 결국은 자신의 훌륭하고 아름다운 것을 돕기 위한 것이기 때문에, 남의 재주를 취하더라도 실용적으로 이용하기만 하면 자기의 재주가 되는 것이다. 시세와 처지를 잘 헤아려서 이해와 경중을 판단한 뒤에, 앞뒤를 가려서 차례로 시행해야 한다.

그러나 지나친 자는 아무런 분별도 없이 외국의 것이라면 모두 다 좋다고 생각하고, 자기 나라 것이라면 무엇이든지 좋지 않다고 생각한다. 심지어는 외국 모습을 칭찬하는 나머지 자기 나라를 업신여기는 폐단까지도 있다. 이들을 개화당(開化黨)이라고 하지만, 이들이 어찌 개화당이랴. 사실은 개화의 죄인이다.

－유길준,『서유견문』부분

갑오개혁(甲午改革)
1894년 7월부터 1896년 2월 사이에 추진되었던 개혁 운동이다. 3차에 걸친 개혁을 통해 정치·경제·사회 제도가 근본적으로 변했다.

경복궁 수정전(서울 종로구)
세종 때 집현전으로 사용되었다가 임진왜란 때 불에 타 훼손되었다. 고종 때 재건하면서 건물 이름을 수정전으로 바꾸었다. 1894년 제1차 갑오개혁이 일어났을 당시 중추 기관이었던 군국기무처로 사용되기도 했다.

유길준은 정치권력에 대항하기보다는 사람들을 교육해 사회를 바꾸어야 한다고 생각했어요. 갑신정변의 실패가 가져다준 교훈이었지요. 윗글에서 알 수 있듯이 유길준은 다른 나라의 것을 무조건 좋다고 생각하는 사람을 경계했어요. 개화는 필요하지만 서양을 무분별하게 따라 하는 것은 개화하지 못한 것보다 더 폐해가 크다고 생각했지요.

유길준은 서양의 문물제도를 탐구해 조선을 부강하게 하고자『서유견문』을 집필했어요. 이 책은 갑오개혁의 사상적 배경이 되었을 뿐

아니라 앞에서 살펴본 신소설에도 큰 영향을 끼쳤답니다.

또한 유길준은 한글 사용을 장려해 모든 사람이 글의 내용을 쉽게 이해하도록 하고, 중국으로부터의 자립을 이루려고 했습니다. 『서유견문』에는 이러한 생각이 담긴 문장이 있어요.

"서투르고도 껄끄러운 한자로 얼크러진 글을 지어 실정을 전하는 데 어긋남이 있기보다는 유창한 글과 친근한 말을 통해 사실 그대로의 상황을 힘써 나타내는 것이 올바르다고 생각한다." 이런 이유로 『서유견문』은 우리나라 최초로 국한문 혼용체로 쓰인 책이랍니다. '우리나라 최초'가 또 하나 붙었네요. '국한문 혼용체'란 말 그대로 한글과 한문을 섞어서 쓴 문체를 뜻합니다. 『서유견문』 출간을 기점으로 당시의 신문이나 잡지에서도 국한문 혼용체를 많이 사용했지요.

붓을 놓고 목 놓아 통곡하다
– 장지연의 「시일야방성대곡」

1905년 11월 20일, 평소 3,000부 정도를 찍던 〈황성신문〉의 발행 부수가 갑자기 1만 부로 늘어났습니다. 이 사실을 알게 된 일제는 서울 종로에 있던 황성신문사에 들이닥쳤어요. 일제는 사전 검열(檢閱, 언론, 출판, 보도, 연극, 영화, 우편물 따위의 내용을 사전에 심사해 그 발표를 통제하는 일)을 받지 않고 신문을 배포했다는 이유로 아직 배포되지 않은 신문을 몰수하고 사장이었던 장지연과 사원들을 체포했습니다. 이후 〈황성신문〉은 3개월간 발행이 중단되었고, 장지연은 일본 관헌에 붙잡혀서 약 90일간 투옥하다가 석방되었지요. 왜 이런 사건이 벌어진 것일까요?

장지연(1864~1921)
경북 상주에서 태어난 장지연은 독립 협회와 만민 공동회에 가입해 애국 계몽에 앞장선 언론인이다. 1910년대 중반 이후에는 〈매일신보〉에 친일 성향의 글을 다수 기고했다.

바로 1905년 11월 20일 자 〈황성신문〉에 실린 장지연의 논설 「시일야방성대곡」 때문이었습니다. 1902년 〈황성신문〉 사장이 된 장지연은 민중 계몽과 독립운동에 앞장선 언론인이었어요. 1905년 11월 18일 새벽, 일본은 을사오적을 앞세워 고종의 반대를 무시하고 을사늑약을 체결했습니다. 이 소식을 들은 장지연은 깊은 시름에 잠겨 술을 마셨어요. 그러다가 원통하고 분한 마음을 삭이지 못해서 붓을 들어 「시일야방성대곡」을 썼습니다.

술에 취한 장지연은 이 글을 쓰다가 붓을 놓고 통곡했다고 해요. 그러자 장지연과 함께 〈황성신문〉을 창간했던 유근이 「시일야방성대곡」을 마무리하고, 밤새 신문을 인쇄해 배달했다는 이야기도 전해지지요. '시일야방성대곡(是日也放聲大哭)'의 뜻은 '오늘 목 놓아 통곡하다'예요. 을사늑약은 우리 민족에게 크게 통곡할 만한 사건이었어요.

「시일야방성대곡」은 '기-서-결'의 3단계 구성으로 이루어져 있습니다. 『서유견문』처럼 국한문 혼용체로 쓰였고요. '기'에서는 을사늑약의 부당함을 비판하고, '서'에서는 정부 대신들의 매국(賣國, 사사로운 이익을 위해 나라의 주권이나 이권을 남의 나라에 팔아먹음)에 분노하며, '결'에서는 원통함을 토로하고 있습니다. 특히

을사오적(乙巳五賊)
을사늑약 체결에 가담한 다섯 매국노로 외부대신 박제순, 내부대신 이지용, 군부대신 이근택, 학부대신 이완용, 농상공부대신 권중현이다.

〈황성신문(皇城新聞)〉
장지연, 남궁억, 나수연 등이 창간한 일간 신문으로, 1898년 9월 5일부터 발행되기 시작했다. 애국 계몽의 성격을 지녔으며, 한문 위주의 국한문 혼용체를 사용했다.

을사오적 가운데 한 사람이었던 박제순의 실명을 거론한 점이 인상적이에요. 아랫글이 그 부분이지요.

을사늑약(1905)
1905년 일본이 대한 제국의 외교권을 박탈하기 위해 강제로 체결한 조약이다. 사진은 을사늑약 체결 후 대한 제국과 일본의 관료들이 모여 찍은 기념사진이다.

아, 4,000년 역사의 강토疆土, 나라의 경계 안에 있는 땅와 500년의 사직社稷, 나라 또는 조정을 이르는 말을 남에게 들어 바치고, 2,000만 생령生靈, 살아 있는 넋이라는 뜻으로, '생명'을 이르는 말들로 하여금 남의 노예 되게 하였으니, 저 개돼지보다 못한 외부대신(外部大臣) 박제순과 각 대신들이야 깊이 꾸짖을 것도 없다. 하지만, 명색이 참정대신(參政大臣)이란 자는 정부의 수석임에도 단지 부(否) 자로써 책임을 면하여 이름거리나 장만하려 했더란 말이냐.

－장지연, 「시일야방성대곡」 부분

장지연은 고종이 승인하지 않았으므로 을사늑약이 무효라고 주장했습니다. 을사늑약 체결에 찬성한 을사오적은 개돼지보다 못하다고 직설적으로 비난했어요. 을사늑약에 반대한 대신들도 체결을 적극적으로 막지 못했다는 이유로 함께 비판했지요.

「시일야방성대곡」은 민중에게 호소하는 것으로 끝맺고 있어요. "원통하고 원통하다. 동포여! 동포여!"라는 외침은 절규에 가깝습니다. 현재 이 글을 읽는 우리에게도 격한 감정을 불러일으키게 하는 글이에요. 이렇게 읽는 이의 마음을 울리는 글을 일제가 좋아할 리 없었겠지요?

덕수궁 중명전(서울 중구)
을사늑약이 강제로 체결된 장소다. 대한 제국 시기에 지어진 서양식 벽돌집으로, 서울 중구 정동에 있다. 건립 초기에는 황실 도서관으로 사용되었고, 1904년 덕수궁이 불에 탄 후에는 고종의 집무실로 사용되었다.

효심과 애국심을 종이 한 장에 담다
– 심훈의 「옥중에서 어머니께 올리는 글월」

서울 서대문구 현저동에는 을사늑약 이후 일제가 만든 서대
문 형무소가 있어요. 여러분이 잘 알고 있는 유관순을 비롯해 안
창호, 한용운, 김구, 여운형 등 많은 독립운동가가 갇히거나 목
숨을 잃은 곳이지요. 서대문 형무소에는 이곳에 갇혔던 독립운
동가의 기록 가운데 현재 남아 있는 5,000여 장의 수형(受刑, 형벌을 받
음) 기록표를 전시한 공간이 있습니다. 벽면을 가득 채운 독립운동가
들의 얼굴과 수형 기록표를 보면 저절로 고개가 숙여질 거예요.

유관순 수형 기록표
독립 기념관에 전시된 유관순의
수형 기록표다. 충남 천안에서 태
어나 서울 이화 학당에서 공부하
던 유관순은 3·1 운동에 참여했
다. 이후 고향에서 만세 시위를 이
끌다 일제에 체포되었고, 서대문
형무소에서 숨을 거두었다.

1919년 2월 8일, 일본 유학생들은 동경(도쿄)에서 독립 선언서를 발
표했습니다. 이 사건을 계기로 국내에서도 만세 운동이 계획되었어
요. 종교계가 만세 운동의 중심이 되었고, 학생들도 학교별로 독자적
인 시위를 준비하고 있었지요. 그러던 중 고종이 갑자기 서거(逝去, 신
분이 높은 사람이 죽음)했습니다. 일제가 고종을 독살했다는 소문이 퍼
지면서 민중의 분노가 높아졌어요.

1919년 3월 1일, 민족 대표 33인 가운데 29인은 경성 인사동의 태화
관에 모여 독립 선언서를 낭독하고 만세 삼창(三唱, 세 번 부름)을 했어
요. 탑골 공원에서는 수많은 학생과 시민이 따로 독립 선언식을 하고
만세 시위를 전개했지요.

감수성이 예민한 19세 학생이었던 심훈은 이날 탑골 공원에 있었습
니다. 심훈은 3월 5일에 벌어진 남대문역(서울역) 만세 시위운동에도
참여했다가 일본 경찰에게 체포되지요. 서대문 형무소에 들어간 심훈
은 옥중에서도 독립에 대한 의지를 다졌습니다. 이곳에서 어머니에게

심훈(1901~1936)
서울에서 태어난 심훈은 경성 제
일 고등 보통학교에 다니던 중
3·1 운동에 참여해 투옥되었다.
1923년부터 본격적으로 소설과 시
를 창작하기 시작했고, 1926년부터
는 영화계에서도 활동했다.

쓴 편지인 「옥중에서 어머니께 올리는 글월」에는 당시 수감 생활이 얼마나 열악했는지 잘 드러나 있어요.

　날이 몹시도 더워서 풀 한 포기 없는 감옥 마당에 뙤약볕이 내리쪼이고, 주황빛의 벽돌담은 화로 속처럼 달고, 방 속에는 똥통이 끓습니다. 밤이면 가뜩이나 다리도 뻗어 보지 못하는데 빈대, 벼룩이 다투어 가며 진물을 살살 뜯습니다. 그래서 한 달 동안이나 쪼그리고 앉은 채 날밤을 새웠습니다.

　　　　　　　　　　　　　　－심훈, 「옥중에서 어머니께 올리는 글월」 부분

서대문 형무소 지하 독방
서대문 형무소 역사관에 재현되어 있는 독방의 모습이다. 수많은 애국지사와 독립운동가가 이런 독방에서 고초를 겪었다.

서대문 형무소(서울 서대문구)
1908년 '경성 감옥'이라는 이름으로 세워진 우리나라 최초의 근대적 감옥이다. 1923년부터 '서대문 형무소'라는 이름으로 불렸다. 일제 강점기에 많은 독립운동가가 이곳에서 고통을 겪었고, 광복 이후에는 민주화 운동가들이 투옥되기도 했다. 현재는 서대문 형무소 역사관으로 운영되고 있다.

　심훈은 이러한 상황에서도 어머니를 위로하고 안심시키는 한편, 조국 독립을 위해 희생하겠다는 각오를 다집니다. 일제에 저항하다가 감옥에 갇힌 것이므로 조금도 수치심을 느끼지 않아요.

　오히려 편지 내용 중 "고랑을 차고 용수(죄수의 얼굴을 보지 못하도록 머리에 씌우는 둥근 통 같은 기구)는 썼을망정 난생처음으로 자동차에다가 보호 순사를 앉히고 거들먹거리며 남산 밑에서 무악재 밑까지

내려 긁는 맛이란 바로 개선문으로나 들어가는 듯하였습니다."라는 표현처럼 당당하게 행동했어요.

「옥중에서 어머니께 올리는 글월」은 '서두-사연-결미'의 3단계 구성으로 이루어져 있습니다. '서두'에서는 호칭과 문안, 자기 안부에 관한 내용이, '사연'에서는 감옥 생활과 독립에 대한 의지가 드러나 있으며, '결미'에서는 끝인사와 날짜가 적혀 있어요. 일제 강점기 때 쓴 편지지만, 오늘날 우리가 쓰는 편지의 구성과 크게 다르지 않지요.

용수
수감자의 얼굴에 씌운 것으로, 수감자를 이송할 때 일반인들이 수감자의 얼굴을 보지 못하도록 하기 위해 사용했다.

이렇듯 자신의 주변에서 일어난 일을 소재로 가볍게 쓴 편지도 수필에 속합니다. 좀 더 자세히 말하면 '가벼울 경(輕)' 자가 붙은 '경수필'이에요. 경수필의 종류로는 편지 외에도 일기나 기행문, 독후감, 감상문 등이 있어요.

'가벼운' 수필이 있다면 반대로 '무거운' 수필도 있겠지요? 무거운 내용을 담고 있고, 논리적이며 객관적인 성격의 수필을 '무거울 중(重)' 자를 붙여서 '중수필'이라고 합니다. 앞에서 살펴본 「시일야방성대곡」이 바로 중수필에 속해요.

애국 계몽을 담은 심훈의 대표작, 소설「상록수」

1932년, 심훈은 서울 생활을 정리하고 고향인 충남 당진으로 내려왔다. 1934년에는 이곳에 직접 집을 짓고 '필경사'라는 이름을 붙였는데, 이 필경사에서 심훈의 대표작인「상록수」가 탄생했다.

심훈 기념관
필경사 옆에 지어진 기념관으로, 심훈의 문학과 삶을 기리기 위해 2014년 문을 열었다. 심훈의 작품과 육필 원고, 유품 등이 전시되어 있다.

필경사와 상록수 문화관
사진 왼쪽에 있는 초가집이 심훈의 생가인 필경사다. 심훈이 직접 설계한 집으로, 심훈은 이곳에서「상록수」,「직녀성」등의 작품을 집필했다. '필경'이라는 이름은 심훈이 쓴 시의 제목에서 따온 것이다. 사진 중앙의 건물은 1993년에 건립된 상록수 문화관이다.

심훈 문학 기념비
경기 안산에 있는 심훈 문학 기념비로, 심훈의 얼굴과 「상록수」의 한 구절이 새겨져 있다. 경기 안산은 최용신이 농촌 계몽 활동을 한 지역이며 현재 최용신 기념관이 있는 곳이기도 하다.

『상록수』
1935년부터 1936년까지 〈동아일보〉에 연재되었던 심훈의 소설로, 심훈이 세상을 뜬 후에 단행본으로 간행되었다. 실존 인물인 농촌 계몽 운동가 최용신의 이야기를 바탕으로 창작된 농촌 계몽 소설이다.

심재영(1912~1995)
심훈의 큰조카로, 「상록수」의 주인공 박동혁의 모델이 된 인물이다. 최용신과 마찬가지로 농촌 계몽 운동에 앞장섰다. 사진에서 앞줄 맨 왼쪽이 심재영이다.

최용신(1909~1935)
함남 덕원의 교육자 집안에서 태어난 최용신은 중등학교 시절부터 농촌 계몽에 관심을 보이기 시작했다. 1931년부터 경기 안산(당시 경기 수원군)에서 한글 강습, 기술 증진 등 본격적인 농촌 계몽 운동을 전개했다. 1935년 과로로 병을 얻어 숨을 거두었다.

한국 현대 문학은 언제 시작되었을까?

지금은 좀 덜하지만 예전에는 교과서에 "최초의 현대 시", "최초의 현대 소설" 같은 말이 자주 나왔습니다. 그런데 '최초'의 현대 문학 작품이 어느 날 갑자기 '짠!'하고 등장한 것은 아니겠지요?

특정한 작품 한두 가지를 살펴보는 것만으로는 현대 문학이 언제 시작되었는지 알 수 없어요. 현대 문학의 시작을 알려면 먼저 문학 전반의 흐름과 변화를 이해해야 합니다. 문학의 변화는 사회의 변화와 연결되어 있어요. 한국 사회가 현대 사회로 변해 가는 과정 속에서 한국 문학도 현대 문학의 특성을 지니게 된 것이지요.

한국 사회가 언제부터 현대 사회로 변하기 시작했는지, 사회의 변화가 문학에 어떤 영향을 주었는지에 대해서는 다양한 견해가 있어요. 이중 한국 현대 문학의 시작에 관한 논의들을 '기점론'이라고 한답니다.

기점론 중에서는 한국 현대 문학이 개화기에 시작되었다는 '개화기설'이 오랫동안 가장 많은 지지를 받았습니다. 개화기에 한국 사회는 아주 많은 변화를 겪었어요. 그 영향을 받아 한국 문학에도 다양한 변화가 일어났지요. 이 시기에는 개화 가사처럼 낡은 양식에 새로운 내용을 담기도 했고, 새로운 내용을 잘 담기 위해 연설이나 문답과 같은 새로운 형식을 실험하기도 했어요.

하지만 개화기설이 완벽한 것은 아니랍니다. 개화기는 우리나라가 주체적으로 이룬 것이 아니라 외세에 의한 개방으로 시작된 것이었어요. 그래서 개화기설에는 자주성이 부족하다는 지적이 있었지요.

개화기설의 문제가 제기된 뒤, 외부의 영향으로 일어난 변화가 아닌 우리나라 내부로부터 변화가 일어난 시기를 찾으려는 연구가 이루어졌어요. 내부로부터 주체적인 변화가 일어난 시기를 기점으로 삼는다면 개화기설의 문제를 보완할 수 있기 때문이지요.

이때 학자들의 눈에 17~18세기가 들어왔습니다. 이 시기는 실용성을 강조하는 새로운 학문인 실학이 발전한 시기예요. 상업이 활발해지면서 자본주의적 관계가 나타나기 시작한 때이기도 하고요. 이뿐만 아니라 문학에서도 이전에 없던 형식이 등장했답니다. 박지원의 한문 단편 소설, 노래와 이야기가 뒤섞인 판소리 등이 대표적인 예지요.

하지만 '17~18세기설'에도 약점이 있어요. 17~18세기를 '현대'라고 부르기에는 무리가 있다는 거예요. 과연 이 시기에 나온 작품들을 '현대 문학'이라고 할 수 있을까요? 아무래도 고개가 갸우뚱해집니다.

현재 가장 널리 받아들여지고 있는 견해는 3·1 운동 전후를 기점으로 현대 문학이 시작되었다는 '1919년설'입니다. 주장을 뒷받침할 문학적 근거가 많은 견해랍니다. 이광수의 「무정」, 주요한의 「불놀이」처럼 이전의 문학 작품과는 다른 작품이 발표된 것이 이 시기예요. 염상섭, 김동인의 소설도 마찬가지지요. 〈창조〉, 〈폐허〉, 〈백조〉 같은 대표적인 동인지들이 발간되며 문학 작품의 창작과 발표, 교류가 활발해진 시기이기도 합니다.

그런데 1919년을 기점으로 하자니, 그에 앞서 일어난 문학의 다양한 변화를 설명하기가 어려워졌어요. 그래서 '이행기설'이 등장했습니다. 문학에서 현대적 특성이 나타나기 시작하는 시점부터 현대 문학이 문학의 흐름을 주도하게 되는 시점까지를 현대 문학으로 변해 가는 시기로 보는 거예요.

이행기를 설정하면 1919년 이전에 일어난 문학의 변화를 설명할 수 있어요. 본격적인 현대 문학의 시작이라고 하기에는 조금 부족한 변화들을 현대 문학으로 향하는 과정으로 이해하는 것이지요. 다만 이행기의 시작을 언제로 하느냐에 대해서는 학자에 따라 의견이 조금씩 다르답니다.

여러분은 어떤 '설'이 가장 그럴듯한 것 같나요? 한국 현대 문학의 시작은 과연 언제일까요?

2 1920년대의 한국 문학

이 시기에는 어떤 일이 일어났을까요?

우리 민족의 독립 의지를 전 세계에 알렸던 3·1 운동은 일제의 총칼로 말미암아 실패로 끝나고 말았습니다. 1920년대에 접어들자 후유증이 생겼어요. 사회 전반에 패배 의식과 허무주의가 널리 퍼졌지요. 하지만 문학 활동은 3·1 운동을 계기로 활발해졌습니다. 여러 신문과 잡지를 통해 많은 작품이 발표되었고, 서구 문학도 본격적으로 소개되었어요. 이에 따라 우리나라 문학은 큰 전환점을 맞게 되지요.

이 시기에는 낭만주의, 자연주의, 사실주의, 상징주의 등의 서구 문예 사조가 소개되었어요. 이 영향으로 우리나라에서는 다양한 경향을 실험하고 새로운 기법을 시도한 문학 작품들이 탄생했답니다. 소설에서는 사실주의 경향의 작품이 많이 등장했어요. 1920년대 초반에는 감상적이고 퇴폐적인 낭만주의 소설이 유행했고, 중반 이후에는 러시아 혁명의 영향으로 카프(KAPF, 조선 프롤레타리아 예술가 동맹)가 결성되어 사회주의 사상이 지식인들 사이에 전파되었지요.

시 역시 1920년대 초반에는 낭만주의 시가 주류를 이루었습니다. 중반 이후에는 전통적인 정서와 율격을 계승한 시, 일제에 대한 저항 의식을 담은 시, 카프 결성으로 등장한 경향시 등이 발표되었어요.

수필 분야에서는 전문적인 수필가가 아닌 시인, 소설가, 기자 등의 지식인들이 주로 수필을 발표했습니다. 일제의 검열을 피하고자 시나 소설 대신 수필을 활용하는 경우도 많았지요. 희곡 분야에서는 서구의 표현주의를 받아들여 근대 희곡이 확립되었답니다.

다양한 시도를 통해 탄탄하고 풍성해지다!

시

단편 소설의 시대, 현실을 이야기하다!

소설

근대적 희곡 창작이 본격적으로 이루어지다!

희곡

1 단편 소설, 전성기를 누리다 | 소설

1920년대에는 문예지나 동인지 등이 활발하게 발간되어 소설 창작의 든든한 밑바탕이 되었어요. 이 시기에는 특히 주옥같은 단편 소설이 많이 발표되었지요. 1920년대 초반에는 암울한 시대 상황을 반영해 감상적이고 퇴폐적인 경향의 '낭만주의 소설'이 등장했어요. 하지만 이 시기에 가장 많이 창작된 것은 식민지 현실에 대한 비판적 인식을 바탕으로 한 '사실주의 소설'이었답니다. 대표적인 작품으로 염상섭의 「만세전」, 현진건의 「술 권하는 사회」 등을 꼽을 수 있지요. 1920년대 중반에는 카프의 영향을 받은 '경향 소설'이 등장했어요. 경향 소설의 소재는 가난, 사회적 불평등 문제 등이었지요.

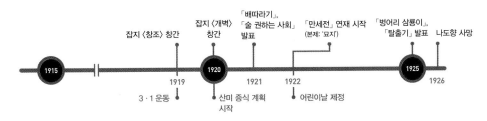

잡지 〈창조〉 창간

잡지 〈개벽〉
창간

「배따라기」,
「술 권하는 사회」
발표

「만세전」 연재 시작
(본제: '묘지')

「벙어리 삼룡이」,
「탈출기」 발표

나도향 사망

1915

1919

1920

1921

1922

1925

1926

3·1운동

산미 증식 계획
시작

어린이날 제정

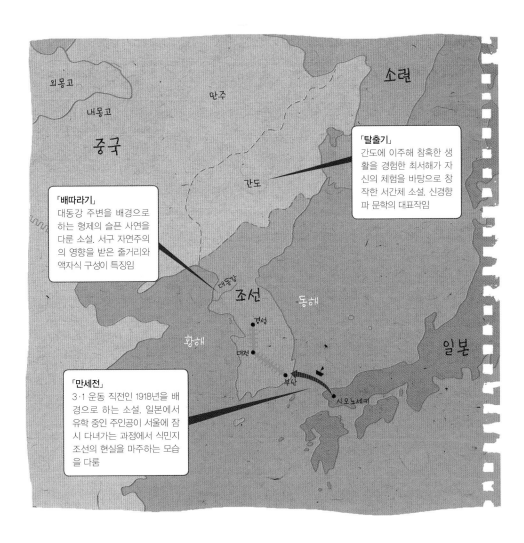

외몽고

내몽고

중국

소련

만주

간도

「탈출기」
간도에 이주해 참혹한 생
활을 경험한 최서해가 자
신의 체험을 바탕으로 창
작한 서간체 소설. 신경향
파 문학의 대표작임

「배따라기」
대동강 주변을 배경으로
하는 형제의 슬픈 사연을
다룬 소설. 서구 자연주의
의 영향을 받은 줄거리와
액자식 구성이 특징임

대동강

조선

동해

경성

황해

대전

부산

시모노세키

일본

「만세전」
3·1 운동 직전인 1918년을 배
경으로 하는 소설. 일본에서
유학 중인 주인공이 서울에 잠
시 다녀가는 과정에서 식민지
조선의 현실을 마주하는 모습
을 다룸

조선말로 된 최초의 단편 소설
– 김동인의 「배따라기」

김동인은 턱을 괴고 깊은 생각에 잠겼습니다.

'지금 우리나라에는 이광수의 소설처럼 계몽적인 문학 작품이 너무 많아. 문학은 문학 자체의 아름다움이 있어야 하는데……. 이런 소설이 없다면, 내가 직접 써 보자.'

이런 고민 끝에 김동인은 많은 단편 소설을 발표했습니다. 김동인은 1919년 20세의 나이에 주요한, 전영택 등과 함께 최초의 문예 동인지인 〈창조〉를 창간하기도 했지요. 1921년 〈창조〉를 통해 발표한 「배따라기」는 액자 소설의 형식을 갖춘 작품이에요.

액자를 보면, 사방으로 틀이 있고 가운데에 그림이나 사진 등이 들어가 있습니다. 사방의 틀은 겉에 있고, 그림이나 사진은 안에 들어가 있지요. 이와 마찬가지로 액자 소설에는 바깥 이야기(외화)와 안 이야기(내화)가 있어요. 액자에서 틀보다 그림이나 사진이 중요하듯이 액자 소설에서도 내화가 핵심이랍니다.

제목인 '배따라기'의 뜻이 궁금하다고요? 평안도 민요인 '배따라기'는 '배 떠나기'의 방언이에요. 뱃사람들의 고달픈 생활을 노래한 배따라기가 외화와 내화를 연결해 주지요. 외화는 서술자인 '나'의 이야기이고, 내화는 어떤 사내인 '그'의 이야기입니다. '나'가 '그'의 이야기까지 전달하지요. 지금부터 '나'가 들려주는 이야기에 주목해 볼까요?

'나'는 봄 경치를 구경하러 대동강에 갔다가 영유(평남 평원 지역의 옛 지명) 배따라기의 애절한 가락을 듣게 됩니다. 소리가 들리는 곳으로 가 보니 어떤 사내가 있었어요. '그'는 '나'에게 고향에 가지 않고 떠

〈창조(創造)〉
일본 도쿄에서 유학 중이던 김동인, 주요한, 전영택 등이 모여 창간한 우리나라 최초의 문예 동인지다. 1919년 2월에 창간호를 발행했으며, 1921년 5월 제9호를 마지막으로 더 이상 발행되지 않았다.

돌게 된 사연을 이야기합니다. 여기까지가 외화의 내용이에요.

내화는 '그'의 이야기로 채워져 있습니다. '그'는 작은 어촌에 살았지만 부자였고 배따라기를 잘 불렀어요. 잘생기고 늠름한 '그'의 동생도 배따라기를 잘 불렀지요. 형제는 모두 결혼했고 서로 사이가 좋았어요.

'그'는 아내를 사랑했지만 질투심이 많았습니다. 아내가 동생에게 친절한 것도 시기할 정도였으니까요. 그러던 어느 날, 동생과 아내는 쥐를 잡느라 옷매무새가 흐트러졌습니다. 집에 돌아와 이 모습을 본 '그'는 두 사람을 오해해요. '그'는 아내를 때리고는 동생과 함께 내쫓지요.

성격이 밝은 아내였지만 누구보다 마음의 상처가 컸을 거예요. 안타깝게도 아내는 그다음 날 시체로 발견되지요. 아내의 장사를 지낸 이튿날 동생은 자취를 감춥니다. 자신의 옹졸한 행동을 깨달은 '그'는 뱃사람이 되어 동생을 찾아 나서지요. 그로부터 10년이 지난 어느 날, '그'는 극적으로 동생을 만나게 됩니다. '그'는 배가 난파하는 바람에 물 위를 떠돌고 있었어요. 정신을 차려 보니 곁에서 동생이 자신을 간호하고 있었지요.

김동인(1900~1951)
평남 평양에서 태어난 김동인은 1914년부터 일본에서 유학하다가 3·1 운동 직후에 귀국했다. 3·1 운동의 격문을 쓴 것이 발각되어 구속되었다가 풀려난 후 「배따라기」, 「감자」, 「운현궁의 봄」 등 여러 작품을 발표했다. 1930년대 후반부터 내선일체와 황국 신민화를 주장하는 글을 쓰는 등 친일 활동을 했다.

　　그가 겨우 정신을 차린 때는 밤이었다. 그리고 어느덧 그는 뭍에 올라와 있었고 그를 말리느라고 새빨갛게 피워 놓은 불빛으로 자기를 간호하는 아우를 보았다.

　　그는 이상히도 놀라지도 않고 천연天然, 시치미를 뚝 떼어 겉으로는 아무렇지 아니한 듯함하게 물었다.

"너, 어떻게 여기 완?"

아우는 잠자코 한참 있다가 겨우 대답하였다.

"형님, 거저 다 운명이외다."

따뜻한 불기운에 깜빡 잠이 들려다가 그는 화닥닥 깨면서 또 말했다.

"십 년 동안에 되게 파랬구나."

"형님, 나두 변했거니와 형님두 몹시 늙으셨쉐다."

-김동인,「배따라기」 부분

10년 만에 만난 형제의 대화로 보기에는 너무 무덤덤하지요? "형님, 거저 다 운명이외다."라는 동생의 말에는「배따라기」의 주제 의식이 담겨 있습니다. '그'만 봐도 자신의 기구한 처지를 운명으로 받아들이고, 뱃사람이 되어 바다를 떠돌아다녀요. 우연히 동생을 만났지만 동생은 '그'를 간호하고는 훌쩍 떠나버립니다. '그'는 이후 동생을 만나지 못하지요. 이렇게 해서 '그'의 슬픈 사연인 내화가 끝났네요.

다시 외화로 나갑니다. '그'는 다시 한번 '나'를 위해 배따라기를 불러요. '그'의 이야기를 듣고 난 이후였으니 배따라기가 얼마나 슬프게 들렸을까요? '나'는 집에 와서도 '그'의 숙명적인 경험담을 계속 생각합니다. 배따라기가 들릴 때마다 그곳으로 찾아가지만 '그'는 보이지 않아요.

이처럼「배따라기」는 구성상으로 액자 소설의 형태를 띱니다. 내용상으로는 서구 자연주의의 영향을 많이 받았고요. 자연주의자들은 인간을 자연의 질서에 종속된 존재로 보았어요. 따라서 인간의 성격과 운명은 환경이나 유전적 요소에 의해 결정된다고 생각했지요. 특히 인간을 배고픔이나 성적 본능 등에 지배당하는 존재로 파악했어요. 이렇게 본다면 '그'의 성격 때문에 벌어진 비극적 결말은 자연주의의 영향을 받은 결과라고 할 수 있습니다.

또한 「배따라기」는 한자와 한글이 뒤섞여 사용된 기존 소설과는 달리 대부분 한글로 집필되었어요. 시제도 철저히 구분해서 외화는 현재 시제로, 내화는 과거 시제로 썼고요. 이 정도면 김동인이 고민한 것처럼 '문학 자체의 아름다움'을 잘 보여 준 소설이라고 할 수 있겠지요? 김동인은 「배따라기」에 관해 "나에게 있어서 최초의 단편 소설인 동시에 조선에 있어서 조선 글, 조선말로 된 최초의 단편 소설일 것이다."라고 말했답니다.

모란봉과 대동강(평남 평양)
금수산 모란봉과 대동강 일대의 풍경이다. 사진의 오른쪽 중앙에 보이는 건물이 부벽루(浮碧樓)다.

"조선은 무덤이고 우리는 모두 구더기다!"
– 염상섭의 「만세전」

서울 종로구에 있는 교보 문고 출입구 앞에는 소설가 염상섭의 동상이 있습니다. 이곳에 동상이 세워진 이유는 두 가지예요. 첫 번째 이유는 염상섭 생가가 경복궁 서쪽인 종로구 체부동에 있었기 때문이고, 두 번째 이유는 염상섭이 광화문 사거리 근처에서 작품을 많이 집필했기 때문이랍니다.

염상섭 동상은 한쪽 팔을 벤치에 걸치고 다리를 꼰 채 느긋한 모습을 하고 있어요. 하지만 바쁘게 오가는 사람들을 바라보는 눈빛은 예사롭지 않아 보이네요.

염상섭 동상(서울 종로구)
염상섭을 기리기 위해 만든 동상으로, 염상섭의 생가가 있던 서울 종로구 종묘 공원에 처음 세워졌다. 2009년 종묘 공원을 정비하면서 삼청 공원으로 옮겨졌다가, 2014년 현재 위치인 광화문 교보 생명 건물 앞에 자리 잡았다.

염상섭은 자연주의 및 사실주의 문학을 개척한 작가로 꼽힙니다. 그는 세심한 조사를 바탕으로 당대 현실을 사실적으로 드러낸 작품을 주로 썼어요. 염상섭의 시대 인식과 날카로운 시선은 일제 강점기 때부터 기자 생활을 했던 이력 덕분입니다. 그는 1920년 〈동아일보〉 창간과 함께 기자로 활동했고, 광복 후에는 〈경향신문〉의 편집국장을 맡기도 했어요.

1922년 〈신생활〉에 발표된 「만세전」은 염상섭의 대표적인 사실주의 소설로 꼽힙니다. 「만세전(萬歲前)」은 제목에서 알 수 있듯이 '만세를 부르기 전', 즉 3·1 운동 직전인 1918년 겨울을 배경으로 하고 있어요.

주인공인 '나'는 동경(도쿄) 유학생입니다. 세상 물정을 잘 모르고 조선의 현실에도 관심이 없는 개인적인 인물이지요. 어느 날 '나'는 아내가 위독하다는 전보(電報, 전신을 이용한 통신이나 통보)를 받습니다. 13세라는 어린 나이에 강제로 결혼한 '나'는 아내에게 애정이 없었어요. 그래서 마지못해 학기말 시험을 포기하고 귀국하지요. 이렇게 해서 동경(도쿄)에서 부산을 거쳐 서울로 향하는 '나'의 여정(旅程, 여행의 과정이나 일정)이 시작됩니다.

'나'는 귀국하는 동안 많은 사건을 겪어요. 시모노세키 역에서는 일본 헌병에게 검문을 당하고, 부산으로 가는 배 안에서는 일본 형사들에게 시달림을 당합니다. 또 같은 배에 탄 조선 노동자들을 경멸하는 일본인들의 대화를 들으면서 나라 없는 설움과 동포에 대한 연민을 느끼지요. '나'는 부산항에 내려서도 조선인 순사보와 일본인 헌병 보조원에게 괴롭힘을 당해요.

〈신생활(新生活)〉
1922년에 창간된 우리나라 최초의 순간 잡지다. 순간(旬刊) 잡지란 열흘에 한 번씩 간행하는 잡지를 말한다. 3·1 운동 때 민족 대표의 한 사람이었던 박희도가 미국인 선교사 베커를 발행인으로 해 창간했다. 가난한 대중의 개조와 혁신을 주장하는 잡지였다.

부관 연락선
조선 부산항과 일본 시모노세키항을 오가던 국제 여객선으로, 1905년부터 운행되었다. 「만세전」의 주인공인 '나'가 탄 배가 부관 연락선이다. 사진 속 배는 1922년에 운항을 시작한 게이후쿠마루호다.

이런 과정을 통해 '나'는 조금씩 조선의 비참한 현실을 인식하지요.

나는 여기까지 듣고 깜짝 놀랐다. 그 불쌍한 조선 노동자들이 속아서 지상의 지옥 같은 일본 각지의 공장과 광산으로 몸이 팔리어 가는 것이, 모두 이런 도적놈 같은 협잡 부랑배의 술중術中, 남의 꾀 속에 빠져서 속아 넘어가는구나 하는 생각을 하며, 나는 다시 한번 그자의 상판때기를 치어다보지 않을 수 없었다.

(중략)

일 년 열두 달 죽도록 농사를 지어야 반년 짝은 시래기로 목숨을 이어 나가지 않으면 안 되겠으니까…… 하는 말을 들을 제, 그것이 과연 사

실일까 하는 의심이 날 만큼 나의 귀가 번쩍하리만큼 조선의 현실을 몰
랐다. 나도 열 살 전까지는 부모의 고향인 충청도 촌 속에서 자라났고,
그 후에도 일 년에 한두 번씩은 촌락에 발을 들여놓아 보았지만, 설마
그렇게까지 소작인의 생활이 참혹하리라고는 꿈에도 생각해 본 일이
없었다.

-염상섭, 「만세전」 부분

부관 연락선에서 내리는 승객들
1926년 무렵 부산항에서 찍은 사
진이다. 사람들이 부관 연락선에서
내리고 있다.

「만세전」에 드러난 당시 조선의 실상은 아주 구체적이고 사실적
입니다. 소설을 읽다 보면 '나'처럼 "무덤이다! 구더기가 끓는 무덤이
다!"라고 외칠지도 몰라요. 이 구절은 「만세전」의 이전 제목이었던

'묘지'를 떠올리게 합니다. 염상섭은 친일 지식인들과 현실에 무지한 민중이 들끓는 조선의 모습을 '묘지'라는 제목을 통해 나타낸 것이지요. 염상섭이 현재 서울의 모습을 관찰한 후 소설을 썼다면 어떤 제목을 붙였을지 궁금해지네요.

한편 '나'의 아내는 현대 의술로 충분히 고칠 수 있는 병에 걸렸는데, 부친의 고집 때문에 재래식 의술로만 치료받아요. 그 결과 '나'가 도착했을 때 아내는 이미 빈사 상태에 이르렀고, 결국 세상을 떠나지요. 순종적인 여인이었지만 남편의 사랑을 받지 못하고 결국 사망해 공동묘지로 가게 된 아내는 조선의 암울한 현실을 상징해요.

'나'는 죽어 가는 아내를 보면서도 동정심 외에 별다른 감정을 느끼지 못합니다. 아내가 죽고 나서도 눈물조차 흘리지 않아요. 결국 '나'는 아내의 장례를 치른 후 다시 학업을 계속하기 위해 동경(도쿄)으로 떠나지요.

'나'는 조선의 현실을 목격하고 분노하면서도 현실을 바꾸려고 노력하지는 않습니다. 즉, 적극적으로 행동하는 실천적 지식인은 아니지요. 하지만 '나'라는 인물은 분명히 달라졌습니다. 민족의 현실을 깨닫고 새로운 자아를 발견했으니까요. 이런 점에서 '나'에게는 '따뜻한 봄'이 조금 더 가까워졌다고 할 수 있어요. 마찬가지로 당시 조선의 현실은 무덤처럼 암울하고 비참했지만, 미래까지 절망적인 것은 아니었습니다. 이런 이유로 염상섭은 작품 제목을 '묘지'에서 '만세전'으로 바꾼 것이 아닐까요?

유학파 지식인들은 왜 점점 무기력해졌을까
– 현진건의「술 권하는 사회」

'왜 1920년대 초기 소설들의 주인공은 지식인이 많을까?'

이 시기의 단편 소설들을 자주 접하다 보면 이런 의문이 생길 수도 있습니다. 앞에서 살펴본「만세전」을 비롯해 대부분의 소설이 지식인을 주인공으로 삼고 있거든요. 작가들이 다양한 계층을 두고 굳이 지식인을 주인공으로 내세운 이유는 무엇일까요?

첫 번째 이유는 당시 신인 작가 대부분이 일본 유학생 출신이었기 때문입니다. 이들은 유학을 통해 근대 의식을 높이고자 했어요. 작품을 통해 자기 생각을 표현하려면 아무래도 같은 처지인 지식인이 등장하는 게 유리했겠지요?

현진건(1900~1943)
대구에서 태어난 현진건은 일본 도쿄와 중국 상하이에서 유학 생활을 하고 1919년 귀국했다. 1920년 〈개벽〉에 「희생화」를 발표하며 등단했다. 〈조선일보〉, 〈동아일보〉 등에서 기자로 일하기도 했다.

또 다른 이유는 당시 지식인이 새로운 계층으로 떠올랐기 때문입니다. 작가들뿐 아니라 많은 젊은이가 근대적 교육을 통해 신분 상승을 하고자 했어요. 유학을 다녀오면 높은 지위를 얻는 데 유리했거든요. 이렇듯 지식인이 새로운 계층으로 주목받자, 사실주의 작가들은 이들을 작품 안으로 끌어들인 것이지요.

하지만 당시 지식인들이 전부 바람직한 삶을 산 것은 아니었어요. 일부 지식인은 신분 상승에 눈이 멀어 일제와 타협하기도 했지요. 사회 개혁을 바라던 지식인들은 만만치 않은 현실 앞에 좌절했어요.

이들은 점점 나약해지면서 소극적인 성격으로 변하고, 사회의 주변부로 밀려났습니다. 경제적으로도 무능했어요. 현실적인 어려움에 부닥친 지식인들은 사회를 탓하며 술 등에 의존하게 되었지요. 1921년 〈개벽〉에 발표된 현진건의「술 권하는 사회」를 보면 이러한 지식인이 등

〈개벽(開闢)〉
1920년 6월 천도교의 후원을 받아 창간된 월간 종합 잡지다. 일제가 가혹한 언론 정책을 시행하던 시기에 간행되어 창간호부터 많은 탄압을 받았다. 하지만 열악한 상황임에도 민족정신과 독립 의지를 고취시키는 내용을 담고자 했다.

장한답니다.

현진건은 염상섭과 함께 사실주의를 개척한 작가로 평가받고 있습니다. 현진건 역시 일본과 중국에서 공부한 지식인이었어요. 그는 귀국 후 어렵게 생활하면서 「술 권하는 사회」를 썼습니다. 그런 점에서 이 작품은 현진건의 체험이 담긴 자전적 소설이라고 할 수 있어요.

「술 권하는 사회」에는 남편과 아내가 등장합니다. 남편은 일본 유학을 다녀온 후 뭔가 바빠 보여요. 어딘가를 열심히 돌아다니다가 집에 오면 책을 보거나 밤새도록 무엇을 씁니다. 항상 얼굴에는 근심이 가득하고, 한숨을 쉬는 습관이 생겼고요. 집에 있을 때는 화를 자주 내고, 밖에 나가면 술에 취해 돌아오는 날이 많지요. 남편은 왜 이러는 것일까요?

남편은 유학을 다녀왔지만 막상 조국에 오니 뜻을 펼칠 만한 곳이 없었습니다. 그래서 술에 의존해 울분을 달래지요. 이것은 개인의 한

계보다는 일제의 식민 통치로 말미암은 구조적 모순 때문에 일어난 상황이에요. 당시 조선의 지식인들은 「술 권하는 사회」의 남편과 같이 부조리한 현실을 바꾸지 못해 무기력해져 있었습니다. 현진건은 소설을 통해 조선 지식인 사회의 실상을 보여 줌으로써 일제 식민 정책을 간접적으로 비판한 거예요.

남편과 다르게 교육을 받지 못한 아내는 남편이 무엇 때문에 괴로워하는지 모릅니다. 이 점은 다음 글을 보면 파악할 수 있어요.

안해^{아내}에게는 그 말이 너무 어려웠다. 고만 묵묵히 입을 다물었다. 눈에 보이지 않는 무슨 벽이 자기와 남편 사이에 깔리는 듯하였다. 남편과 말이 길어질 때마다 안해는 이런 쓰디쓴 경험을 맛보았다. 이런 일은 한두 번이 아니었다. 이윽고 남편은 기막힌 듯이 웃는다.

"흥, 또 못 알아듣는군. 묻는 내가 그르지, 마누라야 그런 말을 알 수 있겠소. 내가 설명을 해 드리지. 자세히 들어요. 내게 술을 권하는 것은, 화증도 아니고 하이칼라^{high collar, 서양식 유행을 따르는 사람}도 아니요, 이 사회란 것이 내게 술을 권한다오. 이 조선 사회란 것이, 내게 술을 권한다오. 알았소? 팔자가 좋아서 조선에 태어났지, 딴 나라에 났더면 술이나 얻어먹을 수 있나……."

사회란 것이 무엇인가? 안해는 또 알 수가 없었다. 어찌하였든 딴 나라에는 없고 조선에만 있는 요릿집 이름이어니 한다.

－현진건, 「술 권하는 사회」 부분

"사회란 것이 내게 술을 권한다오."라는 남편의 말에 아내는 '사회'

마지막까지 일제와의 타협을 거부한 진정한 지식인 현진건

일본과 중국에서 유학 생활을 하며 학문과 선진 문물을 익힌 현진건은 당대의 지식인이었다. 현진건은 1920년 등단한 이후 「빈처」, 「술 권하는 사회」, 「운수 좋은 날」 등 한국 문학사에 주요한 작품을 남겼다. 1921년 〈조선일보〉에 입사하며 언론계에 첫발을 디딘 뒤 1936년 〈동아일보〉 사회부장을 지낼 정도로 유능한 언론인이기도 했다. 당시 많은 지식인이 현실의 어려움 등을 변명 삼아 친일 행동을 한 것과 달리, 현진건은 가난으로 고통을 겪으면서도 마지막까지 일제와 타협하지 않았다.

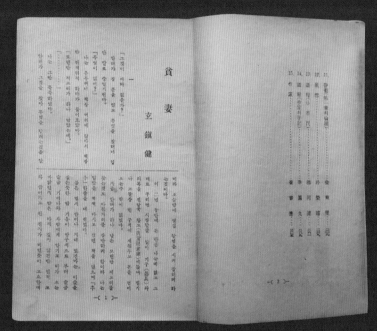

「빈처」
1921년 〈개벽〉에 발표한 현진건의 두 번째 소설이자, 자전적 소설이다. 이 작품으로 현진건은 문단의 주목을 받기 시작했다.

「조선의 얼골」(왼쪽)
1926년 글벗집에서 간행한 현진건의 소설집이다. 「운수 좋은 날」, 「B사감과 러브 레터」, 「고향」 등 단편 소설 11편이 실려 있다.

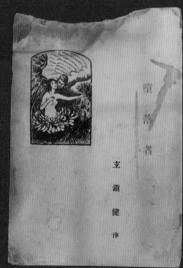

「타락자」(오른쪽)
1922년 조선도서주식회사에서 간행한 현진건의 첫 소설집이다. 「빈처」, 「타락자」 등이 수록되어 있다.

세이조 중학교(왼쪽)
일본 도쿄에 있는 중학교로, 현진건이 다녔
던 학교다. 현진건은 1917년 일본에 건너가 세
이조 중학교 3학년에 편입학했으며, 4학년 때
중퇴했다.

후장 대학교(아래)
20세기 초 중국 상하이에 있던 종합 대학이다.
현진건은 세이조 중학교를 중퇴한 뒤 상하이로
건너가 후장 대학교에서 독일어를 전공했다.

현진건 문학비(대구)
1996년 대구 달서구에 있는 두류 공원에 세워진 현진건 문학비다. 현진건의 소설 「고향」 중 일부가 새겨져 있다. 대구는 현진건의 고향이자 유년기를 보낸 곳이다.

를 '요릿집 이름'이라고 생각합니다. 사회의 구조적 모순을 전혀 이해하지 못하는 거예요. 아내와 함께 있는 것에 답답함을 느낀 남편은 결국 집을 나가지요. 아내는 절망스럽게 "그 몹쓸 사회가, 왜 술을 권하는고!"라고 중얼거려요. 「술 권하는 사회」는 아내의 이 혼잣말로 끝난답니다.

아내로서도 남편이 아주 답답했을 거예요. 아내는 남편이 유학을 갔다 오면 경제적으로 풍요로운 생활을 할 수 있을 거라 기대했습니다. 남편은 유학을 통해 사회 개혁을 이룰 수 있을 거라 기대했지만, 아내는 경제적 안정을 바란 거예요. 그래서 아내는 남편이 돈벌이 하지 않고, 오히려 돈을 쓰며 술을 마시는 이유를 이해하지 못해요.

「술 권하는 사회」에 나타난 남편과 아내의 갈등은 단지 부부 사이의 갈등이 아닙니다. 남편이 상징하는 근대적 가치관과 아내가 상징하는 봉건적 질서 사이의 갈등이라고 볼 수 있어요. 따라서 남편이 집 밖으로 나가는 것은 봉건적 질서의 바깥, 즉 근대적 사회로 나가고자 하는 욕망을 나타낸답니다.

사랑으로 신분의 벽을 넘다
– 나도향의 「벙어리 삼룡이」

이상화, 현진건, 박종화 등과 함께 〈백조〉 동인(同人, 어떤 일에 뜻을 같이해 모인 사람)으로 참가한 한 작가가 있었습니다. 그는 1922년 〈동아일보〉에 장편 소설 「환희」를 연재해 주목을 받았지요. 하지만 작가로서 능숙한 경지에 들려 할 때 폐병이 그를 덮치고 말아요. 결국 그는 25세의 젊은 나이에 세상을 떠나고 말지요. 이 작가가 바로 「벙어리 삼룡이」, 「물레방아」, 「뽕」 등 20여 편의 주옥같은 단편 소설을 남긴 나도향이에요.

「벙어리 삼룡이」는 1925년 〈여명〉에 발표된 단편 소설입니다. 나도향이 1926년에 세상을 떠났으니 죽음을 눈앞에 둔 시기에 집필한 작품이지요. 「벙어리 삼룡이」에는 헌신적인 하인인 벙어리 삼룡과 그의 주인인 오 생원이 등장합니다. 오 생원의 버릇없는 아들과 그의 새색시인 주인아씨도요.

여러분도 잘 알다시피 우리나라에는 아주 오래전부터 신분 제도가 있었습니다. 신분 제도는 1894년 갑오개혁 때 완전히 폐지되었어요. 하지만 계급 간의 갈등은 여전히 남아 있었지요. 「벙어리 삼룡이」에는 계급 차이로 고통받던 사람들의 모습이 사실적으로 나타나 있답니다.

삼룡의 주인인 오 생원은 마을 사람들로부터 존경을 받는 인물이었습니다. 오 생원은 삼룡을 극진히 아꼈지요. 문제는 오 생원의 아들이었어요. 오 생원의 아들은 삼룡을 심하게 학대하고, 심지어 아름답고 착

<백조(白潮)>
1922년 1월에 창간된 문예 동인지다. 동인으로는 홍사용, 박종화, 현진건, 나도향, 이상화, 박영희 등이 활약했다. 3·1 운동의 실패에 영향을 받아 시는 낭만주의적, 소설은 자연주의적 성격이 짙게 나타났다.

나도향(1902~1926)
서울에서 태어난 나도향은 현진건, 이상화, 홍사용 등과 함께 〈백조〉의 동인으로 활동했다. 1922년 〈백조〉 창간호에 소설 「젊은이의 시절」을 발표하며 작품 활동을 시작했다. 1926년 일본에서 폐병으로 세상을 떴다. 사진은 배재 고등 보통학교 시절의 모습이다.

부시쌈지
부싯돌 등을 넣어 가지고 다닐 수
있도록 만든 작은 쌈지다.

한 새색시까지 괴롭히기 시작하지요. 삼룡은 점점 주인아씨를 동정하게 됩니다. 주인아씨는 삼룡의 충직한 마음에 감동해 비단 헝겊으로 부시쌈지 하나를 만들어 주지요.

삼룡은 양반과 천민 사이의 높은 벽을 인식하면서도 주인아씨를 사랑하게 됩니다. 신분적인 제약이 삼룡의 사랑을 더욱 극적으로 만들지요. 삼룡의 사랑은 순수했지만, 당시 사람들의 봉건적인 사고로는 절대 이해하기 어려운 일이었어요. 부시쌈지를 보고 삼룡과 주인아씨의 관계를 오해한 오 생원의 아들은 삼룡을 때린 후 집 밖으로 내쫓아요.

그날 밤, 오 생원의 집은 화염에 휩싸입니다. 먼저 주인을 구한 삼룡은 주인아씨를 찾으러 불길 속으로 뛰어들지요. 삼룡과 주인아씨는 무사히 불길에서 나올 수 있었을까요?

　　그는 색시를 안았다. 그러고는 길을 찾았다. 그러나 나갈 곳이 없었다. 그는 하는 수 없이 지붕으로 올라갔다. 그는 비로소 자기의 몸이 자유롭

**「벙어리 삼룡이」의 배경이 된
연화봉 마을**(서울 용산구)
「벙어리 삼룡이」에 등장하는 '남대문 밖 연화봉'은 실제로 있는 지역으로, 현재 서울 용산구 청파동 일대를 이른다.

지 못한 것을 알았다. 그러나 그는 자기가 여태까지 맛보지 못한 즐거운 쾌감을 자기의 가슴에 느끼는 것을 알았다. 색시를 자기 가슴에 안았을 때 그는 이제 처음으로 살아난 듯하였다. 그는 자기의 목숨이 다한 줄 알았을 때, 그 색시를 내려놓을 때는 그는 벌써 목숨이 끊어진 뒤였다. 집은 모조리 타고 벙어리는 색시를 무릎에 뉘고 있었다. 그의 울분은 그 불과 함께 사라졌을는지! 평화롭고 행복스러운 웃음이 그의 입 가장자리에 엷게 나타났을 뿐이다.

-나도향,「벙어리 삼룡이」부분

윗글은 「벙어리 삼룡이」의 결말 부분이에요. 삼룡은 결국 불길 속에서 나가지 못하고 주인아씨를 품에 안은 채 죽습니다. 오생원의 집에 난 불을 누가 질렀는지 확실하게 나와 있지 않아요. 삼룡이 질렀을 수 있고, 주인아씨가 질렀을 수도 있으며, 다른 누군가가 질렀을 수도 있지요. 삼룡이 불을 질렀다고 치면, 그것은 그동안 자신이 당했던 부당한 억압에 대한 복수이자, 주인아씨에 대한 사랑을 승화시킨 행위라고 볼 수 있습니다.

결말 내용만 보면 삼룡과 주인아씨가 모두 죽으니 비극적이라고 생각하기 쉽습니다. 하지만 윗글을 다시 한번 자세히 읽어 보세요. 삼룡은 점점 죽어 가지만 역설적으로 "처음으로 살아난 듯"한 기분을 느낍니다. 그래서 "평화롭고 행복스러운 웃음이 그의 입 가장자리에" 나타나는 것이지요. 삼룡의 죽음에서는 일반적으로 느끼는 고통 대신 사랑이 완성되는 희열의 순간을 엿볼 수 있습니다. 삼룡의 사랑이 안타까우면서도 낭만적으로 느껴지지 않나요?

"우리는 여태까지 속아 살았다."
– 최서해의「탈출기」

최서해(1901~1932)
함북 성진의 가난한 소작농 집안에서 태어난 최서해는 가정 환경 때문에 제대로 된 교육을 받지 못했다. 독학으로 문학을 익히고 1924년 소설「고국」이 이광수의 추천을 받아 〈조선문단〉에 실리면서 등단했다. 참혹했던 유년기의 경험을 토대로「탈출기」,「기아와 살육」등의 작품을 창작했다.

〈조선문단(朝鮮文壇)〉
1924년 10월에 창간된 문예 잡지다. 최서해와 같은 유명한 신인을 배출했고, 자연주의 문학의 성장에 영향을 끼쳤다.

우리는 1장에서「옥중에서 어머니께 올리는 글월」을 살펴보았습니다. 심훈이 서대문 형무소에서 어머니에게 쓴 편지였지요. 이러한 편지 형식을 소설에 접목하면 어떨까요?

여러분이 잘 알다시피 편지는 보내는 사람과 받는 사람이 지극히 사적인 교감을 나누는 의사소통 수단이에요. 편지 형식으로 소설을 쓴다면 상대에게 친근감을 드러내며 서술자의 내면 심리를 설득력 있게 전달할 수 있겠지요? 이러한 소설을 서간체 소설이라고 합니다. 편지를 다른 말로 서간(書簡)이라고 하기 때문이지요.

최서해의「탈출기」는 서간체 소설의 특징을 잘 살린 작품입니다. 이 소설은 1925년 〈조선문단〉에 발표되었어요. 최서해는 소설의 허구성보다는 편지의 사실성에 중점을 두어 주제를 전달하고 있습니다.「탈출기」는 다음과 같이 박 군과 김 군의 편지로 시작해요.

> 1
>
> 김 군! 수삼 차^{두서너 번} 편지는 반갑게 받았다. 그러나 나는 한 번도 회답하지 못하였다. 물론 군의 충정에는 나도 감사를 드리지만 그 충정을 나는 받을 수 없다.
>
> ― 박 군! 나는 군의 탈가^{脫家, 일정한 조건이나 환경, 구속 따위에서 벗어나기 위해 자기 집에서 나감}를 찬성할 수 없다. 음험한 이역^{異域, 다른 나라의 땅}에 늙은 어머니와 어린 처자를 버리고 나선 군의 행동을 나는 찬성할 수 없다.

(중략)

　김 군! 나도 사람이다. 정애^{情愛, 따뜻한 사랑}가 있는 사람이다. 나의 목숨 같은 내 가족이 유린받는 것을 내 어찌 생각지 않으랴? 나의 고통을 제삼자로서는 만분의 일이라도 느낄 수 없을 것이다.

　나는 이제 나의 탈가한 이유를 군에게 말하고자 한다.

-최서해,「탈출기」부분

　박 군과 김 군은 친구 사이입니다. 윗글을 보니 박 군이 집을 나간 상황이네요. 김 군은 가족을 생각해서라도 어서 집으로 돌아가라는 내용의 편지를 박 군에게 보냅니다. 박 군은 답신을 통해 김 군의 충정을 받아들일 수 없다고 말하지요. 늙은 어머니와 처자를 버리면서까지 집을 나갈 수밖에 없었던 박 군의 사정은 무엇이었을까요? 지금부터 박 군이 우리에게 보낸 편지를 읽는다고 생각하면서 박 군('나')의 이야기를 들어 보아요.

　이 편지의 시대적 배경은 암울했던 일제 강점기입니다. 일제는 1920년부터 자국의 부족한 식량을 보충하기 위해 조선에서 쌀 생산량을 늘리려는 정책(산미 증식 계획)을 시행했어요. 일제는 쌀 생산량이 목표만큼 늘어나지 않았는데도 훨씬 더 많은 쌀을 가져갔습니다. 식량 부족에 허덕이게 된 조선 농민들은 새로운 삶의 터전을 찾아 일본이나 만주·간도 등으로 이주했어요.

　'나' 역시 이러한 이유로 어머니와 아내를 데리고 간도로 이주합니다. '나'의 꿈은 농사를 지어 배불리 먹고, 깨끗한 초가에서 글을 읽으며 무지한 농민들을 가르치는 것이었어요. 하지만 '나'의 꿈은 물거품이 됩니다. '나'는 농사를 지으려고 밭을 구하지만 빈 땅이 없어요. 일자리를 얻지 못한 '나'는 닥치는 대로 아무 일이나 합니다. 어머니와 아내도 삯방아(돈이나 물건을 받고 곡식 따위를 찧거나 빻아 줌)를 하고, 강가에서 나뭇개비를 주워 목숨을 겨우 이어 가지요.

일거리를 찾아 헤매다가 집에 돌아온 '나'는 임신한 아내가 부엌에서 무엇인가 먹고 있는 모습을 봅니다. '나'는 어머니보다 자신을 먼저 생각하는 아내의 행동에 배신감을 느껴요. 하지만 아내가 뛰쳐나간 뒤 아궁이를 뒤지다가 잇자국이 난 귤껍질을 발견하고는 눈물을 흘리지요.

겨울이 깊어 가지만 여전히 일자리는 없습니다. '나'는 사회 제도의 희생자로 살아온 삶을 생각하니 분노가 치솟아 올라요. 그러면서 아무리 충실하게 살아도 가난에서 절대 벗어날 수 없다는 사실을 깨닫지요. '나'는 사회적 모순을 바로잡겠다는 생각으로 어머니와 아내를 버리고 사회주의 결사 단체인 XX단에 가입합니다. 이러한 이유로 '나'

간도 주민의 가을 타작
1910년대 간도에 거주하던 한국인이 가을을 맞아 타작하는 모습이다. 일제 강점기 전후, 국내의 삶을 견딜 수 없어 간도로 이주하는 한국인이 급격히 증가했다.

최서해의 묘와 문학비(서울 중랑구)
1932년 사망한 최서해의 묘다. 본래 서울 강북구의 미아리 공동묘지에 묻혔으나 1959년 시인 김광섭 등이 망우 묘지로 이장했다. 묘 앞에는 최서해의 문학과 생애를 기리는 문학비가 세워져 있다.

는 김 군의 충정을 받아들이지 못한 거예요.

「탈출기」를 읽은 당시 문인들은 큰 충격을 받았습니다. 유학생 출신의 엘리트 작가들이 경험할 수 없었던 '생생한 체험'이 「탈출기」에 고스란히 담겨 있었기 때문이지요. 이 작품이 더욱 사실성을 지닐 수 있었던 이유는 최서해의 삶과 밀접한 관련이 있답니다.

최서해의 학력은 3년 정도 보통학교(일제 강점기에, 우리나라 사람들에게 초등 교육을 하던 학교)에 다닌 것이 전부예요. 불우한 가정에서 태어난 그는 어려서부터 각지로 전전하며 밑바닥 생활을 뼈저리게 체험했습니다. 「탈출기」의 '나'처럼 1918년 간도로 이주해 궁핍한 생활을 한 적도 있고요. 이러한 체험이 토대가 된 「탈출기」는 신경향파 문학의 대표작으로 평가받고 있어요.

「탈출기」는 문단에서 많은 호평을 받았지만, 최서해는 여전히 가난했습니다. 그는 생계를 잇기 위해서라면 문인 모두가 꺼리던, 기생들의 잡지를 만드는 일도 마다하지 않았어요. 평생을 가난에서 탈출하지 못하면서도, 최서해는 악착같이 작품을 쓰며 문학적 업적을 쌓았습니다. 하지만 안타깝게도 32세의 젊은 나이에 생을 마감했지요.

신경향파 문학
1920년대에 등장한 사회주의 경향의 새로운 문학 사조다. 사회주의 사상을 바탕으로 하층민의 궁핍하고 비참한 삶의 실상을 그리고, 계급 간의 대립과 저항을 주요 내용으로 삼았다.

문인들의 안식처, 망우 묘지공원

서울 중랑구와 경기 구리시에 걸쳐져 있는 망우산에는 오래된 공동묘지가 있다. 오늘날 망우 묘지공원으로 불리는 이 공동묘지는 1933년부터 조성되기 시작했다. 최서해, 한용운을 비롯한 문인들과 안창호, 지석영, 조봉암 등 역사적 인물들이 이곳에 잠들어 있다.

한용운(1879~1944)의 묘
시인이자 독립운동가, 승려인 한용운의 묘다. 광복을 눈앞에 두고 서울 성북구의 자택 심우장에서 세상을 뜬 한용운은 망우 묘지공원에 안장되었다.

김상용(1902~1951)의 묘
시인이자 영문학자인 김상용의 묘다. 김상용은 6·25 전쟁 중이던 1951년 피란을 위해 머물던 부산에서 사망했다. 생전에는 주로 서정시를 많이 발표했다.

방정환(1899~1931)의 묘
일제 강점기에 활동한 아동 문학가 방정환의 묘다. 방정환은 '어린이'라는 말을 만들고 '어린이날'을 제정하는 등 어린이 운동에 앞장섰다. 과로로 병을 얻어 만 31세에 사망했다.

박인환(1926~1956)의 묘

시인 박인환의 묘다. 강원 인제에서 태어난 박인환은 서울 종로에서 서점을 운영하며 시인들과 교류했다. 그 영향으로 1946년부터 시를 쓰기
시작했고 「목마와 숙녀」, 「세월이 가면」 등의 시를 남겼다.

계용묵(1904~1961)의 묘

소설가 계용묵의 묘다. 평남 선천에서 태어난 계용묵은 1927년 〈조선문단〉에 소설 「최 서방」을 발표하며 본격적인 작품
활동을 시작했다. 1935년 대표작 「백치 아다다」를 발표해 많은 주목을 받았다.

망우 공원 입구

망우 묘지공원이 있는 망우산에는 시민들이 산책을 즐길 수 있는 망우 공원도 조성되어 있다. 망우 공원으로 들어서는
입구에는 망우 묘지공원에 안장된 유명인들의 사진과 정보가 전시되어 있다.

2 다양성을 실험하고 시도하다 | 시

3·1 운동의 실패는 얼마나 많은 사람에게 좌절감을 안겨 주었을까요? 1920년대 초반, 우리 사회에 퍼진 패배 의식과 허무주의는 시에도 큰 영향을 미쳤습니다. 이 시기에는 홍사용의 「나는 왕이로소이다」와 같은 감상적이고 퇴폐적인 분위기의 낭만주의 시가 많이 창작되었어요. 1925년에는 카프의 결성으로 사회주의 사상이 지식인들 사이에 전파되어 임화의 「우리 오빠와 화로」 같은 경향시가 등장했지요. 이런 상황 속에서도 김소월은 전통적인 율격과 정서를 바탕으로 한 시를 묶어 시집 『진달래꽃』을 발간했습니다. 한용운도 『님의 침묵』을 통해 우리 시 문학의 수준을 높였어요. 또한 김동환은 우리나라 최초로 장편 서사시 「국경의 밤」을 발표했지요.

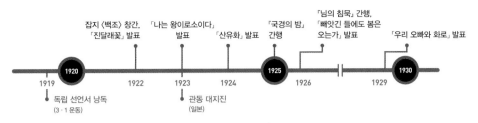

잡지 〈백조〉 창간, 「진달래꽃」 발표

「나는 왕이로소이다」 발표

「산유화」 발표

「국경의 밤」 간행

「님의 침묵」 간행, 「빼앗긴 들에도 봄은 오는가」 발표

「우리 오빠와 화로」 발표

1920 　1922　1923　1924　1925　1926　1929　1930

1919
독립 선언서 낭독
(3·1 운동)

관동 대지진
(일본)

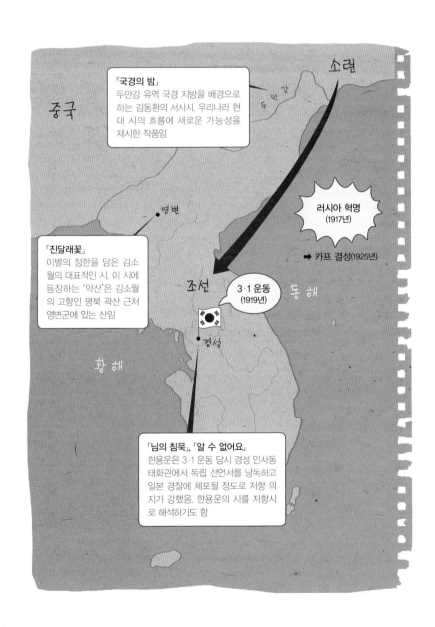

소련

중국

두만강

「국경의 밤」
두만강 유역 국경 지방을 배경으로 하는 김동환의 서사시. 우리나라 현대 시의 흐름에 새로운 가능성을 제시한 작품임

러시아 혁명
(1917년)

➡ 카프 결성(1925년)

영변

「진달래꽃」
이별의 정한을 담은 김소월의 대표적인 시. 이 시에 등장하는 '약산'은 김소월의 고향인 평북 곽산 근처 영변군에 있는 산임

조선

3·1 운동
(1919년)

동해

경성

황해

「님의 침묵」, 「알 수 없어요」
한용운은 3·1 운동 당시 경성 인사동 태화관에서 독립 선언서를 낭독하고 일본 경찰에 체포될 정도로 저항 의지가 강했음. 한용운의 시를 저항시로 해석하기도 함

〈백조(白潮)〉
1922년에 창간된 문예 동인지다.
홍사용, 나도향, 박종화 등이 함께
만들었다. 1923년 9월 제3호를 마
지막으로 종간되었다.

서럽고, 서럽고, 또 서럽도다
– 홍사용의 「나는 왕이로소이다」

왕이 한 사람 있습니다. 이 왕은 자신을 가장 가난한 농군의 아들이자 눈물의 왕이라고 말하고 있어요. 어머니에게 눈물을 물려받아 슬픔 속에서 탄생했기 때문이지요. 그래서일까요? 왕은 어머니의 이야기에도 슬피 울고, 죽을까 봐 겁나서 울기도 하며, 상두꾼(상여를 메는 사람)의 노래와 새 울음에도 슬퍼했답니다. 이렇게 남모르게 혼자 우는 것이 버릇처럼 된 이 왕은 과연 누구일까요?

이 왕은 홍사용이 1923년 〈백조〉에 발표한 시 「나는 왕이로소이다」의 화자예요. 당시 현실을 고려한다면 이 시의 화자인 '왕'은 일제 강점하의 조국을, '어머니'는 일제 강점기 이전의 조국인 대한 제국을 상징한다고 볼 수 있습니다. 이렇게 해석한다면 왕은 어머니에게 민족의 슬픔을 물려받아 식민지 현실 속에서 고통스럽게 살 수밖에 없겠지요. 어른이 되어서도 자유를 빼앗기는 수모를 겪어서 왕이 다스리는 나라는 어디든 설움만 존재하는 거예요.

그날 밤도 이렇게 달 있는 밤인데요,

으스름달_{침침하고 흐릿한 빛을 내는 달}이 무리 서고 뒷동산에 부엉이 울음 울던 밤인데요,

어머니께서는 구슬픈 옛이야기를 하시다가요, 일없이_{아무런 까닭이나 실속 없이} 한숨을 길게 쉬시며 웃으시는 듯한 얼굴을 얼른 숙이시더이다.

왕은 노상 버릇인 눈물이 나와서 그만 끝까지 섧게_{서럽게} 울어 버렸소이

다. 울음의 뜻은 도무지 모르면서도요.

　어머니께서 조으실 때에는 왕만 혼자 울었소이다.

　어머니의 지우시는 눈물이 젖 먹는 왕의 뺨에 떨어질 때에면, 왕도 따라서 시름없이 울었소이다.

　　　　　　　　　(중략)

　나는 왕이로소이다. 어머니의 외아들 나는 이렇게 왕이로소이다.

　그러나 그러나 눈물의 왕! 이 세상 어느 곳에든지 설움 있는 땅은 모두 왕의 나라로소이다.

　　　　　　　　　　　　　　　－홍사용, 「나는 왕이로소이다」 부분

「나는 왕이로소이다」 시비(경기 화성)
노작 홍사용 문학관 옆에 세워진 시비다. 경기 화성은 홍사용이 성장기를 보낸 곳으로, 홍사용의 묘소가 있는 곳이기도 하다.

「나는 왕이로소이다」
홍사용의 시와 산문을 모아 펴낸 작품집이다. 홍사용이 세상을 뜬 후에 유족들이 간행했다.

토월회(土月會)
1923년에 결성된 연극 단체. 홍사용은 시나 산문뿐만 아니라 연극에도 관심을 보이며 토월회의 일원으로 활동했다. 사진은 1935년에 촬영된 것으로 추정되며, 원 안의 인물이 홍사용이다.

「나는 왕이로소이다」의 화자는 마치 비극적인 내용의 연극 무대에서 슬픈 어조로 독백하는 주인공처럼 보입니다. 그래서일까요? 이 시에는 슬프고 서러운 감정, 즉 '비애'가 짙게 깔려 있습니다. 홍사용은 화자인 '왕'을 통해 식민지 시대를 살아가는 비애를 드러냈어요. 삶은 태어나는 순간부터 괴롭고, 어떤 곳을 가도 공포와 비애만 가득하다는 거예요.

이러한 감정은 홍사용 개인의 성향이나 성장 과정 등에서 나온 것으로 볼 수도 있습니다. 하지만 「나는 왕이로소이다」에 담긴 비애는 개인적이라기보다는 민족적인 한(恨)에 더 가까워요.

이 감정은 홍사용의 성향뿐 아니라 〈백조〉 동인들의 감상적이고 낭만적인 경향을 잘 드러낸답니다. 이처럼 풍부한 감정을 표현하는 예술 경향을 '낭만주의'라고 해요. 1920년대 우리나라 문학의 낭만주의는 허무감과 슬픔을 드러내는 것이 특징이지요.

<백조>는 홍사용, 박종화, 나도향, 박영희 등이 1922년 1월에 창간한 문예 동인지입니다. 이 잡지에는 시만 실린 것이 아니라 소설도 실렸어요. 시는 낭만주의적 성향이 강했고, 소설은 자연주의적인 작품이 많았지요. 그렇다면 <백조>를 중심으로 한 문학 운동은 왜 낭만주의적 성격을 강하게 드러낸 것일까요?

가장 큰 이유는 당시 시대 상황 때문이었습니다. 일제의 탄압과 그에 대한 투쟁을 지켜보며 성장한 사람들은 조금 일찍 성숙해졌어요. 여러분 같은 청소년들도 일제의 부당함에 분노하고, 조국의 무력함에 슬퍼했지요.

특히 3·1 운동 때 학생 운동의 선두에 섰다가 체포되어 3개월간 옥고를 치를 정도로 저항 의지가 강했던 홍사용은 3·1 운동의 실패로 큰 절망에 빠졌습니다.

홍사용을 비롯한 문학도들은 좌절과 절망을 거듭하면서 현실을 직면하기보다는 감성을 추구하게 되었어요. 그래서 자연스레 낭만주의 성향을 띤 문학 작품을 창작한 것이지요.

<백조>는 애초 계획과는 달리 3호밖에 발간되지 못했습니다. 평소 백조파에 반감을 품었던 소설가 김기진의 방해 때문이었지요. <백조>는 금방 폐간되었지만 <폐허>와 함께 우리 문학사에서 큰 비중을 차지하는 잡지로 꼽힌답니다.

홍사용(1900~1947)
경기 용인에서 태어난 홍사용은 1920년 <문우>, 1922년 <백조> 등 문예 잡지를 창간하며 문단 활동을 했다. 이후 여러 신문과 잡지에 시, 소설, 희곡, 수필 등 다양한 글을 발표했다.

<폐허(廢墟)>
1920년 7월에 창간된 문예 동인지다. 동인으로는 김억, 염상섭, 오상순, 황석우 등이 활약했다. 19세기 후반 서구 문학의 상징주의와 퇴폐적 경향을 소개했다.

홍사용을 추억하는 곳, 노작 홍사용 문학관

2010년 경기 화성에 홍사용을 기념하기 위한 문학관이 문을 열었다. 화성은 홍사용이 아버지가 사망한 후 어머니와 함께 살며 성장기를 보낸 곳이자 홍사용의 묘소가 있는 곳이다. 홍사용의 호인 '노작'은 '이슬에 젖은 참새'라는 뜻이다.

노작 홍사용 문학관
경기 화성의 노작 근린공원 안에 세워진 문학관으로, 홍사용의 작품과 유품, 사진 등을 전시하고 있다.

노작 홍사용 문학관 내부
노작 홍사용 문학관의 전시실 모습이다. 연극 활동에도 열심이었던 홍사용을 기리기 위해 노작 홍사용 문학관에서는 전시뿐만 아니라 연극 공연, 영화 상영 등도 진행하고 있다.

홍사용의 작품이 수록된 책들
홍사용의 생전에는 작품집이 나오지 않았다가 사후 여러 책에 홍사용의 작품이 실렸다. 왼쪽부터 『홍사용 전집』, 『사랑의 서정시』, 『산과 바다는 부른다』, 『낙엽과 눈은 쌓이고』, 『한국 문단사』, 『현대 문학사 탐방』이다.

홍사용의 육필 원고
홍사용의 수필 「청산백운」의 육필 원고다.

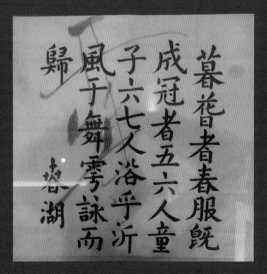

홍사용의 친필
홍사용이 직접 쓴 서예 글씨로, 휘문 의숙 재학 중에 서예 경시대회에서 수상한 작품이다.

우리나라식 사랑과 이별
– 김소월의 「진달래꽃」

우리나라 사람들이 가장 좋아하는 시의 순위를 매긴다면 윤동주의 「서시」와 1, 2위를 다투는 작품이 바로 김소월의 「진달래꽃」일 거예요. 그만큼 김소월이라는 시인과 그의 대표작인 「진달래꽃」은 대중에게 친숙하지요.

그런데 아직도 김소월이 남자인지 여자인지 헷갈린다고요? 하긴 이름을 봐도 그렇고, 특히 김소월의 작품을 읽으면 여자라고 생각하기 쉽지요. 사실 김소월의 본명은 김정식이고, 소월은 호(號, 본명이나 자 이외에 허물없이 쓰기 위해 지은 이름)예요. 그는 여성 화자의 목소리를 빌려 시를 쓰는 남성 시인이랍니다.

김소월(1902~1934)
평북 곽산에서 태어난 김소월은 1920년 〈창조〉에 「낭인의 봄」, 「그리워」 등 5편의 시를 발표하며 등단했다. 한민족 고유의 정서를 민요적 율격에 담은 시를 주로 창작했다.

나 보기가 역겨워

가실 때에는

말없이 고이 보내 드리우리다

영변에 약산

진달래꽃

아름 따다 가실 길에 뿌리우리다

가시는 걸음 걸음

놓인 그 꽃을

사뿐히 즈려밟고 가시옵소서

나 보기가 역겨워

가실 때에는

죽어도 아니 눈물 흘리우리다

－김소월,「진달래꽃」전문

서구 문예 사조가 쏟아져 들어오던 1922년 김소월은 우리 민족의 보편적 정서인 이별의 정한(情恨, 정과 한을 아울러 이르는 말)을 민요적 율격에 담아 「진달래꽃」을 썼습니다. 이 시를 천천히 낭송하면 마치 음악처럼 리듬감이 느껴질 거예요. 1연과 2연, 4연 끝에 '~우리다'가 반복되어 있고, 7·5조의 3음보 율격을 바탕으로 하고 있기 때문이지요.

북수구문(평북 영변)
「진달래꽃」에 등장하는 '영변 약산'은 김소월의 고향 근처에 있는 산이다. 사진은 1939년 영변 약산에 있는 철옹성의 북수구문을 촬영한 것이다. 수구문이란 성안의 물을 성 밖으로 내보내는 길인 수구에 만든 문이다.

'7·5조'라고 하니 1장에서 살펴보았던 창가 하나가 떠오르지 않나요? 맞습니다. 최남선의 「경부 철도 노래」도 7·5조였지요. 「진달래꽃」을 비롯한 김소월의 많은 시가 7·5조의 형식을 지니고 있지만, 시 안에 담긴 정서나 분위기는 창가와 완전히 다르답니다.

「진달래꽃」의 화자인 '나'는 임과 이별한다면 어떻게 임을 떠나보내야 하는지를 생각하고 있습니다. 보통 여성이라면 임이 떠나지 못하게 설득하거나 붙잡겠지만, '나'는 임을 고이 보내 주겠다고 말하지요.

게다가 '나'는 임을 그냥 보내는 것이 아니라 가시는 앞길에 진달래꽃을 뿌리겠다고 말합니다. 부처가 지나가는 길에 꽃을 뿌려 공양하는 산화공덕(散花功德)처럼 임의 앞길을 축복하겠다는 뜻이지요. 이것도 모자라 '나'는 자신이 뿌린 진달래꽃을 사뿐히 밟고 가라고 하네요. '나'가 진심을 담아 뿌린 '진달래꽃'은 '나'의 마음이자 '나'의 분신입니다. 즉, '나'는 짓밟힌 진달래꽃처럼 자신을 희생해서라도 가시는 임을 축복하려고 하는 거예요.

사랑하는 임과 이별하는 심정은 너무 슬프지만, 눈물을 흘린다면 떠나는 임도 슬퍼할 것입니다. 그래서 '나'는 고통스럽지만 임이 가실 때 죽어도 눈물을 흘리지 않겠다고 다짐하지요. 이는 연약해 보이지만 강하고 속이 깊은 한국 여성의 모습이에요.

「진달래꽃」에는 애절한 한(恨)의 정서가 흐릅니다. 앞에서 언급한 것처럼 한은 우리 민족의 보편적인 정서예요. 짧은 생을 살았던 김소월의 삶에도 한이 녹아 있었답니다.

김소월이 어렸을 때 김소월의 아버지는 일본인들에게 폭행을 당해 정신 이상자가 되고 맙니다. 이후 김소월은 할아버지의 손에서 성장하지요. 김소월은 할아버지의 지시로 15세의 어린 나이에 결혼했어요.

1923년에는 일본으로 유학 가지만 관동 대지진이 일어나 중퇴하고 귀국하게 돼요. 이후 김소월은 할아버지가 경영하는 광산 일을 도왔습니다. 하지만 광산업이 실패하고 집안 형편이 안 좋아지자, 처가가 있는 구성군으로 이사하게 되지요. 그곳에서 김소월은 〈동아일보〉 지국을 경영하며 생계를 이어가려 했지만, 그마저도 실패하고 맙니다.

예민한 성격이었던 김소월은 거듭된 실패에 충격을 받고, 술로 세월을 보내기 시작했어요. 그러다 보니 작품 활동도 뜸해지고 생활고까지 겹쳐 극도로 빈곤한 생활을 하게 되었지요. 결국 김소월은 1934년 고향인 곽산으로 돌아가 스스로 목숨을 끊어요.

관동 대지진(1923)
1923년 9월 일본 관동 지방에서 큰 지진이 일어나 10만여 명의 사망자가 발생했다. 재난의 혼란 속에서 민심이 흔들리자 이를 수습하기 위해 일본은 재일 한국인이 폭동을 일으켜 약탈과 방화를 저지르고 있다는 유언비어를 퍼뜨렸다. 이로 말미암아 무고한 한국인 수천 명이 학살당했다. 사진은 관동 대지진 당시의 조선인 학살 모습이다.

'저만치 혼자서' 살아가는 우리들
– 김소월의 「산유화」

서울 남산에는 드라이브 코스로 유명한 소월길이 있어요. 소월길은
김소월의 호인 '소월'을 따서 이름 붙인 길이지요. 봄에 소월길을 걸으
면 벚꽃을 비롯해 다양한 봄꽃을 만날 수 있답니다. 꽃을 구경하면서
걷다가 남산 도서관에 다다르면 김소월의 시를 새긴 비석도 볼 수 있
어요. '김소월 시비'에는 김소월이 1924년에 발표한 시 「산유화」가 새
겨져 있지요.

산에는 꽃 피네

꽃이 피네

갈가을 봄 여름 없이

꽃이 피네

산에

산에

피는 꽃은

저만치 혼자서 피어 있네

산에서 우는 작은 새여

꽃이 좋아

산에서

사노라네

산에는 꽃 지네

꽃이 지네

갈 봄 여름 없이

꽃이 지네

-김소월,「산유화」전문

혹시 이 시를 처음 읽었다면 시의 첫인상이 어땠나요? 꽃이 피고 지
는 평범한 자연 현상을 다루고, 쉬운 시어들이 반복적으로 등장해 좀
밋밋한 느낌이 들었다고요? 하지만 이 시를 통해 시인이 전달하고자
하는 바는 그리 간단하지 않습니다. 우리가 쉽게 접할 수 있는 자연 현
상을 통해 이 세상에 존재하는 모든 사물의 근원적인 고독감을 표현
했기 때문이에요.

남산 소월길(서울 용산구)
남산 남쪽에 있는 숭례문에서 용
산구 한남동에 이르는 도로다.
본래 남산 순환 도로라고 불렸는
데, 1984년 '소월길'로 이름이 바
뀌었다.

오늘날 서울에 남아 있는 시인 김소월의 발자취

김소월은 평북 정주군 곽산면에서 태어나 어린 시절을 보냈다. 그곳에서 오산 학교를 다니던 중 3·1 운동의 여파로 학교가 폐교되자, 1922년 경성 배재 고등 보통학교에 편입학했다. 이후 일본 도쿄로 유학을 가기 전까지 일 년 남짓한 기간 동안 김소월은 경성에서 생활했다. 김소월이 서울에서 보낸 시간은 길지 않지만 오늘날 서울 남산의 소월길, 배재 학당 역사관 등에는 김소월의 발자취가 남아 있다.

김소월 시비
서울 용산구에 있는 남산 도서관 옆에 세워진 김소월의 시비다. 「산유화」 전문이 새겨져 있다. 1968년 한국일보사가 김소월의 문학을 기리기 위해 세웠다.

남산 도서관 앞 소월길
서울 남산에 조성되어 있는 소월길의 모습이다. 횡단보도 뒤쪽에 나무로 가려져 있는 건물이 남산 도서관이다. 사진에서 보이는 오른쪽 모퉁이를 돌면 김소월 시비가 있다.

배재 고등 보통학교

1885년 미국인 선교사 아펜젤러(Henry Gerhard Appenzeller, 1858~1902)가 세운 우리나라 최초의 근대식 중등 교육 기관이다. 1886년 서울 중구 정동에 자리 잡고 '배재 학당'이라는 정식 교명을 지었다. 1916년 '배재 고등 보통학교' 설립을 승인받았다.

배재 학당 역사 박물관

1916년에 지어진 배재 학당 동관 건물을 보수해 만든 것으로, 2008년 개관했다. 학교 건물은 1984년 현 위치인 서울 강동구 고덕동으로 이전했다. 박물관 내 '명예의 전당'에는 김소월의 시집과 작품이 전시되어 있다.

「산유화」에서 꽃이 피고 지는 현상은 '꽃'이라는 범위에만 한정되지 않습니다. 이것은 인간을 비롯해 생명을 지닌 모든 존재의 모습이에요. 즉, 꽃이 피는 것은 모든 존재의 탄생을, 꽃이 지는 것은 모든 존재의 소멸을 상징해요.

모든 생명은 근원적이고 절대적인 고독을 지니고 있습니다. 김소월은 이러한 고독감을 "저만치 혼자서 피어" 있는 꽃으로 나타냈어요. 여기서 '저만치'라는 시어에 주목할 필요가 있습니다. 이 시어는 심리적인 거리감을 나타내요. 이 거리는 화자와 꽃 사이의 거리인 동시에 홀로 핀 꽃과 다른 꽃들 사이의 거리로도 볼 수 있지요.

'작은 새'는 '저만치' 떨어진 꽃이 좋아서 산에서 살고 있어요. '산'은 존재의 탄생과 소멸이 순환하는 공간이자 내면의 고독감을 발견하는 공간입니다. 새는 꽃과 마찬가지로 유한한 생명체이자 화자의 외로운 처지를 상징하는 소재고요. '꽃'과 '새'처럼 김소월 역시 외로운 존재였습니다. 「산유화」에는 암울했던 현실에서 고독을 견뎌야 했던 김소월의 삶이 고스란히 담겨 있어요.

한용운(1879~1944)
충남 홍성에서 태어난 한용운은 시인이자 독립운동가였으며, 승려이기도 했다. 1919년 3·1 운동 당시 민족 대표 33인 중 한 사람으로서 독립 선언서에 서명하고, 1927년에는 신간회 결성에 참여했다.

절망은 희망이 되고, 이별은 만남이 되다
— 한용운의 「님의 침묵」

여러분은 3·1 운동 때 독립 선언서에 서명했던 민족 대표 33인에 관해 들어 본 적이 있나요? 1919년 3월 1일, 종교 지도자들로 구성된 민족 대표 33인 가운데 29인은 경성 인사동의 태화관에 은밀하게 모였습니다. 이들은 독립 선언서를 낭독하고 만세 삼창을 한 다음 독립 선언의 소식을 알리고 일본 경찰에

체포되었지요.

민족 대표 33인 가운데 한 명이었던 한용운은 불교계를 대표해 3·1 운동에 참여했습니다. 그는 최남선이 초안을 잡은 독립 선언서의 내용이 좀 더 과감하고 혁신적이어야 한다고 생각했어요. 그래서 독립 선언서의 내용을 두고 최남선과 의견 충돌이 있었지요. 이후 최남선은 조국 독립에 대한 의지를 버리고 친일 행동을 했답니다.

어느 날, 한용운은 탑골 공원 근처에서 최남선과 마주쳤어요. 최남선은 "만해, 오랜만이오." 하며 반갑게 손을 내밀었지요. 하지만 한용운은 쌀쌀맞은 말투로 "당신 누구요?"라고 되물었어요. "아니, 나를 몰라보는 거요? 나, 육당 최남선 아니오." 당황해하는 최남선에게 한용운은 이렇게 대꾸했습니다. "육당? 내가 아는 육당 최남선은 죽은 지 오래된 고인(故人)이오."

이렇듯 한용운은 나라와 민족을 먼저 생각하는 단호한 성격의 소유

자였습니다. 그는 일제 치하의 암흑기에서도 집필을 그만두거나 변절하지 않고, 1926년 당당하게 시집『님의 침묵』을 펴냈어요.

님은 갔습니다. 아아, 사랑하는 나의 님은 갔습니다.

푸른 산빛을 깨치고 단풍나무 숲을 향하여 난 작은 길을 걸어서, 차마 떨치고 갔습니다.

황금의 꽃같이 굳고 빛나던 옛 맹서는 차디찬 티끌이 되어서 한숨의 미풍에 날아갔습니다.

날카로운 첫 키스의 추억은 나의 운명의 지침을 돌려놓고, 뒷걸음쳐서 사라졌습니다.

나는 향기로운 님의 말소리에 귀먹고, 꽃다운 님의 얼굴에 눈멀었습니다.

사랑도 사람의 일이라, 만날 때에 미리 떠날 것을 염려하고 경계하지 아니한 것은 아니지만, 이별은 뜻밖의 일이 되고, 놀란 가슴은 새로운 슬픔에 터집니다.

그러나 이별을 쓸데없는 눈물의 원천을 만들고 마는 것은 스스로 사랑을 깨치는 것인 줄 아는 까닭에, 걷잡을 수 없는 슬픔의 힘을 옮겨서 새 희망의 정수박이에 들어부었습니다.

우리는 만날 때에 떠날 것을 염려하는 것과 같이, 떠날 때에 다시 만날 것을 믿습니다.

아아, 님은 갔지마는 나는 님을 보내지 아니하였습니다.

제 곡조를 못 이기는 사랑의 노래는 님의 침묵을 휩싸고 돕니다.

-한용운, 「님의 침묵」 전문

『님의 침묵』
1925년 한용운이 설악산 백담사에서 쓴 시들을 모아 펴낸 시집이다. 1926년 회동서관에서 처음 간행했고, 이후 여러 출판사에서 다시 펴냈다. 사진은 1954년에 간행된 것이다. 「님의 침묵」, 「알 수 없어요」 등 한용운의 초기 작품이 실려 있다.

한용운의 대표작으로 꼽히는 「님의 침묵」은 88편의 시가 실린 시집
『님의 침묵』의 맨 앞에 실려 있습니다. 이 시는 앞에서 살펴본 김소월
의 「진달래꽃」처럼 여성적 어조를 사용했고, 임과의 이별을 시적 상
황으로 삼고 있어요. 하지만 「진달래꽃」과 「님의 침묵」에서 이별을 받
아들이는 화자의 태도는 아주 다르답니다.

총 10행으로 이루어진 「님의 침묵」은 '기-승-전-결'의 구조를 지
니고 있어요. 먼저 '기'에 해당하는 1~4행에서 화자인 '나'는 임이 떠
난 이별의 상황을 인식합니다. 사랑의 약속은 "황금의 꽃같이 굳고
빛"났지만, 이제 그 약속은 먼지처럼 보잘것없는 것이 되고 만 거예
요. 사랑하는 임과 이별했으니 '나'는 무척 슬프고 고통스럽겠지요?
그래서 '승'에 해당하는 5~6행에서는 이별 후의 슬픔과 고통이 나타
나 있어요.

하지만 '전'에 해당하는 7~8행에서 시상(詩想, 시에 나타난 사상이나
감정)이 바뀝니다. '나'는 슬픔을 희망으로 바꾸어 새 출발의 원동력으
로 삼고 있어요. "우리는 만날 때에 떠날 것을 염려하는 것과 같이, 떠
날 때에 다시 만날 것을 믿습니다."라는 구절처럼 임과 다시 만날 것
을 확신하고 있지요.

이 구절에는 불교의 윤회사상을 바탕으로 한 '회자정리 거자필반(會
者定離 去者必返, 만난 사람은 반드시 헤어지고, 간 사람은 반드시 돌아옴)'
의 의미가 반영되었어요. 이러한 이유로 '결'에 해당하는 9~10행에서
'나'는 임이 떠난 것이 아니라 자신의 주위에서 단지 '침묵'하고 있을
뿐이라고 생각합니다. 그러면서 임에 대한 영원한 사랑을 다짐해요.

「님의 침묵」에서 '님'의 의미는 여러 가지로 해석할 수 있습니다. 한

윤회(輪廻)
불교 교리 가운데 하나다. 수레바
퀴가 끊임없이 구르는 것과 같이,
중생이 번뇌와 업에 따라 생사 세
계를 그치지 않고 돌고 도는 일을
말한다.

용운도 『님의 침묵』 서문에서 '님'이 가리키는 대상이 하나가 아니라고 밝혔어요. 한용운이 독립운동가였음을 고려하면 '님'은 일제에 빼앗긴 조국일 수 있고, 승려였다는 점을 생각하면 종교적인 절대자일 수도 있습니다. 한용운을 그냥 평범한 시인으로 생각한다면 '님'은 사랑하는 사람이 되겠지요.

이 가운데 '님'의 의미를 일제에 빼앗긴 조국으로 가정해 볼까요? 그렇다면 이별의 슬픔을 희망으로 바꾸고 재회에 대한 강한 믿음을 보이는 이 시의 구성은 국권을 상실한 고통과 슬픔을 희망으로 바꾸고 국권 회복에 대한 의지를 드러낸 것이라고 해석할 수 있어요. 이로 말미암아 「님의 침묵」을 저항시로 보기도 한답니다.

저항시
일제 강점기 때 일제에 대한 저항 의지를 표현한 시다. 식민지 지식인으로 살아가는 현실에 대한 부끄러움과 자기 성찰 등이 담겨 있기도 하다.

자연 속에서 발견한 깨달음
― 한용운의 「알 수 없어요」

시집 『님의 침묵』에 수록된 다른 시 한 편을 더 감상해 볼까요? 한용운의 「알 수 없어요」는 절대적 존재에 대한 동경과 구도(求道, 진리나 종교적인 깨달음의 경지를 구함)정신이 잘 드러난 시예요. 1920년대 시단의 낭만주의와 퇴폐주의를 극복하고, 우리 시 문학의 전통을 한 단계 발전시키는 데 이바지한 작품이지요.

바람도 없는 공중에 수직의 파문波紋, 수면에 이는 물결을 내이며, 고요히 떨어지는 오동잎은 누구의 발자취입니까.

지리한 장마 끝에 서풍에 몰려가는 무서운 검은 구름의 터진 틈으로, 언뜻언뜻 보이는 푸른 하늘은 누구의 얼굴입니까.

꽃도 없는 깊은 나무에 푸른 이끼를 거쳐서, 옛 탑 위의 고요한 하늘을 스치는 알 수 없는 향기는 누구의 입김입니까.

근원은 알지도 못할 곳에서 나서, 돌부리를 울리고 가늘게 흐르는 작은 시내는 굽이굽이 누구의 노래입니까.

연꽃 같은 발꿈치로 가이없는 바다를 밟고, 옥 같은 손으로 끝없는 하늘을 만지면서, 떨어지는 날을 곱게 단장하는 저녁놀은 누구의 시(詩)입니까.

타고 남은 재가 다시 기름이 됩니다. 그칠 줄을 모르고 타는 나의 가슴은 누구의 밤을 지키는 약한 등불입니까.

－한용운, 「알 수 없어요」 전문

「알 수 없어요」 시비(경기 광주)
경기 광주 남한산성에 있는 만해 기념관 마당에 세워진 시비다. 「알 수 없어요」 전문이 새겨져 있다.

「알 수 없어요」는 전체 6행으로 되어 있습니다. 각 행을 보면 모두 '~은/는 누구의 ~입니까'로 끝나지요. 한용운이 반복적으로 의문 형식을 쓴 이유는 '누구'를 강조하기 위해서예요. 신비롭게 느껴지는 '누구'는 절대적 존재 혹은 조국이나 부처 등을 의미합니다. '누구'는 '오동잎의 발자취'로 나타나기도 하고, "푸른 하늘" 혹은 "알 수 없는 향기"로 나타나기도 해요. 또 "작은 시내"의 노랫소리나 "저녁놀"로도 나타나지요.

이렇듯 화자인 '나'는 자연 현상 속에서 절대자의 모습을 발견해요. 하지만 부분적으로만 볼 뿐 전체를 보지는 못하지요. 이 시에서 의문 형식을 반복한 이유는 '누구'를 보지 못한 안타까움과 그 존재를 계속 확인하고 탐구하고

자 하는 자세를 드러내기 위해서랍니다.

이러한 구도 정신과 신앙적 고백은 6행에서 잘 드러납니다. 앞에서 살펴본 「님의 침묵」에서도 시상이 슬픔에서 희망으로 바뀌는 부분이 있었지요? 「알 수 없어요」에서도 6행에서 시상이 의지적으로 바뀝니다. 특히 "타고 남은 재가 다시 기름이 됩니다."라는 구절에 주목해 보세요.

일반적으로 '타고 남은 재'는 사물의 끝을 의미합니다. 부정적인 의미를 지닌 대상이지요. 하지만 '나'는 이렇게 생각하지 않아요. '재'가 생성(生成, 사물이 생겨 이루어지게 함)의 이미지를 지니는 '기름'이 된다고 말하고 있으니까요. 이 구절은 불교의 윤회사상을 바탕으로 하고 있어요.

심우장(서울 성북구)
한용운이 1933년에 지은 집으로,
조선 총독부를 바라보지 않기 위
해 남향이 아닌 북향으로 지어졌
다. 한용운이 세상을 뜬 곳이기도
하다.

이렇게 본다면 "그칠 줄을 모르고 타는 나의 가슴"은 일시적인 것이 아니라 영원한 것입니다. 즉, 진리를 향한 구도 정신을 뜻해요. 하지만 현실은 절대적 존재가 없는 '밤'입니다. 시대 현실을 고려하면 일제 강점기를 나타내지요. '나'는 '밤'을 몰아내기 위해 자신의 가슴에 "약한 등불"을 밝힙니다. 미약하지만 마지막까지 남아 암울한 현실을 이겨 내려는 '나'의 의지와 희생정신이 엿보이지요.

「님의 침묵」과 「알 수 없어요」를 통해서 알 수 있듯이 한용운은 불교적인 깨달음을 시 속에 담았습니다. 그러면서도 우리 민족의 현실을 놓치지 않았지요. 즉, 한용운의 문학은 불교 사상과 독립사상이 예술적으로 결합한 것이라고 할 수 있어요. 이러한 이유로 김소월과 한용운이 1920년대를 대표하는 시인으로 꼽히는 것이랍니다.

가혹한 운명 때문에 이루지 못한 사랑 이야기
- 김동환의 「국경의 밤」

　두만강 유역 국경 지방에 한 마을이 있었습니다. 한 해가 저물어 가는 겨울의 어느 날, 순이는 소금을 밀수하기 위해 집을 나간 남편 걱정으로 안절부절못했어요.

　　1.

　　"아아, 무사히 건넜을까

　　이 한밤에 남편은

　　두만강을 탈 없이 건넜을까

　　저리 국경 강안(江岸, 강기슭)을 경비하는

　　외투 쓴 검은 순사가

　　왔다 갔다

　　오르며 내리며 분주히 하는데

　　발각도 안 되고 무사히 건넜을까?"

- 김동환, 「국경의 밤」 부분

「국경의 밤」
1925년 한성도서주식회사에서 간행한 김동환의 시집이다. 「국경의 밤」 외에 서정시 14편이 실려 있다.

　순이는 남편을 기다리며 불안해하다가 잠시 옛사랑에 관한 추억에 잠깁니다. 그날 저녁, 한 청년이 이 마을에 나타나요. 이 청년은 순이의 어릴 적 친구였지요. 청년과 순이는 자라면서 차츰 서로에게 호감을 느껴 사랑하는 사이가 됩니다. 하지만 여진족(女眞族, 10세기 이후 만주 동북쪽에 살던 퉁구스계의 민족)의 후예인 순이는 다른 혈통의 사

람과 결혼할 수 없었어요. 결국 두 사람은 헤어졌고, 순이는 지금의 남
편을 만나 결혼했지요.

8년 만에 만난 청년과 순이는 재회의 기쁨을 나눕니다. 청년은 순이
에게 다시 사랑을 이루어 보자고 말해요. 하지만 순이는 남편에 대한
도리와 자신의 운명을 이유로 거절하지요. 순이의 남편은 마적(馬賊,
말을 타고 떼를 지어 다니는 도둑)의 총에 맞아 시체로 돌아옵니다. 이튿
날 순이는 마을 사람들과 함께 남편의 장례를 치르지요.

이 가슴 아픈 이야기는 김동환이 지은 「국경의 밤」의 내용이에요.
「국경의 밤」은 우리나라 최초의 서사시로 평가받는 작품이랍니다. 이
시는 1925년에 발행된 김동환의 첫 서사시집 『국경의 밤』에 실려 있
어요. 김동환은 이 시집을 발간하고는 "우리 시단에 혜성같이 등장한
다크호스"라는 평을 받았습니다.

「국경의 밤」은 전체 3부 72장 893행으로 이루어져 있습니다. 소설
처럼 길게 서술되었는데 시로 분류한 것이 신기하지 않나요? 1920년

『시가집』
1929년 김동환, 이광수, 주요한이 함께 펴낸 합동 시집이다.

겨울의 두만강
「국경의 밤」의 배경인 두만강 유역의 겨울 풍경이다.

대에 등장한 서사시는 줄거리가 있는 이야기를 길게 서술한 시예요. 따라서 서사시에는 인물과 사건, 배경이 있고, 역사적인 사건이나 신화, 전설, 민담 등을 소재로 하지요.

「국경의 밤」은 두만강 유역 국경 지방을 배경으로 일제 강점기 때 우리 민족이 겪었던 고난과 슬픔, 극복 의지를 나타낸 작품입니다. 앞에서 살펴본 것처럼 순이는 여진족의 풍습 때문에 청년과 사랑을 이루지 못하고, 역사적인 상황 때문에 남편을 잃게 되지요. 이러한 순이의 슬픔은 당시 우리 민족의 슬픔으로 확대해서 이해할 수 있어요.

이 작품에서 특히 주목해야 할 부분은 순이의 '운명'입니다. 예전에 여진족은 함경도 북부 지방에서 평화롭게 지냈어요. 하지만 고려 때 여진 정벌로 말미암아 이들의 평화는 깨졌지요. 고려에 남은 여진족은 천민 집단이 되어 억압을 받았고요. 이후 여진족은 머리를 깎고 같은 마을 사람들끼리만 혼인했지요.

이러한 풍습 때문에 이들을 재가승(在家僧, 예전에 함북 변두리 지방에서 아내를 얻어 살던 승려)이라 불렀습니다. 순이는 바로 재가승 집안

의 딸이었어요. 따라서 다른 마을에 사는 청년과 결혼할 수 없는 운명이었지요. 김동환은 일제의 강압에 억눌린 우리 민족의 비애를 순이라는 인물을 통해 잘 드러냈어요. 또한 살벌하게 느껴지는 두만강의 겨울밤을 배경으로 삼아 주제 의식을 효과적으로 뒷받침했지요.

「국경의 밤」은 우리나라 현대 시의 흐름에 새로운 가능성을 제시한 작품이에요. 1920년대 초까지만 해도 우리나라 시 대부분은 서정시(抒情詩, 개인의 감정이나 정서를 주관적으로 표현한 시)였거든요. 하지만 「국경의 밤」을 '완전한 서사시'라고 볼 수는 없습니다. 영웅적 주인공이 등장하지 않거나 인물들 사이의 갈등이 너무 낭만적이고 관념적으로 처리된 것 등이 일반적인 서사시의 특징과 맞지 않기 때문이지요. 그래서 「국경의 밤」을 서사시로 볼 수 있는지에 대한 학계의 논란이 계속되고 있답니다.

진정한 '봄'을 위한 절규
– 이상화의 「빼앗긴 들에도 봄은 오는가」

'1920년대에는 낭만적이고 민족적인 시만 발표되었을까? 암울했던 일제 강점기였는데, 일제에 저항하는 시를 쓴 작가가 한 사람도 없었을까?' 지금쯤이면 이와 같은 의문을 품는 사람이 있을지도 몰라요. 맞습니다. 1920년대 우리나라 현대 시의 중심을 이루었던 김소월과 한용운의 작품들도 일제에 강하게 저항하는 내용은 아니었지요. 저항시는 일제의 민족 말살 정책으로 말미암아 민족 문학의 암흑기였던 1940년대에 주로 발표되었습니다. 하지만 이상화는 그 이전인 1926년 〈개벽〉에 「빼앗긴 들에도 봄은 오는가」라는 저항시를 발표했어요.

민족 말살 정책
우리 민족의 전통과 문화의 뿌리를 없애기 위해 일제가 시행한 식민지 지배 정책이다. 일제는 우리 민족의 말과 글자를 사실상 쓰지 못하게 했고, 우리의 성과 이름을 일본식으로 바꾸도록 강요했다. 이뿐만 아니라 우리말을 사용하는 신문과 잡지도 폐간했다.

**〈개벽〉에 실린 「빼앗긴 들에
도 봄은 오는가」**
〈개벽〉 1926년 6월 호에 실린 「빼
앗긴 들에도 봄은 오는가」다. 일제
의 언론 탄압이 극심했던 시기에
저항시를 게재한 〈개벽〉은 이 시
때문에 판매 금지 처분을 받았다.

이 시 때문에 〈개벽〉은 판매 금지 처분을 받았지요.

이상화는 아버지를 일찍 여의어 큰아버지 밑에서 자랐습니다. 이상화의 큰아버지는 대구에서 유명한 지사(志士, 나라와 민족을 위해 제 몸을 바쳐 일하려는 뜻을 가진 사람)였어요. 상당한 재력을 바탕으로 학교를 설립해 인재 양성에 힘을 쏟았지요. 이상화는 큰아버지의 영향을 받아 투철한 민족의식을 지니게 되었어요. 그래서일까요? 이상화는 1919년 3·1 운동 때 백기만 시인 등과 함께 대구 학생 봉기를 주도하기도 했습니다. 비록 사전에 발각되어 실패하고 말았지만요. 또한 이상화는 독립운동가인 이상정 장군과 만났다는 이유로 감옥에 갇히기도 했지요. 이렇듯 이상화는 행동으로 일제에 저항했던 시인이랍니다.

이제 이상화의 대표적인 저항시인 「빼앗긴 들에도 봄은 오는가」를 감상해 보도록 해요. 이 시의 화자인 '나'는 꿈꾸는 듯한 몽환적인 상태로 들판을 걷습니다. 하지만 '나'는 곧 정신을 차리고 자신이 들판에 서 있는 이유를 물어요. 물론 자신의 발로 걸어 나온 것이지만, 자기 혼자 온 것 같지 않다고 말하지요.

'나'의 눈앞에 봄을 맞은 국토의 활기찬 모습이 펼쳐집니다. 싱그러운 봄바람이 귓전을 스치며 불고, 종달새는 다정하게 노래해요. 풍요롭게 자란 보리밭은 봄비에 씻겨 아름답게 출렁이지요. 메말랐던 논에는 도랑물이 흥겨운 소리를 내며 흐르고요.

'나'는 이러한 봄 풍경이 사랑스러워서 민들레나 들마꽃 같은 작은 풀꽃들에게까지 인사를 나누고 싶어 합니다. 또한 호미를 쥐고 들판에

서 일하고 싶어 하지요. 과연 '나'는 이 소망을 이루었을까요?

이상화 동상과 시비(대구)
대구 달서구에 있는 두류 공원에
세워진 이상화의 동상과 시비다.
시비에는 「빼앗긴 들에도 봄은 오
는가」의 일부가 새겨져 있다. 대구
는 이상화의 고향이며 이상화가
살던 옛집이 남아 있는 곳이다.

강가에 나온 아이와 같이

짬도 모르고 끝도 없이 닫는 내 혼아

무엇을 찾느냐 어디로 가느냐 우스웁다 답을 하려무나.

나는 온몸에 풋내를 띠고

푸른 웃음 푸른 설움이 어우러진 사이로

다리를 절며 하루를 걷는다 아마도 봄 신령이 지폈나 보다.

그러나 지금은 ― 들을 빼앗겨 봄조차 빼앗기겠네.

　　　　　　　　　　　-이상화, 「빼앗긴 들에도 봄은 오는가」 부분

안타깝게도 '나'의 환상과 바람은 위에 제시한 것처럼 「빼앗긴 들에

시인 이상화의 흔적이 그대로 남아 있는 옛집

이상화는 고향인 대구에서 많은 활동을 했다. 1917년 대구에서 현진건 등과 함께 동인지 〈거화〉를 만들며 작품 활동을 시작했다. 1919년 3·1 운동이 일어나자, 대구에서 학생 봉기를 주도하기도 했다. 1937년부터는 대구 교남 학교에서 학생들에게 영어와 작문을 가르쳤다. 대구에 남아 있는 이상화 고택에서 이러한 시인의 흔적을 찾을 수 있다.

이상화 고택
이상화가 1939년부터 1943년에 세상을 뜨기 전까지 살던 집이다. 한때 도시 개발 사업으로 철거될 위기에 처했으나, 1999년부터 시민들이 나서서 이상화 고택의 복원과 보존을 요청했다. 그 결과 이상화 고택은 2008년 복원을 마치고 시민에게 개방되었다.

이상화 고택 내부 사진 왼쪽이 안채이고 오른쪽이 사랑채다. 고택 안에는 이상화의 작품과 유품이 전시되어 있다.

이상화 고택 사랑채 사랑채 내부의 모습이다. 이상화는 이곳에서 친구들과 제자들을 맞이했으며, 많은 문인과 교류했다.

이상화 고택 안채 안채 내부의 모습이다. 1943년 이상화가 숨을 거둔 방이기도 하다.

도 봄은 오는가」의 마지막 부분에서 무참히 깨집니다. '나'의 소망은 현실적으로 이루어질 수 없었어요. 아름다운 들판은 남의 땅이기 때문이지요.

현실을 깨달은 '나'는 나라를 빼앗긴 상황을 잊고 봄날의 경치에 취해 있었던 자신을 "강가에 나온 아이"와 같다고 말합니다. '나'의 심정은 점점 복잡해져요. 아름다운 봄 경치를 보면서 느꼈던 즐거움과 식민지 현실을 깨닫고 난 후의 슬픔이 뒤섞였기 때문이지요. 이러한 모순적인 감정은 "푸른 웃음 푸른 설움"이라는 구절에 잘 담겨 있어요.

이제 '나'가 할 수 있는 일이라고는 심리적인 불균형을 안고 봄 신령에게 사로잡힌 것처럼 온종일 들판을 걷는 것뿐입니다. '나'는 1연에서 질문했던 "지금은 남의 땅 ― 빼앗긴 들에도 봄은 오는가?"에 대한 답을 마지막 연인 11연에서 내리고 있어요. "그러나 지금은 ― 들을 빼앗겨 봄조차 빼앗기겠네."에는 절망적인 현실 인식이 나타나 있습니다. 하지만 이 구절은 절망에서 그치는 것이 아니라 역설적으로 빼앗긴 국토를 되찾아야 한다는 열망을 나타내기도 한답니다.

임화(1908~1953)
서울에서 태어난 임화는 1926년부터 시와 평론을 발표하기 시작했다. 1928년 사회주의 문예 운동 단체인 카프(KAPF,조선 프롤레타리아 예술가 동맹)에 가입했다. 광복 이후인 1947년 월북했으나 미국의 간첩이라는 명목으로 1953년 처형당했다.

오빠와 함께 이 세상을 바꿔 나갈 거야!
― 임화의 「우리 오빠와 화로」

앞에서 살펴보았던 최서해의 「탈출기」가 기억나나요? 「탈출기」는 편지 형식을 지닌 서간체 소설이었습니다. 사회주의 경향의 새로운 문학 사조였던 신경향파 문학의 대표작이기도 했고요. 시에서도 「탈출기」와 성격이 비슷한 작품이 있습니다. 바로 임화의 「우리 오빠와 화로」지요.

오빠, 오빠가 아끼던 거북 무늬 질화로가 어제 깨졌어요. 오빠는 어디에 계신가요?

이 시는 누이동생의 독백체 이야기를 서간체 형식으로 구성한 작품입니다. 그래서 시를 읽으면 누이동생이 오빠에게 보내는 편지를 읽는 듯하지요. 「우리 오빠와 화로」는 다음과 같이 거북 무늬 질화로(질흙으로 구워 만든, 숯불을 담아 놓는 그릇)가 깨지는 사건으로 시작합니다.

사랑하는 우리 오빠 어저께 그만 그렇게 위하시던 오빠의 거북 무늬 질화로가 깨어졌어요.
언제나 오빠가 우리들의 '피오닐' 조그만 기수라 부르는 영남이가
지구에 해가 비친 하루의 모-든 시간을 담배의 독기 속에다
어린 몸을 잠그고 사 온 그 거북 무늬 화로가 깨어졌어요.

-임화, 「우리 오빠와 화로」 부분

어느 날, 가난한 세 남매에게 불행이 닥칩니다. 세 남매의 맏이인 오빠가 일본 경찰에게 잡혀간 것이지요. 인쇄 공장 노동자였던 그가 잡혀간 까닭은 노동자 단체를 조직하는 등 사회주의 운동을 했기 때문이에요.

집 안은 순식간에 난장판이 되고 그 사이에 거북 무늬 질화로도 깨집니다. 이 질화로는 남동생인 영남이가 열악한 환경 속에서도 열심히 일해 산 것으로, 오빠의 투쟁 정신과 가족에 대한 사랑을 상징해요. 따라서 질화로가 깨졌다는 것은 오빠가 더는 신념을 펼칠 수 없고, 가족과 만날 수도 없는 처지에 놓였음을 의미하지요.

오빠가 잡혀간 후 두 남매는 직장에서 쫓겨나고, 봉투 붙이는 일로 생계를 이어 갑니다. 힘든 상황에서도 두 남매는 절망하지 않아요. 오히려 계급 투쟁에 참여한 오빠 친구들과 함께 세상을 바꿔 나가겠다고 다짐해요.

러시아 혁명(1917)
1917년 3월과 11월 두 차례에 걸쳐 러시아에서 일어난 혁명이다. 이 혁명으로 러시아에는 세계 최초의 사회주의 정부가 들어섰다. 사진은 러시아 혁명을 이끌었던 블라디미르 레닌(Vladimir Ilich Lenin, 1870~1924)이 혁명의 성공을 기념하며 연설하는 모습이다.

1920년대 중반에는 문학계에서도 사회주의 운동이 일어났습니다. 3·1 운동 이후 일제의 식민지 정책이 문화 통치로 바뀌고, 러시아 혁명의 영향으로 사회주의 사상이 널리 퍼지면서 카프(KAPF, 조선 프롤레타리아 예술가 동맹)라는 문학 단체가 결성되었어요. 카프에 소속된 시인들은 문학이 사회를 바꿀 수 있다고 생각하고, 시를 사회 혁명의 수단으로 삼았지요. 카프 문학은 정치적 목적성이 뚜렷해서 몇몇 작품을 제외하고는 예술성이 많이 부족했습니다. 정치 선전문(宣傳文, 선전하는 내용이나 취지를 적은 글)과 크게 다르지 않았거든요.

이러한 상황에서 발표된 「우리 오빠와 화로」는 '우리나라 최초의 단편 서사시'로 인정받을 만큼 참신함이 두드러지는 작품입니다. 앞에서 살펴본 김동환의 「국경의 밤」처럼 등장인물과 사건이 있어서 단편 소설을 읽는 듯한 느낌을 주지요.

카프의 핵심 멤버였던 임화는 이와 같은 시 형식을 통해 노동자의 삶에 드리운 자본주의적 현실과 그 속에서 싹튼 계급 의식을 잘 드러냈어요. 하지만 임화는 「우리 오빠와 화로」를 발표하고 얼마 후에 이 작품의 내용이 노동자들의 생활 속으로 직접 들어가지 못하고 관념적으로만 다가선 것에 불과하다고 스스로 비판했답니다.

『현해탄』
1938년 동광당서점에서 간행한 임화의 첫 시집이다. 「현해탄」을 비롯해 총 41편의 시가 실려 있다.

문화 통치
일제가 3·1 운동 이후에 시행한 식민지 통치 방식이다. 3·1 운동을 계기로 무단 통치의 한계를 깨달은 일제는 문화 통치로 통치 방식을 바꾸었다. 하지만 이 역시 우리 민족의 단결을 막으려는 수단에 불과했다.

3 현대 희곡의 설레는 첫 출발 |
수필과 희곡

수 필의 형태는 1920년대에 들어서야 정립되기 시작했습니다. '수필'이라는 명칭도
1920년대 후반에서야 굳어지게 되지요. 이 시기에는 전문적인 수필가가 아직 등
장하지 않아서 시인이나 소설가, 평론가 등이 수필을 창작했답니다. 이광수, 최남선, 현
진건 등이 우리 국토에 대한 애정을 담은 기행 수필을 발표했어요. 〈조선문단〉, 〈동광〉
등의 동인지는 수필란을 따로 마련해 수필 문학 형성에 이바지했지요. 한편 희곡 분야에
서는 서구의 근대극 양식이 도입되었고, 이를 받아들인 근대적 희곡이 창작되었어요. 이
시기에는 일본의 작품을 각색하기보다 식민지 현실을 사실적으로 드러낸 연극이 많았
지요. 일상적인 대사를 사용했고, 분장이나 무대, 연기 방식도 한국적으로 바뀌어 갔답
니다.

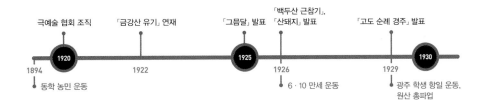

극예술 협회 조직 | 「금강산 유기」 연재 | 「그믐달」 발표 | 「백두산 근참기」, 「산돼지」 발표 | 「고도 순례 경주」 발표

1894 동학 농민 운동 — 1920 — 1922 — 1925 — 1926 6·10 만세 운동 — 1929 광주 학생 항일 운동, 원산 총파업 — 1930

소련

중국

「금강산 유기」, 「백두산 근참기」
민족의식과 국토 사랑을 담은 기행 수필. 이광수는 여러 표현 기법을 사용해 금강산에 다녀온 감흥을 표현했고, 최남선은 백두산의 웅장함을 서술해 민족주의 정신을 되살리고자 함

백두산

원산 총파업 (1929년)

조선 원산

6·10 만세 운동 (1926년) 경성

금강산

일본

도쿄

「불국사 기행」
현진건이 〈동아일보〉에 연재한 기행 수필 「고도 순례 경주」의 일부. 풍부한 상상력과 치밀한 묘사, 화려한 문체 등이 특징임

경주

광주

광주 학생 항일 운동(1929년)

「산돼지」
김우진이 일본 도쿄에서 유학하던 중에 완성한 우리나라 최초의 표현주의 희곡. 김우진은 다른 유학생들과 극예술 협회를 조직해 활동하기도 함

글로 떠나는 금강산 여행
– 이광수의 「금강산 유기」

이광수 캐리커처
〈삼천리〉 1933년 3월 호에 실린 이광수의 캐리커처다.

금강산
이광수를 감탄하게 만든 금강산의 풍경이다. 금강산은 계절에 따라 풍기는 멋과 정취가 달라 봄에는 금강산, 여름에는 봉래산, 가을에는 풍악산, 겨울에는 개골산이라 불린다.

1998년 11월, 현대그룹과 정부의 노력으로 시작된 금강산 관광은 2008년 7월 잠정 중단되었어요. 금강산으로 가는 길이 막혀 있는 지금, 우리는 영상이나 글 등을 통해 금강산을 간접적으로 감상하거나 그 모습을 상상할 수밖에 없지요.

금강산에 가기 힘든 것은 현재의 우리들뿐만이 아니었습니다. 1920년대에도 많은 사람이 금강산에 가기를 소망했지만 교통이나 경제 상황이 좋지 않아 쉽게 갈 수 없었지요. 어렵게 금강산 땅을 밟은 사람들은 감흥을 글로 남겼고, 금강산에 가지 못한 사람들은 금강산 유람기를 읽으며 상상의 나래를 펼쳤답니다.

「무정」으로 유명한 작가 이광수는 1921년과 1923년 여름, 두 차례에 걸쳐 금강산을 유람했어요. 처음 금강산을 다녀온 후인 1922년, 이광수는 〈신생활〉에 기행 수필 「금강산 유기(金剛山遊記)」를 연재했지요. 두 번째 여행 후인 1924년에는 「금강산 유기」가 책으로 출간되었답니다.

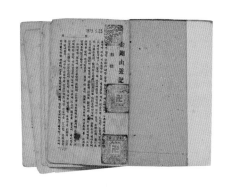

「금강산 유기」
이광수가 〈신생활〉에 연재한 「금강산 유기」를 묶어 펴낸 것으로, 1924년 시문사에서 간행했다.

아아, 아무리 하여도 비로봉의 절경을 글로 그릴 수는 없습니다. 아마 그림으로 그릴 수도 없을 것이외다. 몽상 외의 광경을 당하니 다만 탄미歎美 감탄해 크게 칭찬함의 소리가 나올 뿐이라, 내 붓은 아직 이것을 그릴 공부가 차지 못하였습니다. 다만 볼만하고 남에도 말할 만하지 아니하니 내가 할 말은 오직,

비로봉 대자연을
사람이 묻지 마소
눈도 미처 못 보거니
임이 능히 말할쏜가
비로봉 알려 하옵거든
가 보소서 하노라

　　　　　　　　　　　　-이광수, 「금강산 유기」 부분

「금강산 유기」에는 서울에서 출발해 금강산 곳곳을 다녀오기까지의 여정과 금강산의 빼어난 풍경, 그리고 그에 대한 이광수의 감흥이

잘 어우러져 있어요. 특히 주관적인 생각이나 느낌은 앞글과 같이 본문 사이에 시로 표현했지요. 산문 사이에 운문인 시가 들어가면 어떤 효과가 있을까요? 산문의 단조로움을 피할 수 있고, 산문의 내용을 함축적으로 정리할 수 있습니다. 주제를 보다 효과적으로 드러낼 수도 있고요.

이외에도 이광수는 다양한 표현 기법을 사용해 금강산의 절경과 이를 바라보는 감회를 생생하고 섬세하게 표현했어요. 이러한 글이었으니 금강산 구경을 하지 못한 사람의 아쉬움을 달래 주기에 부족함이 없었을 거예요. 아니, 사람들은 「금강산 유기」를 읽으면서 이광수와 함께 금강산 구경을 하는 것처럼 심장이 마구 뛰었는지도 모르지요.

「금강산 유기」는 기행 수필이지만 글 전체에서 서정적인 분위기가 느껴집니다. 때문에 현대 수필의 출현에 선구적인 역할을 한 것으로 평가받고 있지요. 또한 이 작품에는 민족의식과 국토 사랑의 정신이 잘 나타나 있어요. 이는 다음에 살펴볼 최남선의 「백두산 근참기」의 특징이기도 하답니다.

산문(散文)과 운문(韻文)
산문은 율격과 같은 외형적 규범에 얽매이지 않고 자유로운 문장으로 쓴 글이다. 운문은 언어의 배열에 일정한 규율 또는 운율이 있는 글이다.

금강산 구룡 폭포
금강산의 절경 중 하나인 구룡 폭포는 금강산에서 가장 큰 폭포로 높이가 74m에 이른다. 금강산의 동쪽인 외금강 지역에 있다.

민족혼이 서린 백두산을 마주하다
– 최남선의 「백두산 근참기」

여러분이 잘 알고 있는 것처럼 백두산은 한반도에서 가장 높은 산입니다. 백두 대간(백두산에서 지리산 천왕봉에 이르는 약 1,470km의 산줄기)이 시작되는 곳이기도 하지요.

백두산은 예로부터 성스러운 산으로 숭배되었어요. 단군 신화의 무대였기 때문이지요. 『삼국유사』에는 환웅이 '태백산(太白山)'에 내려와서 인간 세상을 다스리고 웅녀와 결혼해 단군 왕검을 낳았다고 기록되어 있어요. 이 태백산이 지금의 백두산을 가리키는 것이라고 믿어 왔지요. 이러한 이유로 특히 일제 강점기에 백두산은 민족혼을 상징했어요.

「해에게서 소년에게」로 우리에게 친숙한 최남선은 일제 강점기에 민족의 고전을 간행하고, 고문헌의 수집 및 보존을 위해 조선 광문회를 설립했습니다. 한편 사학자로서 우리 역사와 민속 연구에도 힘을 쏟았지요. 민족의 정체성 확립을 추구한 최남선의 정신세계는 많은 국토 기행문에 잘 드러나 있어요.

최남선은 1926년 백두산에 다녀온 후 여정 중에 느낀 감동과 생각을 정리해 「백두산 근참기」라는 기행 수필을 발표했어요. 이 수필은 1926년 〈동아일보〉에 연재되었고, 1927년 단행본으로 발행되었답니다. 최남선이 식민지 치하에서 「백두산 근참기」를 쓴 것은 단순히 백두산의 아름다움을 알리기 위해서가 아니었습니다. 3·1 운동 이후 우리 민족의 기운이 점차 쇠퇴하자 '조선주의'라는 민족주의 정신을 되살리기 위해 쓴 것이지요.

『삼국유사(三國遺事)』
고려 충렬왕 때인 1281년경 승려 일연이 쓴 역사책이다. 고구려·백제·신라의 역사와 신화, 전설, 시가 등이 수록되어 있다.

「백두산 근참기」는 문장의 호흡이 길어요. 이렇게 많은 어구를 이용해 문장을 길게 표현하는 문체를 만연체라고 합니다. 최남선은 백두산의 경이롭고 웅장한 모습을 화려한 만연체로 자연스럽게 서술했어요. 함께 읽어 볼까요?

동자눈동자도 굴리지 않고 들여다보고 있은즉, 두루뭉수리 같은 저 혼돈에 문득 훤한 구멍이 하나 뚫어지면서 그 속에서 자금광(紫金光)이랄밖에 없는, 달리는 형용할 수 없는, 일종의 영묘靈妙, 신령스럽고 기묘함한 광파光波, 빛의 파동가 뭉싯하게어떤 기운이 잇달아 세게 일어나는 모양 스멀거리는데, 빛이 넓어지기 때문에 창이 커지는지? 창이 커지기 때문에 빛이 넓어지는지? 여하간 광파와 창구멍이 손목을 한데 잡고 영역을 마구 개척함이 마치 태평양 군도의 축일생장적逐日生長的, 하루도 거르지 않고 날마다 나서 자라는 천지개벽 설화를 실지로 보는 듯하다가 남은 구름이 바람에 쫓기는 연기처럼 이때껏 처져

백두산 천지
화산 활동으로 형성된 호수로, 백두산 꼭대기에 있다. 세계에서 가장 높은 곳에 있는 화구호(분화구에 물이 고여 생긴 호수)다.

있음이 몹시 무안스러운 것처럼 줄달음질하여 흩어져 버림에 이에 딴 세계 하나가 거기 나오는구나!

신비만의 세계 하나가 문득 거기 넙흐러져^{널브러져} 있구나!

－최남선, 「백두산 근참기」 부분

「백두산 근참기」는 총 40항으로 구성되어 있어요. 이 수필의 백미(白眉, 흰 눈썹이라는 뜻으로, 여럿 가운데에서 가장 뛰어난 사람이나 훌륭한 물건을 비유적으로 이르는 말)는 백두산 정상에 올랐을 때의 감격을 쓴 29항에서 39항까지랍니다. 윗글은 그중에서 백두산 꼭대기에 있는 천지(天池)를 처음 본 후 느낀 감정을 나타낸 부분이에요. 천지를 뒤덮고 있던 구름과 안개가 흩어지면서 햇빛이 쏟아져 내리는 모습이 역동적으로 표현되어 있지요. 새로운 세계 같은 천지가 눈앞에 펼쳐졌을 때 최남선이 느꼈던 감동이 고스란히 전해지는 것 같지 않나요?

이뿐만이 아니에요. 최남선은 「백두산 근참기」에 역사적 내력과 지방 풍습, 백두산정계비에 대한 학술적 고증(考證, 예전에 있던 사물들의 시대, 가치, 내용 따위를 옛 문헌이나 물건에 기초해 증거를 세워 이론적으로 밝힘)까지 담았어요. 이 때문에 「백두산 근참기」는 연구 자료로도 중요하게 읽히며 학계에 큰 영향을 미쳤답니다.

"그믐달 같은 여자로 태어나고 싶다."
– 나도향의 「그믐달」

낭만주의적 성향이 짙었던 나도향은 밤마다 달을 쳐다보는 것을 즐겼습니다. 그는 달의 오른쪽 부분이 자른 손톱 모양처럼 보이는 초승달, 달이 완전히 둥그렇게 보이는 보름달, 달의 왼쪽 부분이 둥근 눈썹 모양처럼 보이는 그믐달 등을 세심하게 관찰했어요. 당시 사회가 암울했던 일제 강점기였기 때문일까요? 아니면 나도향의 가슴속에 한이 많았기 때문일까요? 나도향의 눈에는 아름다운 초승달이나 많은 사람이 좋아하는 보름달보다 어둡고 외로워 보이는 그믐달이 자꾸 들어왔어요. 그래서 나도향은 1925년 〈조선문단〉에 「그믐달」이라는 수필을 발표했답니다.

나는 그믐달을 몹시 사랑한다.

그믐달은 요염하여 감히 손을 댈 수도 없고, 말을 붙일 수도 없이 깜찍하게 예쁜 계집 같은 달인 동시에 가슴이 저리고 쓰리도록 가련한 달이다.

　　　　　　　　　　　－나도향, 「그믐달」 부분

윗글은 「그믐달」의 앞부분입니다. 첫 문장부터 그믐달에 대한 각별한 애정이 듬뿍 담겨 있네요. 이 수필의 가장 큰 특징은 달을 여인으로 의인화했다는 점입니다. 윗글에서 그믐달은 "깜찍하게 예쁜 계집"으로 비유되었지요? 이외에도 그믐달은 "원한을 품고서 애처롭게 쓰러지는 원부(怨婦, 남편이 없음을 원망하는 여자)", "애인을 잃고 쫓겨남을 당한 공주", "머리를 풀어뜨리고 우는 청상(靑孀, 젊은 나이에 남편을 여읜 여자)" 등으로 의인화되었답니다.

그렇다면 나도향은 초승달과 보름달을 어떤 여인에 비유했을까요? 하얗게 빛나고 둥그런 보름달은 "모든 영화(榮華, 몸이 귀하게 되어 이름이 세상에 빛남)와 끝없는 숭배를 받는 여왕", "하얀 얼굴"로 비유했고, 뾰족한 초승달은 "독부(毒婦, 몹시 악독한 여자)", "철모르는 처녀"로 표현했지요.

그믐달에 비유한 여인들은 현실에서 버림을 받거나 실패해 '한'을 지니고 살아가는 사람들입니다. 나도향이 그믐달을 사랑한 이유는 그믐달이 우리 민족의 오래된 정서인 한과 맞닿아 있기 때문이에요. 나도향은 그믐달을 보는 사람이 적은 외로운 달이고, 밑바닥 인생을 사는 한 많은 사람들이 주로 쳐다보는 달로 여깁니다. 이는 곧 한이 많은 사람들에 대한 애정을 나타내지요.

나도향은 "내가 만일 여자로 태어날 수 있다 하면, 그믐달 같은 여자로 태어나고 싶다."라는 문장으로 「그믐달」을 끝맺습니다. 그만큼 그믐달을 사랑한 것이지요. 반면 소설가 김동리는 수필 「보름달」을 통해 보름달의 완전한 아름다움과 충족감을 예찬했어요.

보름달
매달 음력 보름날 밤에 뜨는 둥근 달이다. 김동리는 수필 「보름달」에서 보름달을 예찬했다.

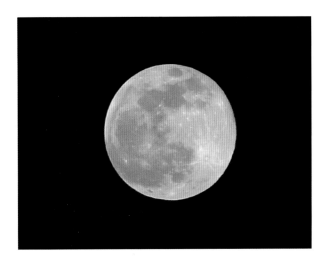

나는 초승달이나 그믐달같이 불완전한 것, 단편적인 것, 나아가서는 첨단적이며 야박한 것 따위들에 만족할 수는 없다.

나는 보름달의 꽉 차고 온전한 둥근 얼굴에서 고전적인 완전미와 조화적인 충족감을 느끼게 된다.

-김동리,「보름달」부분

같은 달을 보고도 어쩌면 이렇게 생각이 다를까요? 나도향은 그믐달이 애처롭고 외로워 보여서 좋아했지만, 김동리는 그믐달을 불완전하고 단편적이며 심지어 야박하다고 생각합니다. 우리는 달을 소재로 한 두 작가의 글을 통해 수필의 특성을 알 수 있어요. 수필은 다른 문학 갈래보다 글쓴이의 체험이나 생활 태도, 인생관, 세계관 등이 솔직하게 표현되는 글이랍니다. 이러한 이유로 수필을 '개성의 문학'이라고 하지요.

소설적 상상력으로 바라본 불국사와 석굴암 – 현진건의「불국사 기행」

광주 여고생 희롱 사건의 피해자들
1929년 광주에서 일어난 여고생 희롱 사건의 피해자들로, 당시 광주 여자 고등 보통학교 3학년에 재학 중이던 이광춘(왼쪽)과 박기옥(오른쪽)이다.

1929년 광주에서 조선인 학생과 일본인 학생 간에 집단 싸움이 벌어졌습니다. 왜 이런 사건이 일어난 것일까요? 10월 30일 오후 5시 30분 경, 나주역에 통학 열차가 머무르고 있었습니다. 한 일본인 남학생이 조선인 여학생의 댕기를 잡아당기며 모욕을 주었어요. 이를 보고 화가 난 광주 고등 보통학교 2학년 박

준채 군은 일본인 남학생을 꾸짖었지요. 이로 말미암아 조선인 학생
과 일본인 학생 사이에 충돌이 일어났습니다. 이때 일본 경찰은 일본
인 학생 편을 들면서 박준채 군을 때렸어요. 이 사건이 계기가 되어 광
주 학생 항일 운동이 발생했습니다. 이 운동은 일제 강점기 최대의 학
생 운동이자, 3·1 운동 이후 국내 최대의 항일 민족 운동이었어요.

1929년에는 원산 총파업도 일어났습니다. 함남의 한 석유 회사에서
일본인 현장 감독이 조선인 노동자를 마구 때린 사건이 벌어졌어요.
이를 계기로 2,200여 명의 노동자들은 '8시간 노동제 시행, 노조 승인'
등을 요구하며 4개월에 걸친 장기 파업에 들어갔지요. 하지만 원산 총
파업은 일본 경찰의 철저한 봉쇄와 탄압으로 실패하고 맙니다.

이렇듯 1920년대 후반은 일제의 수탈과 가혹한 통치가 날로 심해
지는 시기였어요. 하지만 학생과 노동자, 지식인들은 전국 곳곳에서
독립운동을 이어 갔지요. 사실주의 작가였던 현진건은 날로 심해지

는 일제의 탄압을 극복하기 위해 민족사의 원동력을 찾고자 했어요. 그래서 1929년 여름, 신라의 수도였던 경주를 다녀온 후 〈동아일보〉에 「고도 순례 경주(古都巡禮慶州)」를 연재하지요.

지금부터 감상할 기행 수필 「불국사 기행」은 「고도 순례 경주」 중 일부입니다. 현진건은 무난한 방법으로 「불국사 기행」을 쓰지 않았어요. 유적과 유물에 얽힌 전설을 한 편의 소설처럼 인용하고 본문 중간에 시조를 삽입해 단조로운 내용에 그칠 수 있는 기행 수필에 재미를 더했답니다. 그러면서도 현진건은 날카롭고 치밀한 묘사로 사실주의 작가의 진면목을 드러냈어요. 화려체(華麗體, 문장이 매우 찬란하고 화려하며 음악적 가락을 띠고 있어 선명한 인상을 주는 문체)와 만연체 또한 눈길을 끌고요.

석가탑은 다보탑 서쪽에 있는데, 다보탑의 현란한 잔손질과는 딴판으로, 수법이 매우 간결하나마 또한 정중한 자태를 잃지 않았다. 다보탑을 능라綾羅, 두꺼운 비단과 얇은 비단와 주옥珠玉, 구슬과 옥으로 꾸밀 대로 꾸민 성장 미인盛裝美人, 훌륭하게 몸단장을 한 미인에 견준다면, 석가탑은 수수하게 차린 담장 미인淡粧美人, 수수하고 엷게 화장한 미인이라 할까? 높이 2척, 층은 역시 3층으로 한 층마다 수려한 돌병풍을 두르고, 병풍 네 귀에 병풍과 한데 어울러 놓은 기둥이 있는데, 설명자의 말을 들으면 이 탑은 한 층마다 돌 하나로 되었다 하니, 그 웅장하고 거창한 규모에 놀랄 만하다. 이 탑의 별명은 무영탑(無影塔), 곧 그림자가 없다는 것으로 여기에는 저 사랑과 예술에 얽힌 눈물겨운 로맨스가 숨어 있다 한다.

-현진건, 「불국사 기행」 부분

현진건도 감탄해 마지않았던 불국사의 석가탑과 다보탑

경북 경주의 토함산 자락에 위치한 불국사에는 남다른 멋과 아름다움을 자랑하는 두 개의 탑, 불국사 3층 석탑(석가탑, 국보 제21호)과 다보탑(국보 제20호)이 있다. 이 두 탑은 일찍부터 여러 문학 작품의 소재로 활용되었다. 「불국사 기행」에서 현진건은 치밀한 묘사와 화려한 비유로 석가탑과 다보탑의 아름다움을 표현했다.

석가탑
불교의 가르침을 전하는 석가여래(석가모니를 높여 이르는 말)를 상징하는 탑으로, 신라 시대 석탑의 전형적인 모습으로 세워졌다. 연못에 그림자가 비치지 않아 '무영탑'이라는 이름으로도 불린다. 현진건은 이 탑에 얽힌 이야기를 토대로 장편 소설 「무영탑」을 집필하기도 했다.

다보탑
석가모니의 이야기를 듣고 경탄하는 다보여래(불교의 부처 중 하나)를 상징하는 탑이다. 석가탑과는 달리 장식성이 강한 독특한 형태로 세워졌다. 신라의 정교하고 탁월한 조형 기술을 보여 준다.

**〈동아일보〉 기자 시절의 현진
건과 문인들**
〈동아일보〉에 재직 중이던 현진건
이 다른 문인들과 함께 찍은 사진
이다. 앞줄 왼쪽에서 두 번째가 현
진건이고, 뒷줄 왼쪽에서 두 번째
가 김동인이다. 김동인의 오른쪽이
최서해, 그다음은 김동환이다.

앞글을 보니 석가탑에 숨겨진 "눈물겨운 로맨스"가 궁금하지 않나
요? 석가탑에는 애달픈 전설이 깃들어 있습니다. 불국사를 창건한 김
대성은 당시 가장 뛰어난 석공이었던 백제인 아사달에게 석가탑을 맡
겼어요. 아사달의 아내인 아사녀는 남편의 일이 끝난 후 남편과 다시
만날 날만을 기다렸지요.

한 해 두 해 세월이 계속 흐르자, 남편에 대한 그리움을 이기지 못한
아사녀는 직접 불국사에 가 남편을 찾으려 했어요. 하지만 탑이 완성
되기 전까지는 여자를 들일 수 없다는 이유로 남편을 만나지 못했지
요. 하염없이 기다리는 아사녀를 보다 못한 한 스님이 꾀를 내어 다음
과 같이 말했어요.

"이 근처에 작은 못이 하나 있소이다. 정성을 다해 빈다면 탑이 완
성되는 대로 탑의 그림자가 못에 비칠 것이오. 그러면 남편도 만날 수
있을 것이오."

아사녀는 못에 탑의 그림자가 비치기만을 기다렸어요. 하지만 정성을 다해 빌어도 탑의 그림자는 보이지 않았지요. 결국 아사녀는 남편의 이름을 부르며 못에 빠져 죽고 말아요.

석가탑을 무사히 완성한 아사달은 아내의 소식을 듣고는 깊은 슬픔에 빠졌습니다. 아내를 그리워하며 방황하던 그는 아사녀의 모습을 바위에 새기기 시작했어요. 바위에 새겨진 아사녀의 모습은 점점 부처와 닮아 갔지요. 아사달은 불상을 완성하고 홀로 백제로 돌아갑니다. 그 뒤 사람들은 그림자가 못에 한 번도 비치지 않았던 석가탑을 무영탑이라고 불렀어요.

현진건은 「불국사 기행」을 통해 아사달과 아사녀의 전설을 한 편의 소설처럼 소개했어요. 이뿐만 아니라 왕의 동생을 구하러 왜에 갔다가 임무를 달성한 후 의연하게 죽음을 맞이했던 박제상, 치술령에서 남편을 기다리다 돌이 된 박제상의 아내에 관한 이야기를 들려주면서 연시조를 읊기도 하지요. 연시조란 두 개 이상의 평시조가 하나의 제목으로 엮여 있는 시조랍니다. 이렇듯 현진건은 기행 수필을 쓰면서도 문학성을 놓치지 않았어요.

충렬공 박제상 기념관(울산 울주)
신라의 충신 박제상을 기리기 위한 기념관이다. 2008년에 개관했다.

김우진(1897~1926)
전남 장흥에서 태어난 김우진은 일본 도쿄 와세다 대학교에서 영문학을 전공하던 중 연극 단체인 극예술 협회를 조직하고 연극 활동을 시작했다. 1926년 마지막 작품인 「산돼지」를 탈고한 뒤 연인 윤심덕과 함께 스스로 목숨을 끊었다.

그저 현실의 울타리에 머물다
– 김우진의 「산돼지」

　김우진은 시와 연극을 사랑한 소년이었습니다. 그는 부유하지만 보수적인 가정 환경에서 자랐어요. 가업을 이어야 한다는 의무감에 일본 사립 농업 학교에 들어갔지요. 21세 때는 아버지의 강요로 유학자 집안의 딸과 결혼해요. 하지만 예민하고 신중한 성격이었던 김우진은 학창 시절부터 시와 산문을 습작했고, 문학 공부에 뜻을 두었지요.

　문학에 대한 미련을 버리지 못한 김우진은 농업 학교 졸업 후 일본 와세다 대학교 영문과에 입학해 극문학을 배웁니다. 24세였던 1920년에는 유학생들과 함께 '극예술 협회'를 조직해요. 극예술 협회는 순회 연극단을 조직해 우리나라 전국을 돌면서 공연했지요. 이들의 공연은 가는 곳마다 열렬한 반응을 얻었답니다.

　김우진은 유교적인 가정의 영향을 많이 받았지만, 마치 그에 반발하듯 서구 근대 사상이나 사회주의에 깊이 빠져들었어요. 그는 서구의 표현주의와 개혁 사상 등을 자연스럽게 받아들였고, 이러한 사상은 그의 작품 속에 고스란히 담겼지요.

　김우진은 생전에 시 50편, 창작 희곡 5편, 소설 3편, 평론 20편 등을 남겼어요. 작품 수는 시가 가장 많지요? 하지만 김우진의 문학성이 빛을 발한 것은 희곡이었어요. 희곡이란 공연을 목적으로 하는 연극의 대본을 뜻합니다.

　김우진이 1926년 동경(도쿄)에서 완성한 희곡 「산돼지」는 우리나라 최초의 표현주의 극입니다. 표현주의 극에서는 인물의 심리 상태를 표현하는 데 중점을 두어요. 외부 사실을 있는 그대로 받아들이는 인

물 대신 복잡한 내면 갈등을 겪는 인물이 등장하지요.

당시 우리나라에서는 연애나 특이한 사건 등 자극적인 내용을 과장된 연기로 표현하는 신파극이 유행했습니다. 이러한 상황에서 표현주의를 가장 먼저 적용한 「산돼지」는 대단히 실험적인 작품이었어요.

「산돼지」의 주인공인 원봉은 동학 농민 운동 중에 죽은 동학군의 아들로, 아버지의 친구인 최 주사 부부 밑에서 자랍니다. 최 주사는 죽기 직전에 부인에게 원봉과 자신의 친딸인 영순을 맺어 주라고 당부해요. 하지만 원봉은 정숙과, 영순은 차혁과 각각 교제하지요. 영순은 전통적인 여인을 상징하고, 정숙은 신여성(개화기 때 신식 교육을 받은 여자나 서양식 차림새를 한 여자를 이르던 말)을 상징합니다. 상황이 최 주사의 뜻과 달라지자, 최 주사댁은 영순의 행복을 위해 원봉과 영순

집강소 기록화
집강소는 동학 농민 운동 과정에서 농민들이 세운 자치 기구다. 전라도 일대의 군과 현에 설치되었다.

동학 농민 운동(東學農民運動)
1894년 전봉준 등이 이끄는 동학도와 농민들이 합세해 일으킨 농민 운동이다. 전라도 고부 군수 조병갑의 횡포와 착취에 항의한 사건을 시작으로 관군을 무찌르고 삼남 지방을 휩쓸었다. 하지만 일본이 끼어들면서 실패로 끝났다.

이 친남매가 아니라는 사실을 숨겨요. 원봉은 사실을 확인해 주지 않는 최 주사댁을 원망하며 신경 쇠약으로 자리에 눕지요. 원봉에게 실망한 정숙은 동경(도쿄)으로 떠났다가, 원봉이 병에 걸리자 돌아옵니다. 두 사람의 갈등이 해소되면서 작품이 끝나요.

「산돼지」에서 병에 걸린 원봉이 꾸는 꿈은 중요한 역할을 합니다. 아랫글처럼 등장인물의 행동이나 말투, 무대 장치, 음향 효과 등을 설명하는 부분을 지시문이라고 해요. 이 지시문은 원봉의 꿈속 장면을 보여 주지요.

노래가 이어 가는 동안 원봉이는 잠들고 무대는 어두워진다. 그리고 몽롱한 달빛 같은 창백색이 나타난다. 그러나 다만 여름철 그믐달 밤의 하늘과 같이 아무것도 안 보인다.

(중략)

이하의 인물이 등장하기 전에 갑자년 동학당 전군 행렬의 팬터마임 pantomime. 대사 없이 표정과 몸짓만으로 내용을 전달하는 연극이 지나간다. '오만 년 수운대의 (五萬年受運大義)' 글자를 쓴 오색의 기폭깃발을 선두로 도중道衆, 길을 가는 무리의 어깨에는 '궁기(弓己)', 등에는 '동심의맹同心義盟, 동학군이 내세웠던 구호'이라 박은 삼삼오오의 일대一隊, 많은 사람이나 짐승의 한 무리. 환희와 서계誓戒, 서로 맺은 약속을 어기면 징벌을 가함와 격려와 혹은 혼란을 표시하는 팬터마임. 천천히 그러나 무거운 수천 리 걸어온 피로된 보조步調, 걸음걸이의 속도나 모양로 지나간다. 무대 한참 동안 공허.

- 김우진, 「산돼지」 부분

원봉은 꿈을 통해 자기 출생의 비밀을 알게 됩니다. 동학군이었던 아버지와 관군에게 쫓기다가 자신을 낳고 죽은 어머니의 일도 알게 되지요. 김우진은 표현주의 기법을 사용해 이러한 원봉의 고민과 내적 갈등을 드러냈어요.

그런데 이 희곡의 제목은 왜 '산돼지'일까요? 산돼지는 괴팍하고 앞뒤를 생각하지 않은 채 덤비는 원봉의 성격을 나타냅니다. 원봉의 별명이기도 하지요. 원봉은 자신의 기질이 산에서 활동하는 산돼지와 같아서, 집에만 있어야 하는 사람이 아니라고 말해요. 아버지로부터 물려받은 동학 이념을 과제로 안고 고민하기 때문이지요. 이는 원봉이 사회 개혁의 숙명을 지녔음을 나타내요. 하지만 원봉은 집돼지처럼 혈연 문제와 일상생활 속에 갇혀 어떤 행동도 하지 못합니다. 이러한 원봉의 모습은 김우진을 비롯한 1920년대 지식인의 저항과 좌절을 상징하지요.

김우진과 윤심덕의 사망 기사 대학 졸업 후 귀국한 김우진은 시, 희곡, 평론 등 많은 작품을 창작했다. 하지만 가정과 사회, 애정 문제 등 여러 갈등 속에서 고민하다 1926년에 도쿄로 떠났다. 그곳에서 「산돼지」를 완성한 뒤 연인인 소프라노 가수 윤심덕과 현해탄에 몸을 던져 목숨을 끊었다. 사진은 두 남녀의 사망 소식을 다룬 〈동아일보〉 기사다.

일제 강점기 문학은 '한국' 문학일까?

일제 강점기의 문학은 '한국' 문학일까요? 조선의 문학이나 고려의 문학, 삼국의 문학, 고조선의 문학은 어떨까요? "당연히 한국 문학이지!"라는 대답이 바로 나올 수도 있겠네요. 그런데 이 문제는 그렇게 단순하지 않답니다.

예를 하나 들어볼까요? 일제 강점기에는 우리 문학을 말할 때 '한국 문학'이라고 하지 않고 '조선 문학'이라고 했어요. 1919년에 대한민국 임시 정부가 세워졌지만 당시 사람들은 스스로를 '조선인'이라고 생각했던 거지요. 즉, 일제 강점기 사람들을 '조선인'이라고 인식한다면 일제 강점기의 문학이 조선 문학이 되는 것이고, '한국인'이라고 인식한다면 일제 강점기 문학이 한국 문학이 되는 것이랍니다. 조선 시대나 그 이전 시대의 문학도 마찬가지예요.

그런데 조선 시대의 사람, 고려 시대의 사람, 삼국 시대의 사람을 '한국인'으로 볼 수 있을까요? 같은 민족이니까 모두 한국인일까요? 역사 시간에 배운 내용을 떠올려 보아요. 먼 옛날에 예족과 맥족, 한(韓)족 등이 나라를 세웠다고 해요. 그때의 나라는 하나의 '민족'으로 이루어진 나라가 아닌 거예요. 역사적으로는 신라가 삼국을 통일한 뒤에 단일 민족 국가가 성립되었다고 볼 수 있어요. 그렇다면 고조선과 삼국 시대의 사람은 '한국인'이 아닌 걸까요? 살고 있는 땅이나 혈통, 언어 등을 기준으로 해서는 이 문제에 답을 내리기가 쉽지 않습니다. 그보다는 현재의 우리가 누구를 우리의 조상으로 생각하는지, 과거의 어떤 나라를 우리나라로 여기는지가 중요하지요.

발해를 떠올려 봅시다. 우리는 역사 교과서에서 발해를 배우지요. 또, 삼국 시대 이후의 시대를 통일 신라와 발해의 시대라는 의미에서 '남북국 시대'라고 부르고요. 하지만 예전에는 이 시대를 통일 신라 시대라고 했어요. 발해를 우리 역사로 여기지 않았기 때문이에요. 발해는 고려의 유민 대조영이 세운 나라입니다. 발해인의 대부분은 그 지역의 토착 민족인 말갈족이었어요. 일부 지배 계층만 고구려인의 후손이었고요. 그래서 발해를 우리나라로 보는 견해와 보지 않는 견해가 있어요.

중요한 것은 '지금 우리'가 발해를 어떻게 바라보고 있느냐예요. 역사는 현재를 살아가는 사람들의 입장에서 기록되고 해석됩니다. 지금 우리가 일제 강점기의 사람들을 한국인이라고 생각한다면 일제 강점기의 문학도 한국 문학이 되지요.

일제 강점기 문학과 관련된 문제가 한 가지 더 있어요. 바로 언어 문제예요. 1940년대 말에는 많은 조선 문인들이 일본어로 작품을 쓰고 발표했습니다. 김사량이나 장혁주 같이 일본에서 일본어로 작품을 써서 일본 문단에 등단을 한 문인도 있지요. 이런 작품들은 일본어로 썼으니 한국 문학이 아닌 걸까요?

답을 내리기 전에 과거로 되돌아가 봅시다. 신라의 학자인 최치원은 중국의 당에 가서 과거를 보고 당의 관리가 되었어요. 그렇다면 최치원이 당에 있을 때 쓴 시들은 당나라 문학일까요? 아니면 신라 문학일까요? 최치원이 살던 시대에는 한글이 없었기 때문에 한자로만 글을 써야 했습니다. 일제 강점기에도 한글로 글을 쓰는 것이 무척 어려웠지요. 최치원이 당에서 쓴 작품과 일제 강점기에 일본어로 쓴 작품은 우리말을 쓸 수 없는 상황에서 다른 언어로 쓴 작품이라는 공통점이 있는 거예요. 이 점을 고려할 때, 일제 강점기에 우리나라 사람이 일본어로 쓴 문학 작품은 한국 문학이 아니라고 단정 지을 수 있을까요?

문학사, 나아가 역사를 대할 때 가장 중요한 것은 현재의 우리가 과거를 바라보는 관점입니다. 일제 강점기의 문학을 한국 문학으로 볼지 말지는 여러분이 그 시대를 바라보는 관점에 따라 달라져요. 물론 자신의 관점을 뒷받침할 타당한 이유가 필요하겠지요.

자, 이제 맨 처음 질문으로 돌아가 보아요. 일제 강점기의 문학은 한국 문학일까요? 여러분은 어떤 관점으로 일제 강점기와 그 시대의 문학을 바라볼지 궁금해지네요.

3 1930년대~1945년의 한국 문학

이 시기에는 어떤 일이 일어났을까요?

1938년 3월, 일제는 중등학교 교과목에서 '조선어' 과목을 폐지합니다. 이는 1930년대에 이르러 일제의 식민지 사상 탄압이 더욱 심해졌음을 보여주는 사건이에요. 이로 말미암아 해외로 이주하는 사람이 많아지면서 민족 공동체가 붕괴되는 현상까지 나타났지요. 하지만 암울한 상황에서도 우리나라 문학은 한층 성숙해졌답니다.

소설 분야에서는 도시에서의 삶을 다룬 세태 소설, 풍속 소설이 창작되었습니다. 농촌을 소재로 한 농촌 소설도 등장했지요. 1930년대 중반에는 서구 모더니즘의 영향을 받은 소설도 발표되었어요. 이외에도 역사 소설, 가족사 소설 등이 활발하게 창작되었답니다. 하지만 1941년 태평양 전쟁이 일어나면서 우리나라 소설은 암흑기로 접어들지요.

시는 어땠을까요? 1930년대 초반에는 개인적인 정서를 추구하는 순수시가 등장했어요. 1930년대 중반에는 시각적인 이미지를 중시한 모더니즘 시가 발표되었고요. 1930년대 후반에는 청록파 시인인 박목월, 박두진, 조지훈과 생명파 시인이 등장했지요. 1940년대 초에는 이육사와 윤동주가 항일 의지를 담은 작품을 썼어요.

1930년대부터 광복까지는 수필이 본격적으로 발전한 시기였습니다. 전문적인 수필가가 등장했고, 수필이 독자적인 갈래로 자리 잡았지요. 유치진을 중심으로 결성된 극예술 연구회는 희곡 발전에 이바지했어요. 이때부터 사실주의 희곡이 본격적으로 창작되었지요.

서정시부터
저항시까지, 내용과
형식이 성숙해지다!

현실 비판 대신
다채로운 주제를
담다!

작품 창작과 이론
연구가 활발해지다!

1 풍요로움과 다양성을 일구다 | 소설

모더니즘 소설　　농촌 소설　　가족사 소설

1930년대에 일제는 현실 비판적인 소설을 가만히 놓아두지 않았어요. 일제가 소설 창작을 탄압하자 소설가들은 이념이나 사회 계몽이 아닌, 다양한 주제와 소재를 다룬 작품을 발표했습니다. 대표적으로 박태원의 「소설가 구보 씨의 일일」이나 이상의 「날개」 같은 모더니즘 소설, 김유정의 「동백꽃」이나 심훈의 「상록수」 같은 농촌 소설, 염상섭의 「삼대」나 채만식의 「태평천하」 같은 가족사 소설, 김동인의 「운현궁의 봄」 같은 역사 소설 등이 등장했지요. 이 시기에는 일제의 탄압에도 작가와 작품 수가 눈에 띄게 늘어났고, 작품 수준도 상당히 높아졌어요. 하지만 1940년대에 접어들면서 우리나라 소설은 일제의 강한 탄압을 받게 됩니다. 이로 말미암아 한글로 된 소설이 거의 발표되지 못했지요.

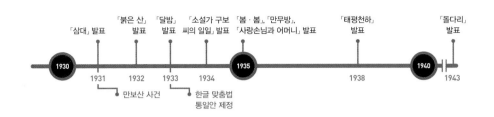

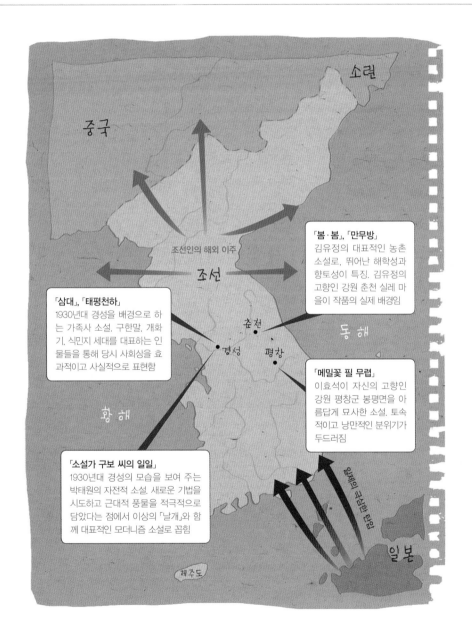

「삼대」 발표

「붉은 산」 발표

「달밤」 발표

「소설가 구보 씨의 일일」 발표

「봄·봄」, 「만무방」, 「사랑손님과 어머니」 발표

「태평천하」 발표

「돌다리」 발표

1930

1931

1932

1933

1934

1935

1938

1940

1943

만보산 사건

한글 맞춤법 통일안 제정

소련

중국

조선인의 해외 이주

조선

춘천

경성

평창

동해

「봄·봄」, 「만무방」
김유정의 대표적인 농촌 소설로, 뛰어난 해학성과 향토성이 특징. 김유정의 고향인 강원 춘천 실레 마을이 작품의 실제 배경임

「삼대」, 「태평천하」
1930년대 경성을 배경으로 하는 가족사 소설. 구한말, 개화기, 식민지 세대를 대표하는 인물들을 통해 당시 사회상을 효과적이고 사실적으로 표현함

「메밀꽃 필 무렵」
이효석이 자신의 고향인 강원 평창군 봉평면을 아름답게 묘사한 소설. 토속적이고 낭만적인 분위기가 두드러짐

황해

「소설가 구보 씨의 일일」
1930년대 경성의 모습을 보여 주는 박태원의 자전적 소설. 새로운 기법을 시도하고 근대적 풍물을 적극적으로 담았다는 점에서 이상의 「날개」와 함께 대표적인 모더니즘 소설로 꼽힘

일제의 극심한 탄압

일본

제주도

동상이몽(同床異夢) 세 가족
– 염상섭의 「삼대」

때는 1920~1930년대, 서울 중구 수하동에 한 중산층 집안이 있었습니다. 이 집안은 할아버지, 아버지, 아들로 이어지는 삼대(三代)가 함께 살았어요.

이 세 가족은 각각 개성이 뚜렷했습니다. 우선 할아버지는 구한말(舊韓末, 조선 말기에서 대한 제국까지의 시기) 세대를 대표하는 조 의관으로, 돈과 이익밖에 모르는 현실주의자예요. 양반 행세를 하기 위해 족보를 사들이고 서원에 투자하는 등 명분과 형식을 중시하는 인물이기도 하지요. 조 의관의 아들인 조상훈은 아버지와 전혀 다릅니다. 개화기 세대를 대표하는 조상훈은 미국 유학 생활을 하고 기독교와 신문물을 받아들인 인물이에요. 다양한 사회사업에 몰두하지만 방탕한 생활을 하며 타락하지요. 조상훈의 아들이자 조 의관의 손자인 조덕

서원(書院)
조선 시대에 지방에 세워진 사립 교육 기관이다. 인재를 모아 학문을 가르치고, 석학이나 충절로 죽은 사람을 제사 지내기도 했다.

소수 서원(경북 영주)
1543년 주세붕이 지은 우리나라 최초의 서원으로, 오늘날에도 보존되어 있다. 사진은 「삼대」의 배경인 1920년대에 촬영한 모습이다. 서원은 유교를 가르치는 교육 기관이었는데, 개화기에 이르러 근대 문물이 유입되면서 쇠퇴했다.

기는 식민지 세대를 대표하는 인물입니다. 집안의 세대 갈등과 친구
인 김병화와의 이념 갈등에서 중립을 지키며 자기가 할 일에 관해 고
민해요.

　지금까지 소개한 조 의관, 조상훈, 조덕기는 염상섭의 「삼대」에 등
장하는 주인공들입니다. 「삼대」는 1931년 〈조선일보〉에 연재되었어
요. 염상섭은 「만세전」과 마찬가지로 이 작품에서도 식민지 현실을
사실적으로 드러냈습니다. 「삼대」에서는 세대 간 가치관의 갈등과 이
념 간 갈등이 흥미진진하게 전개되지요.

　"아버님께서는 너무 심한 말씀을 하십니다마는, 어쨌든 세상에 좀 할
　일이 많습니까? 교육 사업, 도서관 사업, 그 외 지금 조선어 자전 편찬하
　는 데……."
　상훈이는 조심도 하려니와 기를 눅이어서 차근차근히 이왕지사 말이
나왔으니 할 말은 다 하겠다는 듯이 말을 이어 나가려니까 또 벼락이 내
린다.
　"듣기 싫다! 누가 네게 그따위 설교를 듣자든? 어서 가거라."
　"하여간에 말씀입니다. 지난 일은 어쨌든, 지금 이 판에 별안간 치산※

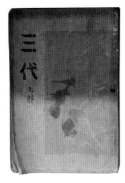

「삼대」
〈조선일보〉에 총 215회에 걸쳐 연재된 「삼대」를 엮어 펴낸 책이다. 1947년 을유문화사에서 간행했다.

山. 산소를 매만져서 다듬음이란 당한 일입니까? 치산만 한 데도 모르겠습니다마는, 서원을 짓고 유생들을 몰아다 놓으시렵니까? 돈도 돈이거니와 지금 시대에 당한 일입니까?"

상훈이는 아까보다 좀 어기語氣. 말하는 기세를 높여서 반대를 하였다.

"잔소리 마라! 그놈, 나가라니까 점점 더하고 섰고나. 내가 무얼 하든 네가 총찰總察. 모든 일을 맡아 총괄해 살핌이란 말이냐? 내가 죽으면 동전 한 닢이라도 너를 남겨 줄 테니 걱정이란 말이냐? 너는 이후로는 아무리 굶어 죽는다 하여도 한 푼 막무가내다. 너는 없는 셈만 칠 것이니까……, 너희들도 다아 들어 두어라."

-염상섭, 「삼대」 부분

윗글을 보니 아버지와 아들의 대화라고 보기에는 분위기가 살벌하지요? 조 의관은 돈을 들여 의관 벼슬을 사고 족보를 새로 만들었어요. 조상훈은 이런 아버지를 못마땅하게 생각했지요. 그래서 족보를 만드는 일을 둘러싸고 다툼이 벌어진 거예요.

그런데 조 의관은 조선 시대도 아닌 일제 강점기에 왜 그리 족보 제작에 열을 올린 것일까요? 1894년 갑오개혁으로 신분제는 사라졌지만 일제 강점기 때 족보 제작이 유행했어요. 제도는 바뀌었어도 소수 양반이 누렸던 특권 의식은 쉽게 사라지지 않았기 때문이지요. 족보를 위조하면 누구나 양반이 될 수 있었어요.

하지만 조상훈은 조 의관을 이해하지 못합니다. 신문물을 받아들인 조상훈은 족보보다는 교

용인 이씨 족보
용인 이씨 참판공파의 족보다. 족보는 한 가문의 계통과 혈통 관계를 적어 기록한 책이다. 일제 강점기 때는 족보 제작이 유행해 매년 많은 양의 족보가 출판되었다.

육 사업, 도서관 사업, 조선어 자전 편찬 등에 돈을 쓰기를 바라지요. 이처럼 조상훈은 사회사업에 관심이 많았지만, 3·1 운동이 실패한 후 허무주의에 빠지고 맙니다. 조 의관은 방탕한 생활을 일삼는 아들을 한심하게 생각하며 손자인 조덕기에게 재산의 반을 물려주겠다고 선언하지요.

일본 유학생인 조덕기는 방학 때 잠깐 귀국했다가 다시 일본으로 가기 위해 짐을 쌉니다. 이때 친구인 김병화가 찾아오지요. 김병화는 가난한 생활을 하지만, 사회의 부조리에 저항하며 새로운 세상을 꿈꿉니다. 사회주의 사상을 실천으로 옮기는 인물이에요. 김병화는 조덕기를 만날 때마다 '부르주아(bourgeois, 근대 사회에서 자본가 계급에 속하는 사람)'라고 부르고, 조덕기는 이 소리를 듣기 싫어합니다. 조덕기는 자신의 집안이 중산층인 게 다행이라고 생각하지만, '부르주아'는 자신을 비꼬는 말이라고 생각하지요. 조덕기와 김병화를 통해 당시 계층 간에 있었던 갈등을 엿볼 수 있어요.

「삼대」에서 가장 중요한 소재는 '돈'입니다. 조 의관과 조상훈은 돈의 쓰임에 관해서 가치관의 차이를 보였지요? 하지만 두 사람 모두 돈을 중요하게 여깁니다. 더불어 이 소설의 사건 전개에서 가장 중요한 부분은 조 의관의 재산 상속 문제예요. 조 의관이 죽자 재산 상속 문제에 불이 붙고, 주변 인물들이 하나둘씩 추악함을 드러내기 시작해요. 조 의관의 첩인 수원댁과 둘을 소개해 준 최 참봉 등은 조 의관의 재산을 빼돌리기 위해 몰래 유서를 고치지요. 하지만 조덕기가 재산을 관리하면서 수원댁의 계획은 실패로 돌아가요. 집안의 재산을 맡게 된 조덕기는 앞으로 어떻게 살아야 할 것인가에 관해 고민하지요.

지금까지 살펴본 것처럼 염상섭은 한 가족사를 통해 당시 사회상을 생생하게 드러냈습니다. 염상섭의 다른 작품도 뛰어나지만, 「삼대」는 더 섬세한 문학적 성취를 이루었다는 평가를 받고 있어요. 당시 풍속과 세대 간의 갈등을 세밀하게 묘사했기 때문이지요.

교활함 속에 숨겨져 있었던 민족애
– 김동인의 「붉은 산」

"수로 공사는 절대 안 된다!"

"얼른 헐어 내라!"

1931년 7월 2일이었어요. 중국 지린성 만보산 지역에서 조선 농민과 중국 농민 사이에 충돌이 일어났습니다. 조선 농민은 가뭄이 계속되자 송화강에서 물을 끌어오는 수로 공사를 진행했어요. 그러자 인근의 중국 농민이 물을 끌어들이면 콩밭이 망가진다면서 반대한 것이지요.

조선 농민과 중국 농민은 말다툼하다가 멱살을 잡기도 했어요. 하지만 중국 관리들과 조선인 대표가 수습해 큰 싸움으로 번지지는 않았지요. 문제는 일본이 일으켰습니다. 만주를 노리던 일본은 이 사건을 과장해서 조선의 한 신문에 다음과 같은 거짓 기사를 내보냈어요.

'지금 만보산에서 조선인이 중국인에게 봉변을 당하고 있다. 이미 많은 사상자가 발생했다.'

이 기사가 퍼지자 화가 난 조선인들은 중국인을 배척했어요. 중국인만 보면 때리거나 심지어 죽이기까지 했지요. 조선에 사는 중국인들은 두려움에 떨 수밖에 없었어요. 중국인에 대한 조선인의 폭력 행

위는 중국 본토에도 알려졌고, 중국인들은 분노했습니다. 결국 중국인들은 많은 조선인이 이주해 살던 만주 지방을 중심으로 복수를 시작했어요. 한 마을은 100명에 가까운 조선인 전원이 몰살당하기도 했지요. 이 사건을 '만보산 사건'이라고 해요.

만보산 사건은 많은 조선 지식인에게 울분과 자극을 주었습니다. 김동인은 이 사건을 토대로 1932년 〈삼천리〉에 「붉은 산」이라는 소설을 발표하지요. 「배따라기」를 통해 단편 소설의 미학을 보여 주었던 김동인은 「붉은 산」을 통해 무엇을 말하고자 했을까요?

「붉은 산」은 독특하게도 한 의사의 수기(手記, 자기의 생활이나 체험을 직접 쓴 기록) 형식으로 구성되어 있어요. '여(余, '나'를 뜻하는 1인칭 대명사)'는 만주의 풍속을 살피고 그곳에 퍼져 있는 병도 조사할 겸 만주를 돌아봅니다. 이때 ××촌에서 겪은 일을 기록하지요.

××촌에는 정직하고 글깨나 읽었다는 조선인 소작인들이 20여 호 모여 삽니다. 어느 날, 이 마을에 '삵(살쾡이)'이라 불리는 정익호가 찾

아들어요. 그는 왜 '삵'이라고 불렀을까요?

생김생김으로 보아서 얼굴이 쥐와 같고 날카로운 이빨이 있으며 눈에
는 교활함과 독한 기운이 늘 나타나 있으며 바룩한[밖으로 벌어져 있는] 코에는
코털이 밖으로까지 보이도록 길게 났고 몸집은 작으나 민첩하게 되었고
나이는 스물다섯에서 사십까지 임의로 볼 수가 있으며 그 몸이나 얼굴
생김이 어디로 보든 남에게 미움을 사고 근접지 못할 놈이라는 느낌을
갖게 한다.

-김동인, 「붉은 산」 부분

윗글은 정익호의 외양을 묘사한 부분입니다. 이를 통해 정익호의
성격을 짐작할 수 있어요. 실제로 정익호는 트집을 잘 잡고 싸움도 잘
합니다. 그래서 그가 아무리 행패를 부려도 마을 사람들은 함부로 대
들지 못해요. 마을 사람들은 정익호를 꺼리고 미워해 쫓아내려고 합
니다. 하지만 정작 나서는 사람이 없어 그는 별 탈 없이 동네에 머무르
지요.

이렇듯 「붉은 산」의 전반부에서 정익호는 싸움 잘하고 트집 잘 잡
고 칼부림 잘하고 색시에게 덤벼들기를 잘하는 '암종(癌腫, 악성 종양)'
으로 묘사됩니다. 하지만 후반부에서 정익호는 극적으로 성격이 바
뀌어요. 계기가 된 사건은 송 첨지(僉知, 나이 많은 남자를 낮잡아 이르는
말)의 죽음이었습니다.

'여'가 ××촌을 떠나기 전날이었어요. 송 첨지는 그해 소출(所出, 논
밭에서 나는 곡식)을 나귀에 싣고 만주인 지주 집에 갑니다. 그는 소출

이 좋지 못하다는 이유로 두들겨 맞고 초주검이 되어 돌아와요. 그러고는 끝내 죽고 말지요. ××촌 젊은이들은 흥분하지만, 누구 하나 앞장서서 따지려고 하지 않아요.

'여'는 송 첨지의 시체를 부검하고 돌아오는 길에 정익호, 즉 '삵'과 마주칩니다. '여'는 '삵'에게 송 첨지의 죽음을 알리지요. 이튿날 '삵'은 허리가 기역 자로 부러진 채로 동구 밖에서 발견됩니다. 지주에게 반항하다가 맞은 거예요.

'여'는 쓰러진 '삵'을 응급조치합니다. '삵'은 '여'에게 애국가를 불러 달라고 간청해요. '삵'의 죽음을 애도하는 노래가 엄숙하게 울려 퍼지는 가운데 '삵'의 몸은 점점 식어 가지요.

마을의 골칫덩어리였던 '삵'은 왜 갑자기 민족주의자로 변한 것일까요? 이는 조국과 민족에 대한 애정이라는 주제 의식을 부각하기 위한 장치입니다. 하지만 변화를 가져온 실마리나 개연성(蓋然性, 그럴듯하다고 수긍할 수 있는 성질)이 제시되지 않아 감상적이고 작위적(作爲的, 꾸며서 하는 것이 두드러지게 눈에 띄는 것)이라는 지적을 받기도 하지요.

앞에서 살펴본 것처럼 「붉은 산」에는 혹사당하는 조선인 소작농과 가혹한 만주인 지주 간의 갈등이 잘 드러나 있습니다. 이 소설은 '만보산 사건'의 영향을 받았으므로 중국인에 대한 적개심이 담겼다는 점은 이해가 가지요? 하지만 갈등의 원인을 제공한 일제가 빠지고 모든 책임을 중국인에게 넘긴 것은 「붉은 산」의 문제점이에요. 1930년대 후반에 경제적·정신적인 어려움을 겪고 친일의 길로 들어선 김동인을 떠올리면 더욱 아쉬운 부분입니다.

소외된 인물을 가만히 쓰다듬다
— 이태준의 「달밤」

　서울 성북구에는 법정 스님이 창건한 절인 길상사, 한용운이 지은 집인 심우장, 우리나라 최초의 근대식 사립 미술관인 간송 미술관 등 여러 명소가 있습니다. 이태준이 1933년부터 1946년까지 머물면서 「달밤」, 「돌다리」 등을 집필한 이태준 고택도 성북구의 명소 가운데 하나지요. 이 집은 1933년에 지어진 개량 한옥이에요. 현재는 이태준의 외종 손녀가 이곳에서 전통찻집을 운영하고 있답니다.

　이태준은 단편 소설을 통해 탁월한 능력을 보여 준 작가예요. 1930년대 당시 '시에서는 정지용, 산문에서는 이태준'이라 불릴 정도로 명성이 자자했지요. 이태준의 단편 소설뿐 아니라 장편 소설의 인기도 이광수 못지않았어요. 또한 이태준은 구인회를 통해 1930년대 순수 문학의 흐름을 주도했습니다. 1930년대 후반에는 〈문장〉의 실질적인 책임자로서 서정주, 김동리, 박목월, 박두진, 조지훈 등 많은 신인을 발굴해 우리나라 문학 발전에 큰 공을 세웠지요.

　하지만 이태준의 어린 시절은 불우했습니다. 그는 일찍 부모를 잃고 고아가 되었어요. 누이와 함께 친척 집에 맡겨졌지만, 주위의 동정과 친척 어른들의 구박을 못 견디고 가출하지요. 1920년 이태준은 배재 학당의 입학시험에 합격하지만, 돈이 없어서 다니지 못했어요. 낮에는 일하고 밤에는 공부하는 생활 끝에 이듬해 휘문 고등 보통학교에 입학하지요. 하지만 4학년 때 동맹 휴교 주모자로 지목되어 퇴학당하고 맙니다. 이태준은 1925년 일본으로 건너가 조치 대학교에 입학해요. 신문 배달 등을 하며 학비를 벌었지만, 고독감과 가난을 견디지

구인회(九人會)
1933년 김기림, 이효석, 이종명, 김유영, 유치진, 조용만, 이태준, 정지용, 이무영의 아홉 사람이 모여 결성한 문학 동인회다. 경향 문학에 반발해 순수 문학을 지향했다.

〈문장(文章)〉
1939년 2월에 창간된 순 문예지다. 작품 발표와 고전 발굴, 신인 배출 및 양성에 주력했다. 사진은 1939년에 발행한 〈문장〉 7월 호다.

못해 곧 자퇴하고 말아요.

이태준은 귀국 후 잡지 편집을 하면서 본격적으로 작품 활동을 시작합니다. 1930년에는 결혼해서 이후 비교적 안정된 생활을 하지요. 특히 서울 성북동에서 처자식과 함께 지냈던 시절은 이태준의 삶에서 가장 행복한 순간이었을 거예요.

1933년 〈중앙〉에 발표된 「달밤」 역시 서울 성북동을 공간적 배경으로 삼고 있습니다. 성북동으로 이사 온 '나'는 그곳에서 시골의 정취를 느껴요. 시냇물 소리와 솔바람 소리 때문이 아니라 황수건이라는 사람을 만났기 때문이지요. 도시 사람들의 영악함과 메마른 심성에 지쳐 있던 '나'는 약간 모자라지만 착하고 인정 있는 황수건에게 마음을 열어요.

하지만 순박한 황수건은 삭막한 현실에 적응하지 못하고 점점 소외됩니다. 보조 신문 배달원인 황수건의 유일한 희망은 정식 배달원이 되는 거예요. 하지만 보조 배달원 자리에서도 쫓겨나지요. '나'는 황수건의 하소연을 들으며 안타까워하고, 세상의 각박함을 원망하기도 해요.

'나'는 황수건에게 참외 장사라도 해 보라고 3원을 줍니다. 이처럼 '나'는 황수건에게 연민을 느끼고, 그를 인간적으로 대해요. '나'의 따뜻한 배려에 보답하기 위해서라도 황수건이 참외 장사에 성공했다면 얼마나 좋았을까요? 황수건은 참외 장사에도 실패합니다. 설상가상으로 그의 아내마저 가출하지요.

어느 날, 황수건은 '나'에게 고마움을

〈중앙(中央)〉
1933년 11월 조선중앙일보사에서 발간한 종합 월간지다. 1931년 1월 동아일보사에서 발간한 〈신동아〉를 시작으로 신문사에서도 각종 잡지를 발간하기 시작했다.

휘문 고등 보통학교(서울 종로구)
1906년 민영휘가 세운 학교로, '휘문 의숙'으로 개교해 1918년 '휘문 고등 보통학교'로 이름을 바꾸었다. 현재는 휘문 중학교와 휘문 고등학교로 개편되어 서울 강남구로 이전했다.

표현하기 위해 훔친 포도를 들고 '나'를 찾아옵니다. 하지만 곧 포도 주인이 나타나 황수건을 끌고 나가지요. '나'가 포도 주인에게 포도 값을 물어 주고 보니 황수건은 사라지고 없어요.

시대적 배경이나 황수건의 처지를 고려하면 「달밤」의 결말은 그다지 희망적으로 보이지는 않습니다. 그렇다고 비극적인 결말로 치닫지도 않아요. 오히려 이 작품의 결말에서는 서정적인 분위기가 느껴지지요. 그 부분을 살펴볼까요?

「달밤」
1934년 한성도서에서 간행한 이태준의 첫 단편집이다. 「달밤」, 「꽃나무는 심어 놓고」 등의 소설이 실려 있다.

> 어제다. 문안에 들어갔다 늦어서 나오는데 불빛 없는 성북동 길 위에는 밝은 달빛이 깁_{명주실로 바탕을 조금 거칠게 짠 비단}을 깐 듯하였다. 그런데 포도원께를 올라오노라니까 누가 맑지도 못한 목청으로,
>
> "사……케……와 나……미다카 다메이……키……카……_{술은 눈물인가 한숨인가}"
>
> 를 부르며 큰길이 좁다는 듯이 휘적거리며 내려왔다. 보니까 수건이 같았다. 나는,
>
> "수건인가?"
>
> 하고 아는 체하려다 그가 나를 보면 무안해할 일이 있는 것을 생각하고 획 길 아래로 내려서 나무 그늘에 몸을 감추었다.
>
> 그는 길은 보지도 않고 달만 쳐다보며, 노래는 그 이상은 외우지도 못하는 듯 첫 줄 한 줄만 되풀이하면서 전에는 본 적이 없었는데 담배를 다 퍽퍽 빨면서 지나갔다.
>
> 달밤은 그에게도 유감한 듯하였다.
>
> - 이태준, 「달밤」 부분

늦은 밤, 황수건은 달을 쳐다보면서 노래의 첫 소절만 계속 부르며 성북동 길을 걷습니다. 전에는 보지 못한 담배까지 피우면서 말이지요. 황수건의 답답한 심정이 느껴지는 대목이에요. 하지만 이태준은 '달밤'을 배경으로 설정해 암울한 결말을 서정적인 분위기로 정화합니다. '나'는 포도 사건 때문에 아는 척을 하면 황수건이 무안해할까 봐 일부러 나무 그늘로 몸을 숨겨요. 달밤은 이러한 '나'의 따뜻한 마음을 더욱 돋보이게 하는 역할도 합니다.

「달밤」을 통해 살펴본 것처럼 이태준은 현실 비판을 강조하기보다는 사회에서 소외된 인물들의 삶을 드러내기 위해 노력했어요. 그러면서 인간적인 정이 사라진 각박한 사회를 넌지시 꼬집었지요.

"이 다리에는 우리 가족의 역사가 담겨 있단다."
– 이태준의 「돌다리」

앞에서 살펴본 염상섭의 「삼대」에서 아버지인 조 의관과 아들인 조상훈은 가치관 차이로 큰 갈등을 겪었지요? 조 의관은 유교적인 가치를 중시하는 보수적인 인물이었고, 조상훈은 기독교와 신학문을 수용했지만 방탕한 생활을 하는 인물이었어요.

이태준의 「돌다리」에는 가치관 차이로 갈등을 겪는 또 다른 아버지와 아들이 등장합니다. 「삼대」의 부자(父子)와 「돌다리」의 부자(父子)를 비교해 보는 것도 재미있을 거예요.

일제 강점기 말기인 1943년 〈국민문학〉에 발표된 「돌다리」는 한 농촌 마을을 공간적 배경으로 삼고 있습니다. 아버지는 평생 농사를 지으면서 살아온 농부이고, 아들인 창섭은 맹장 수술 분야의 권위자인

이태준(1904~?)
강원 철원에서 태어난 이태준은 1925년 〈조선문단〉에 소설 「오몽녀」가 입선하며 등단했다. 1929년 개벽사에 입사한 후부터 본격적인 작품 활동을 시작했다. 1940년대에는 친일 문학을 발표했다. 광복후에는 사회주의 성향의 작품을 창작했고, 1946년에 월북했다.

〈국민문학(國民文學)〉
1941년 11월에 창간된 월간 문학 잡지다. 최재서가 중심이 되어 발간했다. 우리 문학사에 치욕으로 남아 있는 친일(親日) 잡지다.

의사예요. 창섭은 농업 학교에 진학하라는 아버지의 뜻을 어기고 의사가 되었습니다. 맹장염에 걸린 누이가 의사의 잘못된 진단으로 일찍 생을 마감했기 때문이지요. 병원을 확장하기로 한 창섭은 고향을 찾습니다. 창섭은 누이의 묘가 있는 곳을 바라보며 좋은 병원을 세울 기대감에 부풀어요.

월북 이후의 이태준
이태준이 월북한 직후인 1946년에 촬영된 것으로 추정되는 사진이다. 월북 초기 이태준은 북한에서 극진한 대우를 받지만, 6·25 전쟁 후 과거 친일 문학을 썼다는 이유로 숙청당했다.

창섭의 아버지는 동네에서 근면·성실하기로 소문난 인물이에요. 땅을 늘리는 것보다는 정성껏 가꾸는 데 노력을 쏟지요. 이를 통해 아버지는 물질적인 이익을 추구하기보다는 땅의 본래 가치를 중시한다는 것을 알 수 있어요. 하지만 창섭은 땅을 이익을 얻을 수 있는 수단으로 여깁니다. 땅을 가지고 있는 것보다는 팔아서 병원 확장에 쓰는 것이 이익이라고 생각하지요. 그래서 창섭은 아버지에게 서울로 모시고 가겠다며 땅을 팔아 달라고 부탁합니다. 아버지는 아들의 말에 뭐라고 대답했을까요?

"천금이 쏟아진대두 난 땅은 못 팔겠다. 내 아버님께서 손수 이룩허시는 걸 내 눈으루 본 밭이구, 내 할아버님께서 손수 피땀을 흘려 모신 돈으루 장만허신 논들이야. 돈 있다고 어디가 느르지 논 같은 게 있구, 독시장 밭 같은 걸 사? 느르지 논둑에 선 느티나문 할아버님께서 심으신 거구, 저 사랑 마당엣 은행나무는 아버님께서 심으신 거다. 그 나무 밑에를 설 때마다 난 그 어룬들 동상이나 다름없이 경건한 마음이 솟아 우러러보군 헌다. 땅이란 걸 어떻게 일시 이해를 따져 사구팔구 허

느냐? 땅 없어 봐라, 집이 어딨으며 나라가 어딨는 줄 아니? 땅이란 천지 만물의 근거야. 돈 있다구 땅이 뭔지두 모르구 욕심만 내 문서 쪽으로 사 모기만 하는 사람들, 돈놀이처럼 변리邊利, 남에게 돈을 빌려 쓴 대가로 치르는 일정한 비율의 돈만 생각허구 제 조상들과 그 땅과 어떤 인연이란 건 도시도무지 생각지 않구 헌신짝 버리듯 하는 사람들, 다 내 눈엔 괴이한 사람들루밖엔 뵈지 않드라."

-이태준, 「돌다리」 부분

창섭의 아버지는 자신의 할아버지와 아버지에게 물려받은 땅을 소중히 생각합니다. 땅을 천지 만물의 근원으로 여기고, 종교적 신념에 가까울 정도로 땅에 대한 애착이 강하지요. 아버지는 땅을 돈으로 생각하지 않고 진심으로 소중히 여기는 사람에게 팔겠다고 선언해요. 물질을 가장 중요하게 여기는 근대 사회의 가치관을 비판한 것이지요.

아버지의 전통적인 사고방식은 이 작품의 제목이자 중심 소재인 '돌다리'를 통해서도 잘 드러납니다. 창섭이 고향 마을에 들어섰을 때 아버지는 장마 때문에 내려앉은 돌다리를 고치고 있었어요. 이 작품에서 돌다리는 가족과 민족의 정체성을 상징합니다. 아버지가 안간힘을 쓰면서 논밭을 일구고, 정거장 길까지 닦으며 무너진 돌다리를 고치는 이유는 전통을 계승하려는 의지가 강하기 때문이에요. 하지만 창섭에게 돌다리는 그저 낡은 다리에 불과해요.

창섭은 윗글과 같은 아버지의 대답을 듣고 존경심이 들어 코허리가 찌르르해집니다. 땅을 팔아 병원을 확장하겠다는 계획이 잘못되었음을 스스로 인정한 것이지요.

이태준이 생애 가장 행복한 시간을 보낸 성북동의 옛집

일찍이 부모를 잃은 어린 시절은 물론, 학창 시절과 일본 유학 시절까지 이태준의 삶은 무척 불우했다. 이태준은 1930년 결혼한 뒤 비로소 안정을 찾기 시작했고, 1933년에는 서울 성북구 성북동에 집을 마련했다. 이 집에서 살던 시기에 이태준은 행복하고 단란한 가정을 꾸렸으며, 작가로서도 전성기를 맞이했다.

이태준 고택
이태준이 1933년부터 1946년까지 가족들과 살던 집이다. 이 집에서 살던 시기에 이태준은 「달밤」, 「돌다리」, 「복덕방」, 「사상의 월야」 등 많은 작품을 집필했다. 현재는 이태준의 외종 손녀가 이곳에서 '수연산방'이라는 전통찻집을 운영하고 있다.

성북동 집에서 찍은 이태준 가족사진
이태준과 부인 이순옥, 두 아들, 세 딸이 함께 찍은 가족사진이다. 이 집에서 이태준, 박태원, 이효석 등 구인회 회원들이 모여 토론을 나누기도 했다.

『제2의 운명』
이태준이 발표한 첫 번째 장편 소설이다. 1933년 8월 25일부터
〈조선중앙일보〉에 총 201회에 걸쳐 연재했다. 1948년 한성도서
에서 단행본으로 간행했다.

『복덕방』
1947년 을유문화사에서 간행한 이태준의 단편집이다. 표제작
『복덕방』은 이태준의 대표작 중 하나로, 1937년 〈조광〉에 발표
되었다.

이태준 캐리커처
1946년 8월 〈신문학〉 13호에 실린 이태준의 캐리커처다. 이
태준의 뒤쪽에 성북동 집이 그려져 있다.

『사상의 월야』
이태준이 1941년 3월 4일부터 7월 5일까지 〈매일신보〉에 연재
한 장편 소설이다. 1946년 을유문화사에서 단행본으로 간행했
는데, 신문 연재본과는 약간의 차이가 있다.

아버지는 고집을 부리며 아들의 의견에 무조건 반대한 것이 아니라 모두가 잊지 않고 지켜야 할 가치를 앞세웠어요. 그래서 주장에 설득력이 있었지요. 「삼대」의 조 의관처럼 자신의 고집을 꺾지 않고 큰소리만 냈다면 아버지와 아들 간의 갈등은 점점 더 깊어졌을 거예요.

창섭이 아버지의 가치관을 존중하고 자신의 계획을 포기함에 따라 「돌다리」 안에서의 세대 갈등은 해소된 것처럼 보입니다. 하지만 창섭이 아버지와 완전히 똑같은 가치관을 가질 수는 없을 거예요. 그래서였을까요? 창섭은 '결별의 심사'를 느끼며 아버지가 고쳐 놓은 돌다리를 건너 서울로 올라가고, 아버지는 그런 창섭의 뒷모습을 안타까운 마음으로 바라보지요.

눈앞에서 벌어진 일을 그대로 노트에 적다
– 박태원의 「소설가 구보 씨의 일일」

1930년대 경성(서울)의 모습은 어땠을까요? 현재와 마찬가지로 당시에도 많은 사람이 도시, 특히 경성으로 모였습니다. 청계천을 경계로 남쪽의 일본인 거리는 남촌, 북쪽의 조선인 거리는 북촌으로 불렸어요. 경성은 남촌과 북촌을 중심으로 도시화가 진행되었지요.

지금의 서울과는 아주 다르지만 1930년대 경성에도 백화점, 병원, 다방 등이 있었어요. 영화관과 이발소, 공중목욕탕도 있었답니다. 경성 중심부에는 3층 이상의 서양식 건물들이 늘어서 있었고, 도로에는 전차나 자동차가 다녔어요. 하지만 이러한 모습은 주로 일본인 주거 지역에서 볼 수 있었고, 대다수의 외곽 지역은 여전히 가난에서 벗어나지 못했지요.

박태원(1910~1986)
서울에서 태어난 박태원은 1926년 〈조선문단〉에 시 「누님」이 당선되어 등단했다. 활동 초기에는 주로 시를 썼으나 1930년대에 들어서며 소설을 집중적으로 창작했다. 1930년대 모더니즘 문학을 대표하는 작가로 꼽히며, 이태준의 영향을 받아 1950년경 월북했다.

화려한 근대적인 모습과 빛바랜 전근대적인 모습이 섞여 있었던 1930년대 경성은 모더니즘 작가들에게 더할 나위 없이 좋은 관찰 대상이었습니다. 그 결과 경성을 기반으로 많은 모더니즘 소설이 탄생했어요. 대표적인 모더니즘 작가로는 박태원, 이상, 이태준 등을 꼽을 수 있지요.

모더니즘 소설은 사실주의 소설과 차이점이 많습니다. 염상섭의 「만세전」 같은 사실주의 소설은 시간 순서대로 전개되고, 여러 형태의 갈등이 드러요. 반면 모더니즘 소설은 등장인물이 있는 공간을 중심으로 전개되고, 등장인물이 외부와 갈등을 겪는 대신 자신의 내면을 탐구하지요. 이를 효과적으로 표현하기 위해 등장인물의 독백 방식을 주로 사용한답니다.

일제 강점기 때 발표된 모더니즘 소설은 개인주의나 인간성 상실 등 근대 자본주의를 비판하는 내용이 많았습니다. 이 시기의 모더니즘 작가들은 다양한 기법을 실험하고 근대의 풍물을 작품에 적극적으로 반영했어요. 그래서 작품 속에 백화점이나 다방 등이 자주 등장하지요.

모더니즘 소설의 대표작으로 꼽히는 박태원의 「소설가 구보 씨의 일일」은 자전적인 소설입니다. 제목에서 '구보'는 박태원의 호거든요. 어찌 보면 구보의 일기와도 같은 이 소설은 1934년 8월 1일부터 9월 19일까지 〈조선중앙일보〉에 연재되었어요.

박태원은 「소설가 구보 씨의 일일」의 주인공인 구보의 눈을 통해 경성 시내의 풍물과 사람들의 모습을 하나하나 포착합니다. 여기까지만 본다면 사실주의 소설이라고 생각하기 쉬워요. 하지만 이 작품에서 중심이 되는 것은 풍경 자체가 아니라 풍경을 바라보는 구보의 시

모더니즘(modernism)
사상, 형식, 문체 따위가 전통적인 기반에서 급진적으로 벗어나려는 창작 태도다. 20세기 서구 문학·예술상의 한 경향으로, 흔히 현대 문명에 대해 비판적이다.

선과 내면 의식의 변화랍니다.

또한 「소설가 구보 씨의 일일」은 전통적인 서술 기법이 아닌 실험적인 서술 기법이 사용된 작품이에요. 뚜렷한 사건이나 갈등이 나타나지 않는 데다가 현재와 과거, 현실과 환상이 교차하는 형식을 보이지요. 그래서일까요? 「소설가 구보 씨의 일일」이 발표되었을 때 사람들의 반응은 "이런 것도 소설이 될 수 있나?"였습니다.

구보는 고독을 느끼고, 사람들 있는 곳으로, 약동躍動, 생기 있고 활발하게 움직임하는 무리들이 있는 곳으로, 가고 싶다 생각한다. 그는 눈앞에 경성역을 본다. 그곳에는 마땅히 인생이 있을 게다. 이 낡은 서울의 호흡과 또 감정이 있을 게다. 도회都會, 사람이 많이 살고 상공업이 발달한 번잡한 지역의 소설가는 모름지기 이 도회의 항구와 친해야 한다. 그러나 물론 그러한 직업의식은 어떻든 좋았다. 다만 구보는 고독을 삼등 대합실 군중 속에 피할 수 있으면 그만이다.

다방 낙랑파라(서울 중구)
1931년 서울 중구 소공동에 문을 연 다방으로, 당대 예술가들의 아지트였다. 설계에 작가 이상이 참여하기도 했다. 박태원이 자주 방문하던 곳이며, 「소설가 구보 씨의 일일」에서 '구보'의 단골 다방으로 등장한다.

그러나 오히려 고독은 그곳에 있었다. 구보가 한옆에 끼여 앉을 수도 없게시리 사람들은 그곳에 빽빽하게 모여 있어도, 그들의 누구에게서도 인간 본래의 온정을 찾을 수는 없었다. 그네들은 거의 옆의 사람에게 한마디 말을 건네는 일도 없이, 오직 자기네들 사무에 바빴고, 그리고 간혹 말을 건네도, 그것은 자기네가 타고 갈 열차의 시각이나 그러한 것에 지나지 않았다.

-박태원,「소설가 구보 씨의 일일」 부분

「소설가 구보 씨의 일일」
1934년 박태원이 〈조선중앙일보〉에 총 32회에 걸쳐 연재한 「소설가 구보 씨의 일일」을 단행본으로 펴낸 것이다. 1938년 문장사에서 간행했다.

구보는 홀어머니와 함께 사는 미혼의 소설가예요. 구보의 일과는 대학 노트를 끼고 시내를 돌아다니면서 창작 소재를 찾는 것이지요. 윗글을 보면 구보는 고독감을 피하고자 많은 사람이 오가는 경성역을 찾습니다. 하지만 인간미가 느껴지지 않는 경성역에서 구보는 또다시 고독을 느끼지요. 이를 통해 1930년대 경성의 삭막함과 도시인들의 소외감을 파악할 수 있답니다.

구보는 일본 유학까지 다녀온 지식인이지만 취직과 결혼을 거부해요. 그는 '일상을 살아가는 군중처럼 산다면 나 역시 행복할까?'라는 질문을 안고 산책에 나섭니다. 하지만 구보는 군중 사이에서도 소외감을 느껴요. 지적 우월감을 가지고 다른 사람들을 속물이라고 생각하기도 하고요.

거리를 활보할수록 구보의 고독감은 더욱 커집니다. 다방에서 만난 기자 친구도 구보의 고독감을 떨치는 데 도움을 주지 않아요. 오히려 구보는 돈 때문에 매일 살인, 강도와 방화범의 기사를 써야 한다는 친구에게 연민을 느끼지요.

'구보 씨'가 활보했던 경성의 풍경

「소설가 구보 씨의 일일」의 주인공인 구보는 온종일 경성 이곳저곳을 돌아다니며 창작 소재를 찾는다. 그런 구보의 시선을 통해 박태원은 1930년대 경성의 풍경과 풍속을 묘사하고, 당시 지식인의 내면세계를 드러냈다.

경성 우편국 옆 거리
일제 강점기에 '남촌'으로 불리던 곳이다. 당시 경성은 청계천을 경계로 조선인이 사는 북촌과 일본인이 사는 남촌으로 나뉘었다.

경성 조선 호텔
1914년 서울 중구 소공동에 세워진 호텔이다. 「소설가 구보 씨의 일일」에는 구보가 조선 호텔 앞을 지나치는 장면이 나온다.

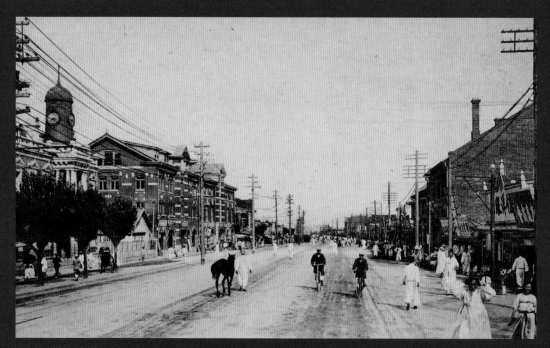

종로의 상점과 행인들
근대식 건물이 들어선 종로 거리의 모습이다. 말을 끌고 가는 사람과 자전거를 타는 사람, 한복을 입은 사람과 양복을 입은 사람이 뒤섞여 길을 지나는 풍경이 인상적이다. 「소설가 구보 씨의 일일」에서 구보는 종로 네거리를 지나 화신 백화점으로 향한다.

종로 시가지 풍경
위에서 내려다본 종로의 풍경이다. 사진 왼쪽에 있는 건물은 조선 식산 은행으로, 조선의 자원을 착취해 식민지 경제를 지배하고자 일제가 세운 금융 기관이다.

경성역
1925년 기존 남대문역을 새로 지으면서 '경성역'으로 이름을 바꾸었다. 당시 일본 도쿄역과 함께 아시아에서 가장 큰 규모의 역사로 꼽혔다. 1946년 '서울역'으로 이름이 바뀌어 2003년까지 쓰였다. 현재 옛 역사는 '문화역 서울 284'라는 문화 공간으로 사용되고 있다.

구보가 시도한 마지막 방법은 옛사랑에 관한 기억을 떠올리는 것이었어요. 그 시절을 떠올리면서 구보는 잠시나마 행복감에 젖습니다. 하지만 곧 자신의 용기가 부족해서 옛사랑을 불행하게 만들었다는 죄책감을 느끼지요. 구보는 술집에서 다른 친구를 만나 서로의 고독감을 달랜 후 헤어집니다. 새벽 2시경이 되자 구보는 이제 어머니를 위해 결혼하고 창작에 전념해야겠다고 다짐해요.

이처럼 도심의 거리를 떠돌다가 새벽에 집으로 향하는 내용인 「소설가 구보 씨의 일일」은 박태원의 일기이자, 당대 무력한 지식인들의 일일 보고서라고 할 수 있어요. "상상력만으로는 소설이 되지 않아 실물을 눈으로 보기 위해 도심지를 오간다."라는 박태원의 생각이 고스란히 담긴 작품이지요.

이 소설은 구보의 의식의 흐름에 따라 기술되었습니다. 이는 모더니즘 소설의 특징 가운데 하나예요. 이러한 '의식의 흐름' 기법은 박태원의 친한 벗이었던 이상의 소설 「날개」에서도 사용되었답니다.

의식의 흐름
본래 심리학에서 나온 용어로, 1910~1920년대에 영국 소설에서 사용한 실험적 방법이다. 인물이 겪은 일이나 그 일을 통해 떠오르는 과거의 경험, 생각, 느낌 등을 그대로 기술하는 것을 말한다.

'북적북적' 청계천 변 시민들의 일상사
─ 박태원의 「천변 풍경」

우리나라 수도인 서울 한복판에는 청계천이 흐릅니다. 서울을 둘러싼 산에서 흘러내린 물이 청계천이 되고, 동쪽으로 흘러 중랑천과 만나 한강으로 흘러드는 것이지요. 조선 시대에는 개천이라고 부르다가 일제 강점기 때 청계천으로 이름이 바뀌었어요.

일제 강점기 때는 청계천의 둑을 따라 집들이 죽 늘어서 있었습니다. 여름에 비가 많이 내리면 물이 넘쳐서 인근 민가가 큰 피해를 보았지만, 당시 청계천 변은 서민들의 삶의 터전이었지요. 1930년대 중반쯤에 박태원이 살던 집도 청계천 근처에 있었어요. 박태원은 아낙네들이 모여 빨래하는 모습과 근대 도시의 풍물이 섞인 청계천 변을 세심하게 관찰했습니다. 그러고는 1936년에서 1937년에 걸쳐 〈조광〉에 장편 소설「천변 풍경」을 연재했어요.

「천변 풍경」은「소설가 구보 씨의 일일」못지않게 독특한 소설입니다. 특정한 줄거리 없이 일 년 동안 청계천 변에 사는 70여 명의 인물이 벌이는 일상사를 서술했거든요. 그것도 무려 50개의 절로 나누어서 말이지요. 지금부터 이들의 일상으로 들어가 볼까요?

아낙네들은 빨래터에 모여 수다를 떱니다. 이발소 사환(使喚, 관청이나 회사, 가게 따위에서 잔심부름을 시키기 위해 고용한 사람)인 재봉이는 이런 바깥 풍경을 관찰하며 지겨운 줄을 모르지요. 여성들은 빨래터에서 빨래하면서, 남성들은 이발소에서 이발하면서 서로 정보를 교류하고 공유해요.

아버지를 따라 시골에서 서울로 올라온 창수는 한약국 일을 시작합니다. 시골 소년이었던 창수의 눈에는 서울 풍경이 얼마나 신기하게 보였을까요?

〈조광(朝光)〉
1935년 11월 조선일보사에서 창간한 월간 종합지다. 경제나 사회 문제 등을 주로 다루었지만, 문화면에도 신경을 써 많은 작품이 발표되었다. 1941년부터는 친일 성향을 띠기 시작했다. 사진은 1939년에 발행된 〈조광〉의 제5권 제7호다.

　　창수는, 우선, 개천 빨래터로 눈을 주었다. 한 이십 명이나 모여든 빨래꾼들―, 그들의 누구 하나 꺼리지 않고 제멋대로들 지절대는 소리와, 또 쉴 사이 없이 세차게 놀리는 방망이 소리가, 그의 귀에는 무던히나 상쾌하다.

　　그는 눈을 들어, 이번에는 빨래터 바로 위 천변의, 나무장 간판이 서 있는 곳을 바라보았다. 그곳에는 이미 윷을 놀지 않는 젊은이들이, 철망 친 그 앞에 가 앉아서들 잡담을 하고, 더러는 몸들을 유난스러이 전후좌 우로 놀려 가며, 그것은 또 무슨 장난인지, 서로 주먹을 들어 때리는 시 늉을 한다.

-박태원, 「천변 풍경」 부분

윗글은 창수의 눈에 비친 청계천 변의 모습이에요. 창수는 개천 빨 래터를 관찰하다가 빨래터 위 나무장 간판이 있는 곳을 바라봅니다. 마치 카메라가 이동하면서 촬영한 장면을 글로 설명한 것 같지 않나 요? 이처럼 「천변 풍경」에는 영화적 기법이 사용되었어요. 인물의 시 선에 따라 풍경을 묘사할 때는 윗글처럼 카메라가 이동하며 촬영하 는 카메라 아이(eye) 기법을 사용했고, 인물의 표정이나 손동작 등 을 묘사할 때는 특정 대상을 확대하는 클로즈업 (close-up) 기법이 쓰였지요.

서울에 올라오기 전에는 순박한 시골 소년이 었던 창수는 서울 생활에 적응하면서 차차 세속 적인 인물로 변합니다. 물질주의에 젖은 것이지 요. 50대의 사법 서사(司法書士, 지금의 법무사)인 민 주사는 늙어 가는 자신의 얼굴을 바라보며 한 숨짓지만, 그래도 돈이 최고라고 생각하며 흐뭇 해해요.

이렇듯 「천변 풍경」에는 민 주사나 은방 주인 처럼 세속적인 행복을 추구하는 중산층, 아낙네

『천변 풍경』
박태원은 1936년 〈조광〉에 「천변 풍경」을 연재했고, 1937년 같은 잡 지에 「속 천변 풍경」을 연재했다. 이를 장편으로 바꾸어 1938년 박 문서관에서 단행본으로 간행했다.

1930년대 청계천 빨래터
여성들이 삼삼오오 모여 이야기를 나누며 빨래하는 모습은 1930년대 청계천에서 흔히 볼 수 있는 풍경이었다. 박태원은 청계천 주변에서 사는 사람들의 평범한 일상을 소재로 삼아 「천변 풍경」을 창작했다.

들처럼 가난은 숙명이지만 돈이 곧 행복이라고 생각하는 서민층, 그리고 기미코, 하나코, 안성댁 등의 신여성, 금순, 이쁜이, 만돌 어멈처럼 봉건적 인습과 가부장적 질서로 결혼 생활이 순탄하지 않은 여인들, 재봉과 창수처럼 서울에서 꿈을 키워 가는 사람들 등 다양한 유형의 인물이 등장합니다. 이와 더불어 서울 중산층 및 하층민 토박이들의 삶과 풍속이 뛰어나게 묘사되었어요.

지금도 많은 사람이 오가는 청계천에 갈 기회가 생긴다면 「천변 풍경」에 등장하는 인물들을 하나씩 떠올려 보세요. 그러면서 청계천 어디쯤에 빨래터가 있었고 이발소가 있었을지도 상상해 보면 재미있겠지요?

내년 봄에도 장인님과 몸싸움을 하게 될까
− 김유정의 「봄·봄」

김유정 동상(강원 춘천)
김유정 문학촌에 있는 동상이다. 강원 춘천에서 태어난 김유정은 1933년 서울에 와서 본격적으로 소설을 창작하기 시작했다. 구인회에서 활동하던 1935년 〈조선일보〉 신춘문예에 「소낙비」가, 〈조선중앙일보〉 신춘문예에 「노다지」가 각각 당선되며 정식으로 등단했다.

김유정역(강원 춘천)
2010년에 새로운 역사로 이전했는데, 아래 사진의 역사가 새로 지은 건물이다.

수도권 지하철 노선도를 보면 많은 지하철역이 있습니다. 지하철역 이름에 관한 문제 하나를 내 볼게요. 지하철역 이름 중에 유일하게 사람 이름을 사용한 역이 있습니다. 어디일까요?

정답은 경춘선에 있는 김유정역입니다. 강촌역과 남춘천역 사이에 있지요. 김유정역의 이름은 원래 신남역이었어요. 문인들과 지역 주민들의 요구에 따라 2004년 12월 1일에 김유정역으로 이름이 바뀌었지요. 역 앞에 있는 실레 마을이 김유정의 고향이거든요.

김유정의 소설 대부분은 실레 마을을 배경으로 삼고 있습니다. 그의 소설 가운데 해학성이 가장 뛰어난 「봄·봄」도 마찬가지지요. 「봄·봄」은 1935년 12월 〈조광〉에 발표되었어요.

「봄·봄」을 감상하기 전에 먼저 알아 두어야 할 것이 있습니다. 바로 풍자와 해학의 공통점과 차이점이에요. 풍자는 다른 사람의 결점을 다른 것에 빗대어 비웃으면서 폭로하거나 현실의 부정적인 현상을 빗대어 비웃는 표현입니다. 반면 해학은 익살스럽고 품위 있는 말이나 행동을 뜻해요. 즉, 풍자와 해학은 둘 다 웃음을 동반하고, 현실을 비

아기자기한 추억을 쌓을 수 있는 기차역, 김유정역 구역사

현재 사용되는 김유정역 근처에는 김유정역 옛 역사가 있다. 아기자기하게 꾸며진 역사는 여행객들의 마음을 설레게 한다. 멀지 않은 곳에 김유정 문학촌이 있어 함께 둘러보기에도 좋다.

김유정역 구역사 전경
1939년에 지어진 김유정역 구역사는 기차가 자주 서지 않는 간이역이었다. 오른쪽의 기차는 더 이상 운행하지 않는 경춘선 열차로, 내부에는 춘천 관광 안내 책자 등이 비치되어 있다.

김유정역 구역사 외부
건물 벽면에 벽화가 그려져 있다. 2018년부터 생태 공원과 야외 결혼식장으로 활용될 예정이다.

김유정역 구역사 내부
기차 시간표와 여객 운임표, 난로, 주전자 등 옛 기차역의 모습을 그대로 간직하고 있다.

판하는 방법이에요. 하지만 풍자의 웃음은 공격적이고, 해학의 웃음은 연민을 유발한다는 점이 다르지요. 풍자의 대상은 주로 권력을 가진 사람이나 부유층이랍니다.

우리나라 현대 문학사에서 '해학 작가'로 유명한 김유정은 부유한 집안에서 태어났지만 일찍 부모님을 여의었어요. 형은 유산을 다 날리고 횡포까지 부리는 무능한 사람이었고, 결혼에 실패한 누이는 신경질적인 사람이었지요. 불행한 가정환경의 영향으로 김유정은 말을 더듬고 점점 사람들을 피하게 되었어요.

하지만 김유정은 끊임없이 현실에서의 탈출구를 찾기 위해 노력했습니다. 학창 시절에는 음악에 소질을 보였고, 찰리 채플린 등이 등장하는 희극 무성 영화도 즐겨 보았지요. 어눌한 말솜씨와 소심한 성격을 유창한 글쓰기로 덮어 버리기도 했고요. 즉, 김유정은 불행한 현실을 예술로 승화한 것입니다. 해학성과 향토성, 현장감이 담긴 소설로요.

「봄·봄」에는 해학적인 요소가 자주 등장합니다. 어리숙하고 순진한 '나'는 하루빨리 점순과 성례(成禮, 혼인의 예식을 지냄)를 치르고 싶어해요. 하지만 장인은 '나'를 머슴으로 부려 먹기 위해 성례를 계속 미루지요. 점순의 키가 아직 덜 자랐다는 핑계를 대면서요. 장인은 교활하고 욕심이 많은 인물이지만 악한 사람은 아닙니다. 그래서 장인과 '나'의 갈등은 웃음을 자아내지요.

'나'는 점순과 성례하기 위해 사경(私耕, 머슴이 주인에게서 한 해 동안 일한 대가로 받는 돈이나 물건) 한 푼도 안 받고 삼 년 하고 일곱 달이나 일해 왔습니다. 그런데도 장인이 성례를 시켜 주지 않으니 얼마나

찰리 채플린(Charles Chaplin, 1889~1977)
영국의 희극 배우이자 영화감독, 영화 제작자다. 콧수염, 모닝코트, 지팡이 등을 이용한 분장과 연기로 세계적인 인기를 얻었다. 1975년 엘리자베스 여왕으로부터 작위를 받았다.

분통이 터졌을까요? 결국 '나'는 장인을 끌고 구장을 찾아갑니다. 하지만 구장은 '나'를 위협하며 장인의 말을 들으라고 설득해요. 구장은 마름(지주를 대리해 소작권을 관리하는 사람)인 장인에게 땅을 얻어 농사짓고 있었기 때문이지요. 장인이 구장에게 미리 귓속말하기도 했지만, 구장은 장인에게 잘 보이기 위해 장인 편을 든 거예요.

장인이 점점 악한 사람처럼 느껴진다고요? 그렇게 생각할 수도 있습니다. 장인은 마름이라는 지위를 이용해 마을 사람들에게 횡포를 부리고, 데릴사위제를 이용해 돈 한 푼 안 주고 젊은이들을 부려먹고 있으니까요. 하지만 김유정은 장인을 비판의 대상으로 삼지 않았어요. 그저 욕심이 많고 위엄이 없는 인물로 우스꽝스럽게 그렸지요.

금병 의숙의 옛 모습(왼쪽)과 현재 모습(오른쪽)
금병 의숙은 1932년 김유정이 고향 실레 마을에 세운 간이 학교다. 김유정은 이 학교에서 야학당을 열어 아이들을 가르치고 농촌 계몽 운동을 전개했다. 오늘날 금병 의숙이 있던 자리에는 마을 회관이 들어섰다.

"아! 아! 이놈아! 놔라, 놔."
장인님은 헛손질을 하며 솔개미'솔개'의 방언에 챈 닭의 소리를 연해 질렀다. 놓긴 왜, 이왕이면 호되게 혼을 내 주리라 생각하고 짓궂이 더 댕겼다마는 장인님이 땅에 쓰러져서 눈에 눈물이 피잉 도는 것을 알고 좀 겁도 났다.

「봄·봄」재현 동상
김유정 문학촌에 설치되어 있다.
'나'와 장인이 점순이의 키를 재며
실랑이하는 장면을 재현했다.

"할아버지! 놔라, 놔, 놔, 놔, 놔."

그래도 안 되니까,

"얘, 점순아! 점순아!"

이 악장^{악을 쓰고 싸움}에 안에 있었던 장모님과 점순이가 헐레벌떡하고 단
숨에 뛰어나왔다.

－김유정, 「봄·봄」 부분

「봄·봄」의 해학성은 '나'와 장인이 몸싸움을 벌이는 장면에서 최고
조로 나타납니다. 친구인 뭉태의 충동질과 점순의 토라짐에 더는 참
을 수 없었던 '나'는 결국 장인과 몸싸움을 벌여요. 점순이 엿보고 있
는 것을 의식한 '나'는 장인의 수염을 잡아챕니다. 약이 바짝 오른 장

인은 '나'의 사타구니를 잡고 늘어지지요. '나'가 거의 까무러치자 장인은 '나'의 사타구니를 놓아 줍니다. 여기에서 끝이 아니에요. 이번에는 '나'가 장인의 사타구니를 잡고 늘어집니다. 그러자 앞글처럼 장인은 다급한 마음에 '나'를 할아버지라고 부르지요.

이 몸싸움은 어떻게 마무리되었을까요? 장인은 가을에 성례를 시켜 주겠다며 '나'를 다독입니다. 이 말에 '나'는 신나서 다시 일하러 나가지요. 어리숙한 '나'는 교활한 장인의 회유에 또 넘어간 거예요. '나'와 장인의 갈등은 여전히 해결되지 않았습니다. 따라서 내년 봄에도 비슷한 갈등 상황이 또 벌어지겠지요? 이 작품의 제목인 '봄·봄'은 계절적 배경을 나타내지만, 계속 반복되는 '나'의 현실을 상징하기도 한답니다.

김유정 기념 전시관에 전시된 「봄·봄」
김유정 기념 전시관에 있는 대형 책 모형 전시물이다. 「봄·봄」의 도입부가 적혀 있다. 김유정 기념 전시관은 강원 춘천의 김유정 문학촌 내에 있다.

가혹한 농촌 현실이 만들어 낸 '막된 사람들'
- 김유정의 「만무방」

김유정은 폐결핵으로 30세에 요절하기까지 31편의 단편 소설을 남겼습니다. 김유정의 대부분 작품은 빈곤에 시달리던 1930년대 식민지 현실을 묘사하고 있어요. 주요 등장인물은 가난 속에서도 웃음을 잃지 않는 소작농, 노동자, 여급(女給, 카페나 다방, 음식점 따위에서 손님의 시중을 드는 여자) 등이지요.

우리나라 현대 작가 가운데 김유정만큼 해학적이고 토속적인 문장을 구사하는 작가는 드물어요. 김유정의 소설이 어두운 현실을 그리고 있으면서도 생기가 넘치는 것은 해학적인 문체 때문이지요. 이로 말미암아 농촌의 문제점을 현실적으로 바라보지 않고 희화화(戲畵化, 어떤 인물의 외모나 성격, 또는 사건이 의도적으로 우스꽝스럽게 묘사되거나 풍자됨)했다는 지적을 받기도 한답니다.

하지만 이런 지적은 다시 검토해 볼 필요가 있어요. 1935년 〈조선일보〉에 발표된 「만무방」은 「봄·봄」과 분위기가 매우 다릅니다. 「봄·봄」이 당시 농촌의 현실을 해학적이고 향토적으로 그렸다면 「만무방」은 당시 농촌의 황폐함을 사실적이고 비판적으로 드러낸 작품이에요.

그런데 제목인 '만무방'은 무슨 뜻일까요? '만무방'이란 '염치가 없이 막된 사람'을 가리키는 순우리말입니다. 그렇다면 이 작품에 등장하는 인물 가운데 누군가는 '만무방'이겠지요? 과연 누가 '만무방'일까요?

「만무방」에는 응칠과 응오가 등장합니다. 두 사람은 형제지만 무척 다르지요. 형인 응칠은 성실한 농사꾼이었으나 점점 빚이 쌓여서 떠돌

〈조선일보〉에 실린 「만무방」
김유정은 1935년 7월 17일부터 31
일까지 〈조선일보〉에 「만무방」을
연재했다. 연재가 끝난 후 「만무
방」은 1938년에 간행된 김유정의
단편집 「동백꽃」에 수록되었다.

이가 되었어요. 그는 가난에서 벗어나기 위해 도박과 절도로 일확천금을 노리지요. 반면 동생 응오는 진실하고 모범적인 소작농이에요. 하지만 자신이 가꾼 벼를 도둑질하게 되지요. 이렇게 본다면 응칠과 응오 모두 만무방이라고 할 수 있습니다. 성실했던 형제는 왜 만무방이 된 것일까요? 특히 응오는 왜 자신이 농사지은 벼를 훔친 것일까요?

한 해 동안 애를 졸이며 홑자식하나밖에 없는 자식 모양으로 알뜰히 가꾸던 그 벼를 거둬들임은 기쁨에 틀림없었다. 꼭두새벽부터 엣, 엣, 하며 괴로움을 모른다. 그러나 캄캄하도록 털고 나서 지주에게 도지睹地, 남의 논밭을 빌려서 부치고 그 대가로 해마다 내는 벼를 제하고, 장리쌀을 제하고, 색초잡초를 없애는 데 드는 비용를 제하고 보니, 남는 것은 등줄기를 흐르는 식은땀이 있을 따름. 그것은 슬프다 하기보다 끝없이 부끄러웠다. 같이 털어 주던 동무들이 뻔히 보고 섰는데 빈 지게로 덜렁거리며 집으로 돌아오는 건 진정 열없기겸연쩍고 부끄럽기 짝이 없는 노릇이었다. 참다 참다 못해 응오는 눈에 눈물이 흘렀던 것이다.

－김유정, 「만무방」 부분

김유정의 문학이 살아 숨 쉬는 곳, 김유정 문학촌

강원 춘천 신동면에는 김유정 문학촌이 조성되어 있다. 이곳은 김유정의 고향인 실레 마을이 있던 곳이다. 김유정 문학촌에는 김유정 생가와 김유정 기념 전시관, 김유정 이야기집 등이 있어 김유정의 생애와 문학 작품을 관람하고 체험할 수 있다. 매년 5월에는 김유정 문학제가 열린다.

김유정 생가와 김유정 기념 전시관
사진 왼쪽의 초가집이 김유정 생가고, 오른쪽의 건물이 김유정 기념 전시관이다. 김유정 기념 전시관에는 김유정의 문학관과 생애를 엿볼 수 있는 다양한 자료가 전시되어 있다.

김유정 생가
김유정이 태어난 옛집이다. 2002년 김유정 문학촌이 문을 열 때 함께 복원해 일반인에게 공개되었다.

「동백꽃」과 「동백꽃」 재현 동상

「동백꽃」은 김유정이 1936년 〈조광〉에 발표한 단편 소설이다. 오른쪽 사진은 1940년 세창서관에서 재간행한 단편집 「동백꽃」으로, 「동백꽃」, 「봄·봄」, 「만무방」, 「산골 나그네」 등이 수록되어 있다. 아래 사진은 「동백꽃」에서 '나'와 점순이 닭싸움하는 장면을 재현한 동상이다.

김유정 이야기집(왼쪽)과 김유정의 방(오른쪽)

김유정 이야기집에는 김유정의 생애와 작품을 한눈에 볼 수 있는 영상과 자료가 전시되어 있다. 이곳에는 김유정이 생애 마지막을 보냈던 방도 재현되어 있다.

응오는 자식을 키우는 것처럼 벼를 정성껏 가꿉니다. 하지만 열심히 수확해도 소작료와 세금을 내고 빚을 갚으면 남는 것이 하나도 없지요. 응오는 이러한 현실이 서글퍼서 눈물을 흘려요. 아니, 슬픔을 넘어 절망감과 자괴감을 느끼지요.

응칠은 응오네가 벼를 도둑맞았다는 소식을 듣고, 도둑을 잡은 후 동네를 떠나기로 합니다. 전과자인 자신이 누명을 쓸까 봐 두려웠기 때문이지요. 응칠은 응오네 논 근처에 숨어서 도둑이 나타나기를 기다립니다. 복면한 도둑이 나타나자, 응칠은 몽둥이로 도둑의 허리를 내리친 뒤 복면을 벗기지요. 도둑의 얼굴을 확인한 응칠은 넋이 나간 표정을 짓습니다. 도둑이 바로 동생 응오였기 때문이에요.

「만무방」에는 상황적 반어가 여러 번 등장합니다. 상황적 반어란 예상했던 상황과 정반대의 상황이 벌어지는 것을 뜻해요. 성실한 응오가 열심히 농사지어 수확해도 빚이 점점 늘어나는 것, 아픈 아내의 약값을 마련하기 위해 더 열심히 수확해야 하는 응오가 수확하지 않는 것, 도둑질과 노름을 일삼는 응칠을 다른 사람들이 오히려 부러워하는 것, 응칠이 응오를 돕기 위해 잡은 벼 도둑이 응오였다는 것, 응오

실레 마을(강원 춘천)
김유정의 고향 마을이다. 「동백꽃」, 「봄·봄」, 「산골 나그네」 등 김유정이 창작한 여러 소설의 배경이 되었다.

가 자기 논의 벼를 몰래 훔친 것 등이 모두 상황적 반어랍니다. 이러한 상황 속에는 일제 강점기의 가혹한 농촌 현실이 숨어 있어요. 결국 1930년대에 가난한 농민들은 지주의 착취를 견디지 못해 모두 만무방이 될 수밖에 없었지요. 이처럼 김유정은 웃음 뒤에 숨겨진 슬픔까지도 작품에 담아낸 작가였어요.

지금이면 쉽게 이루어졌을 두 사람의 사랑
– 주요섭의 「사랑손님과 어머니」

한 형제가 있었습니다. 형제의 아버지는 동경(도쿄)에 있는 한인 연합 교회 목사로 부임했어요. 이 때문에 형제는 어린 시절부터 일본에서 공부했지요. 일찌감치 시에 재능을 보인 형은 3·1 운동 이후 대한민국 임시 정부가 있었던 상하이로 떠납니다. 그곳에서 이광수를 도와 대한민국 임시 정부에서 발행하던 〈독립신문〉 기자로 일하기도 하고, 흥사단에 가입해 활동하기도 해요. 귀국 후에는 동아일보사에 입사하지요.

동생은 3·1 운동 때 귀국해 지하신문을 만들다가 10개월간 감옥에 갇힙니다. 형과 함께 흥사단에서 활동하기도 했고요. 미국 유학을 마치고 귀국한 뒤에는 형처럼 동아일보사에 입사하지요. 동생은 이 시기에서야 소설가로 이름을 알리기 시작합니다. 형보다 늦게 문단에 진출했지만, 문단에 더 오래 머무른 것은 동생이었어요.

흥사단(興士團)
1913년 5월 13일, 안창호가 미국 샌프란시스코에서 창립한 민족 부흥 운동 단체다. 설립 목표는 민족 부흥을 위한 실력 양성이다. 기관지인 〈흥사단보〉를 발행했고, 광복 후에는 서울에 본부를 두고 활동 중이다. 사진은 1916년 흥사단 연례 대회 때 촬영한 것이다.

주요섭(1902~1972)
평남 평양에서 태어난 주요섭은 일본과 중국, 미국에서 유학 생활을 한 뒤 소설가, 영문학자, 언론인으로 활동했다. 1921년 〈개벽〉에 소설 「추운 밤」을 발표하며 문단 활동을 시작했다.

「사랑손님과 어머니」
1954년 을유문화사에서 간행한 단행본 「사랑손님과 어머니」의 표지다.

이 형제가 누구냐고요? 형은 우리나라 최초의 자유시로 평가받는 「불놀이」 등을 쓴 주요한이고, 동생은 「사랑손님과 어머니」 등 많은 단편 소설을 남긴 주요섭이에요.

주요섭은 시인이자 수필가인 피천득을 친동생처럼 아꼈습니다. 두 사람은 하숙집에서 함께 지내기도 했지요. 주요섭이 사망하고 이틀 뒤에 피천득은 〈동아일보〉에 추모글을 실었어요. 이 글에서 피천득은 주요섭의 「사랑손님과 어머니」에 등장하는 '옥희'와 '어머니'의 실제 모델이 자신과 자신의 어머니였다고 밝혔지요. 「사랑손님과 어머니」는 1935년 〈조광〉에 발표된 애정 소설이랍니다.

'애정 소설'이라고 하면 통속적(通俗的, 비전문적이고 대체로 저속하며 일반 대중에게 쉽게 통할 수 있는 것)인 연애 소설이라고 생각하기 쉽습니다. 하지만 주요섭은 「사랑손님과 어머니」에서 어린아이인 서술자를 내세워 통속적인 사랑 이야기를 아름답게 승화했어요.

「사랑손님과 어머니」의 서술자는 여섯 살 난 여자아이인 '옥희'입니다. 옥희는 어머니, 외삼촌과 함께 살아요. 옥희의 아버지는 옥희가 태어나기 전에 세상을 떠났고요.

어느 날, 아버지 친구인 한 아저씨가 옥희네 집 사랑방에서 하숙하게 됩니다. 아저씨는 자신의 방에 자주 놀러 오는 옥희에게 어머니에 관한 질문을 자주 하지요. 아저씨에게 옥희는 연정의 대상인 어머니를 대신하는 사람인 셈이에요.

어머니는 아저씨를 너무 귀찮게 하지 말라고 하면서 옥희를 못 나가게 합니다. 그러면서도 옥희가 몰래 나가려고 하면 옥희를 붙들고는 곱게 단장해서 보내지요. 어머니에게도 옥희는 아저씨를 대신하는

사람인 셈이에요. 이처럼 아저씨와 어머니는
옥희를 통해 서로의 관심을 간접적으로 표현
하지요.

옥희는 '신빙성 없는 화자'에 속합니다. 신
빙성 없는 화자란 주변 상황에 대한 판단이
나 인식이 미성숙하거나 무지한 화자예요.
때로는 사건을 잘못 파악하기도 해요. 어린
옥희는 어머니와 아저씨의 진심을 전혀 알지 못합니다. 따라서 독자
스스로가 상황이나 등장인물의 심리를 파악해야 하지요. 독자에게는
너무 불친절한 화자라고요? 하지만 신빙성 없는 화자 덕분에 독자는
상상하며 읽는 즐거움을 느낄 수 있답니다.

〈사랑방 손님과 어머니〉(1961)
주요섭의 「사랑손님과 어머니」를
원작으로 신상옥 감독이 제작한
영화다. 제1회 대종상 영화제에서
감독상과 시나리오상, 특별 장려상
을을 수상했다.

"달걀 사소."

하고 매일 오는 달걀 장수 노파가 달걀 광주리를 이고 들어왔습
니다.

"이젠 우리 달걀 안 사요. 달걀 먹는 이가 없어요."

하시는 어머니 목소리는 맥이 한 푼어치도 없었습니다.

나는 어머니의 이 말씀에 놀라서 떼를 좀 써 보려 했으나 석양
에 빤히 비치는 어머니 얼굴을 볼 때 그 용기가 없어지고 말았습니
다. 그래서 아저씨가 주신 인형 귀에다가 내 입을 갖다 대고 가만
히 속삭이었습니다.

"애, 우리 엄마가 거짓부리 썩 잘하누나. 내가 달걀 좋아하는 줄
잘 알면서 먹을 사람이 없대누나. 떼를 좀 쓰구 싶다만 저 우리 엄

마 얼굴을 좀 봐라. 어쩌면 저리도 새파래졌을까? 아마 어디가 아픈가 보다."라고요.

-주요섭, 「사랑손님과 어머니」 부분

옥희는 아저씨가 자신처럼 삶은 달걀을 좋아한다는 사실을 알게 됩니다. 옥희에게 이 말을 들은 어머니는 그다음부터 달걀을 많이 사기 시작하지요. 그러다가 아저씨가 떠나자 윗글처럼 달걀을 더는 사지 않아요.

아저씨와 어머니는 서로에게 연정을 느끼지만, 젊은 과부인 어머니는 봉건적인 윤리 의식 때문에 아저씨의 마음을 받아들이지 못합니다. 이로 말미암아 아저씨는 떠나고요. 하지만 옥희는 어머니의 심정을 전혀 알아채지 못합니다. 아저씨와의 이별 때문에 어머니의 목소리에 힘이 하나도 없고, 얼굴이 새파래졌는데도 말이지요. 옥희처럼 신빙성 없는 화자는 다음에 살펴볼 이상의 「날개」에서도 등장한답니다.

"한 번만 더 날아 보자꾸나!"
– 이상의 「날개」

우리나라에는 여러 문학상이 있습니다. 문학상 이름은 작가의 호나 이름을 딴 것이 많지요. 대표적으로 김수영을 기리기 위해 민음사에서 제정한 김수영 문학상, 김동인의 문학적 업적을 기리기 위해 사상계사가 제정한 동인 문학상, 만해 한용운의 문학 정신을 계승하기 위해 창작과비평사가 제정한 만해 문학상, 김소월의 시정신을 계승하기 위해 문학사상사가 제정한 소월 시문학상, 이상의 작가 정신을 계

미술에도 뛰어난 재능을 보인 이상의 학창 시절

이상은 어려운 가정 형편 때문에 큰아버지에게 입양되어 자랐다. 어릴 때부터 미술에 소질을 보였던 이상은 경성 고등 공업 학교 건축과에 진학했고, 1933년까지 건축가로 일했다. 친하게 지내던 박태원이 「소설가 구보 씨의 일일」을 연재할 때는 직접 삽화를 그려 주기도 했다.

경성 고등 공업 학교 시절의 이상
보성 고등 보통학교를 다닐 때 여러 미술 대회에서 입상한 이상은 진로 문제로 고민했다. 이때 기술이 있어야 먹고살 수 있다는 큰아버지의 권유로 1926년 경성 고등 공업 학교 건축과에 입학했다.

경성 고등 공업 학교 졸업 사진
1929년 경성 고등 공업 학교 졸업 사진으로, 앞줄 오른쪽에서 세 번째가 이상이다. 졸업 후 이상은 조선 총독부 내무국 건축과에서 근무했다.

승하기 위해 문학사상사가 제정한 이상 문학상, 이산 김광섭의 문학적 업적과 시정신을 기리기 위해 문학과지성사가 제정한 이산 문학상 등이 있어요. 여러분에게 익숙한 작가 이름이 많지요? 이 가운데 중편 및 단편 소설을 심사 대상으로 하는 이상 문학상은 가장 권위 있는 문학상으로 꼽혀요. 매해 수상작으로 선정된 소설들은 작품성이 뛰어날 뿐 아니라 많은 독자의 관심과 사랑을 받지요.

이상은 단지 소설가라고 부르기에는 이력이 무척 다양합니다. 이상은 경성 고등 공업 학교를 졸업한 후 조선 총독부 건축과에서 근무했어요. 1931년에 처음 발표한 작품도 소설이 아니라 시였답니다.

이상은 1933년 폐병에 걸려 직장을 그만두었어요. 그는 절망을 극복하기 위해 본격적으로 문학 활동을 시작했지요. 이태준과 박태원은 이상의 작품을 읽고 엄지손가락을 치켜들었습니다. 1934년 당시 〈조선중앙일보〉 학예부장이었던 이태준은 박태원과 상의해 이상의 시 「오감도」를 〈조선중앙일보〉에 연재하기로 해요. 「오감도」는 일반 독자가 보기에는 상당히 난해하고, 기존 시의 형태를 완전히 무너뜨린 작품이었습니다. 이태준은 이 시가 불러일으킬 파장을 짐작하고, 주머니에 사직서를 넣고 다녔다고 해요. 이태준의 짐작대로 「오감도」를 본 독자들은 편지와 전화 등으로 욕설과 항의를 쏟아냈어요. 결국 30회 예정이었던 「오감도」 연재는 15회로 끝나지요.

이후 이상은 다방 등을 운영하지만 잇달아 실패하고, 사랑도 잘 이루어지지 않아 깊은 실의에 빠집니다. 그러다가

「오감도」 중 '시 제1호'
「오감도」는 이상의 연작시로 제1호부터 제15호까지 총 15편으로 이루어져 있다. 이상은 이태준의 소개로 1934년 7월 24일부터 〈조선중앙일보〉에 「오감도」를 연재했다. 본래 30편으로 기획했지만 독자들의 항의로 연재가 중단되었다.

1936년 〈조광〉에 모더니즘 소설인 「날개」를 발표해 문단에서의 발판을 마련해요.

「날개」는 1930년대 무기력한 지식인의 모습을 그린 작품이에요. 이 소설의 주인공인 '나'는 「사랑손님과 어머니」의 옥희처럼 신빙성 없는 화자에 속합니다. 아내의 직업이나 행동에 대해 '알 수 없다'는 태도를 반복해서 보여 주거든요.

또한 「날개」는 「소설가 구보 씨의 일일」처럼 의식의 흐름 기법을 사용한 작품입니다. 「날개」의 첫 문장은 "'박제가 되어 버린 천재'를 아시오? 나는 유쾌하오. 이런 때 연애까지가 유쾌하오."예요. 첫 문장만 봐도 알 수 있듯이 이 작품에서 의식의 흐름 기법은 '나'가 지닌 자의식의 혼란을 그대로 보여 준답니다.

지식인인 '나'는 직업이 없어요. 삶에 대한 의욕 없이 작은 방 안에서 뒹굴며 지내지요. 대신 '나'의 아내가 몸을 팔아 생계를 유지하고요. 아내의 방은 화려하고 햇볕이 들지만, '나'의 방은 빈대가 들끓고 어두침침합니다. 아내는 화려한 옷을 차려입고 돈을 벌지만, '나'는 검은색 양복 한 벌뿐이고 아내가 주는 돈을 그저 받기만 하지요. 이상은 '나'와 아내의 관계를 대조적이고 건조하게 묘사함으로써 유대감을 상실한 인간관계를 보여 주고 있어요.

어느 날, '나'는 아내가 손님인 다른 남자와 함께 있는 모습을 목격합니다. 이후에 '나'는 가끔 외출하다가 비를 맞고 감기에 걸리지요. 아내는 '나'에게 아스피린이라며 네 알의 알약을 줍니다. '나'는 약을 먹은 뒤 계속 자지요. '나'는 얼마 지나지 않아 아내가 준 약이 수면제라는 것을 알고 충격을 받아요. 다시 외출해 거리를 돌아다니던 '나'는 백화점 옥상에 올라가 자신의 삶을 되돌아봅니다.

　　나는 불현듯이 겨드랑이가 가렵다. 아하, 그것은 내 인공의 날개가 돋았던 자국이다. 오늘은 없는 이 날개, 머릿속에서는 희망과 야심의 말소抹消, 기록되어 있는 사실 따위를 지워서 아주 없애 버림된 페이지가 딕셔너리 넘어가듯 번뜩였다.

　　나는 걷던 걸음을 멈추고 그리고 어디 한번 이렇게 외쳐 보고 싶었다.

　　날개야 다시 돋아라.

　　날자. 날자. 날자. 한 번만 더 날자꾸나.

　　한 번만 더 날아 보자꾸나.

—이상, 「날개」 부분

신세계 백화점 본점(서울 중구)
신세계 백화점 본점 건물은 일제 강점기에 미쓰코시 백화점으로 지어졌던 건물이다. 1905년 경성에 문을 연 미쓰코시 백화점은 「날개」 마지막 장면의 배경이 되었다.

갑자기 정오 사이렌이 울립니다. 주변 사람들은 네 활개를 펴고 푸드덕거리는 닭처럼 활기 있게 보이지요. '나'는 앞글처럼 불현듯 겨드랑이가 가려움을 느낍니다. 무기력했던 '나'가 삶에 대한 활력을 되찾으려는 것일까요? '나'는 희망과 야심이 다시 살아남을 느껴요. 그래서 갇혀 있던 현실에서 벗어나 본래의 자아를 찾고자 날개가 돋기를 바라지요.

「날개」는 이상이 기존에 쓰던 글을 그만두고 새롭게 소설을 쓰겠다고 다짐한 후 집필한 첫 작품입니다. 그래서일까요? 「날개」는 찬사와 비판이 엇갈리고 난해했던 이상의 다른 작품들과 비교하면 그나마 대중과 가까운 소설이에요. 하지만 이 작품 역시 해석이 만만치는 않지요. 이상 작품의 매력은 지금까지도 많은 연구자를 끌어당기고 있답니다.

『이상선집』
1949년 백양당에서 간행한 이상의 유고 작품집이다. 시인이자 문학 평론가인 김기림이 이상을 기리며 그의 작품을 직접 엮어 펴냈다.

고향과 아버지에 대한 마음을 소설에 담다
— 이효석의 「메밀꽃 필 무렵」

매해 9월 초가 되면 강원 평창군 봉평면 일대는 한 폭의 수채화 같은 풍경으로 바뀝니다. 드넓은 메밀밭에 새하얀 메밀꽃이 피어나 장관을 이루거든요. 멀리서 보면 들판에 굵은 소금을 뿌린 것처럼 보이지요.

이 시기에는 효석 문화제도 열립니다. 작가 이효석의 이름을 딴 효석 문화제는 이효석의 소설 「메밀꽃 필 무렵」의 배경인 봉평 메밀밭에서 펼쳐지는 축제예요. 봉평에는 이효석 생가뿐 아니라 「메밀꽃 필 무렵」에 등장하는 장소들이 있습니다. 실존 인물로 추정되는 허 생원이 살았던 집과 허 생원이 나귀 등에 짐을 싣고 항상 들르던 봉평 장터, 동이가 낮술을 마시던 주막 충줏집, 동이가 허 생원을 업고 건넜던

냇물, 허 생원의 낭만적인 추억이 담긴 물레방앗간 등을 따라 걸으면 저절로 소설 속을 여행하는 기분이 들 거예요.

이효석이 1936년 〈조광〉에 발표한 「메밀꽃 필 무렵」은 메밀꽃이 가득 핀 봉평의 가을 풍경처럼 토속적이고 낭만적인 소설입니다. 허 생원과 조 선달, 동이가 걷는 밤길을 묘사한 아랫부분은 이 소설의 특징을 잘 보여 주지요.

길은 지금 긴 산허리에 걸려 있다. 밤중을 지난 무렵인지 죽은 듯이 고요한 속에서 짐승 같은 달의 숨소리가 손에 잡힐 듯이 들리며, 콩 포기와 옥수수 잎새가 한층 달에 푸르게 젖었다. 산허리는 온통 메밀밭이어서 피기 시작한 꽃이 소금을 뿌린 듯이 흐붓한 달빛에 숨이 막힐 지경이다. 붉은 대궁이 향기같이 애잔하고 나귀들의 걸음도 시원하다. 길이 좁은 까닭에 세 사람은 나귀를 타고 외줄로 늘어섰다. 방울 소리가 시원스럽게 딸랑딸랑 메밀밭께로 흘러간다.

-이효석, 「메밀꽃 필 무렵」 부분

허 생원은 얼굴이 얽은 데다가 왼손잡이인 장돌뱅이(여러 장으로 돌아다니면서 물건을 파는 장수를 낮잡아 이르는 말)입니다. 조 선달은 허생원과 같이 떠돌이 생활을 하고요. 동이는 허 생원의 아들로 암시되는 인물이랍니다. 이 세 사람은 봉평 장에서 대화 장을 향해 길을 떠나요. 윗글처럼 메밀꽃이 핀 달밤의 산길은 허 생원이 회상하기에 적합한 분위기를 만들어 줍니다. 허 생원의 추억이 더욱 아름답게 느껴지도록 도와주기도 하고요.

달밤의 분위기에 젖은 허 생원은 조 선달에게 성 서방네 처녀와의 추억을 이야기합니다. 달빛이 흐드러진 밤, 허 생원은 봉평에 있는 어느 물레방앗간에서 성 서방네 처녀와 우연히 마주쳐요. 그녀와 하룻밤을 함께 지냈지만, 그 뒤로는 다시 만나지 못하지요. 평생 홀아비로 지낸 허 생원에게 성 서방네 처녀는 정신적 위안을 주는 대상이에요. 허 생원은 이 처녀를 잊지 못해 봉평 장을 거르지 않고 찾아요.

이효석 문학비(강원 평창)
이효석을 기리기 위해 세운 비석으로, 앞면에 '가산 이효석 문학비'라고 새겨져 있다. 1980년 옛 영동 고속 도로변에 세워졌고, 2002년에 이효석 문학관으로 옮겨졌다.

자, 이제 동이의 이야기를 들을 차례입니다. 동이는 어머니가 달도 차기 전에 자신을 낳고 집에서 쫓겨나 아버지의 얼굴을 모르고 자랐어요. 이후 어머니는 술장사하면서 새로운 남편과 살고, 동이는 망나니 같은 의붓아버지를 떠나 장을 떠돌아요. 세 사람은 개울을 건넙니다. 물이 꽤 깊어서 허리까지 차지요. 개울을 건너던 허 생원은 동이에게 어머니의 고향이 어디냐고 묻습니다. 동이는 봉평이라고 답해요. 이에 허 생원은 아버지의 성이 무엇이냐고 다시 묻습니다. 동이는 어머니에게 듣지 못해서 모른다고 말하지요.

동이가 아들일지도 모른다는 생각에 놀란 것일까요? 허 생원은 발을 헛디뎌 물에 빠집니다. 동이는 허 생원을 업고 개울을 건너요. 허 생원은 동이의 등에 업혀 혈육의 정을 느끼지요. 또한 왼손잡이인 허 생원은 동이가 왼손으로 채찍을 들고 있는 것을 보고 놀라요.

이효석은 「메밀꽃 필 무렵」을 통해 자신의 고향인 봉평을 아름답게 묘사했습니다. 하지만 이효석이 이 작품을 쓰기까지는 많은 우여곡절이 있었어요.

이효석은 서울에서 지냈던 2년을 제외하고는 보통학교 졸업 때까

'메밀꽃 필 무렵'에 가면 더욱 멋진 이효석의 고향, 봉평

강원 평창군 봉평면은 이효석의 고향이자 「메밀꽃 필 무렵」의 배경이 된 지역이다. 2002년 이곳에 이효석의 문학과 삶을 기념하기 위한 이효석 문학관이 개관했다. 문학관 근처에는 「메밀꽃 필 무렵」에 등장하는 물레방앗간이 있고, 이효석 생가도 복원되어 있다.

이효석 문학관 전경(위)
이효석 문학관은 이효석의 생애와 작품을 한눈에 볼 수 있는 곳이다. 문학관 마당에는 책상 앞에 앉아 글을 쓰고 있는 모습의 이효석 동상이 세워져 있다.

이효석의 집필실(왼쪽)
이효석이 생전에 사용했던 집필실을 재현한 것으로, 이효석 문학관 내에 전시되어 있다.

물레방아와 물레방앗간
「메밀꽃 필 무렵」에 등장하는 물레방아와 물레방앗간을 재현한 것이다. 물레방앗간 앞에는 「메밀꽃 필 무렵」의 일부가 새겨진 기념비가 세워져 있다.

이효석 생가
이효석이 태어난 집은 여러 번 고쳐 옛 모습을 잃었다. 현재 복원된 이효석 생가는 지역 원로들의 고증에 따라 2007년 조성한 것이다.

지 유년 시절 대부분을 고향에서 보냈습니다. 다섯 살 때 친어머니를 여의고 계모와 함께 살았지요. 그래서였을까요? 이효석은 자신을 고향 없는 이방인처럼 여겼고, 심지어 고향에 계신 아버지를 부정하기까지 합니다. 하지만 평양에서 생활하며 작가로서의 전환점을 맞은 이효석은 조금씩 자신의 고향을 되돌아보기 시작해요. 본격적으로 작품 활동을 한 지 10여 년이 지난 후에야 고향과 아버지에 대한 마음을 작품 안에 담게 된 거예요.

「메밀꽃 필 무렵」은 놀랍게도 발표되자마자 많은 비난을 받았습니다. 당시는 봉건적 사회 풍습이 지배하던 때라 많은 사람이 이 소설의 내용을 비윤리적이라고 여긴 거예요. 이효석은 내색하지 않았지만 속으로는 큰 상처를 받았다고 합니다. 이처럼 「메밀꽃 필 무렵」은 발표 당시에는 논란이 된 작품이었지만 지금은 우리나라 단편 소설의 걸작으로 꼽혀요. 이효석의 진솔한 마음이 담긴 소설이기 때문이겠지요?

봉평 메밀꽃밭
매년 9월이 되면 봉평의 메밀밭에는 작고 하얀 꽃이 가득 핀다. 이 시기에 이효석 문학관과 주변 지역에서 효석 문화제가 열린다.

일제 강점기에 등장한 '놀부'
– 채만식의 「태평천하」

1930년대는 '태평천하(太平天下)', 즉 아무 걱정 없고 편안한 세상과는 거리가 먼 시대였습니다. 이 시기에 일제는 대륙 진출에 대한 욕심을 노골적으로 드러냈어요. 조선어 말살 정책이나 창씨개명 작업 등도 강화했지요. 이로 말미암아 조선 사람 대부분은 정치적 압박과 가난에 시달리며 살았어요. 이렇게 힘든 시기에 일본인들이 태평천하를 가져왔다며 도리어 일제에 고마워하는 인물이 있었답니다.

이 인물은 채만식이 1938년 〈조광〉에 발표한 「태평천하」에 등장하는 윤 직원이에요. 윤 직원은 도대체 무슨 이유로 이해하기 어려운 주장을 내세운 것일까요?

창씨개명(創氏改名)
일제가 강제로 우리나라 사람의 성과 이름을 일본식으로 고치게 한 일이다. 사진은 이광수의 창씨개명 권고 내용을 실은 기사다.

윤 직원 영감은 팔을 부르걷은 주먹으로 방바닥을 땅 치면서 성난 황소가 영각소가 길게 우는 소리을 하듯 고함을 지릅니다.

"화적패가 있너냐아? 부랑당 같은 수령들이 있너냐? …… 재산이 있대야 도적놈의 것이요, 목숨은 파리 목숨 같던 말세년 다 지내가고오……. 자 부아라, 거리거리 순사요, 골골마다 공명헌 정사政事, 정치 또는 행정상의 일, 오죽이나 좋은 세상이여……. 남은 수십만 명 동병動兵, 군사를 일으킴을 히여서, 우리 조선 놈 보호히여 주니, 오죽이나 고마운 세상이여? 으응? …… 제 것 지니고 앉아서 편안허게 살 태평 세상, 이걸 태평천하라구 허는 것이여, 태평천하! …… 그런디 이런 태평천하에 태어난 부자 놈의 자식이, 더군다나 왜 지가 떵떵거리구 편안허게 살 것이지, 어찌서 지가 세상 망쳐 놀 부랑당 패에 참섭參涉, 어떤 일에 끼어들어 간섭함을 헌담 말이여, 으응?"

-채만식, 「태평천하」 부분

윤 직원은 낮은 신분 출신이지만 부를 쌓는 데 성공해 지주가 된 수전노(守錢奴, 돈을 모을 줄만 알아 한번 손에 들어간 것은 도무지 쓰지 않는 사람을 낮잡아 이르는 말)예요. 일제 강점기라는 현실을 교묘하게 이용해 재산을 늘려 나가는 탐욕스러운 인물이지요. 윤 직원은 소작인들에게 과다한 소작료를 받으면서도 자신이 그들에게 큰 은혜를 베푼다고 생각해요.

윤 직원의 아버지인 윤용규는 운이 좋아 재산이 많아지지만, 한밤중에 들이닥친 화적 떼의 손에 죽고 맙니다. 윤 직원에게는 아들인 윤창식과 손자인 윤종수, 윤종학이 있어요. 윤창식은 개화기에 고등 교육을 받았지만, 향락만을 추구하는 타락한 인물입니다. 윤 직원의 장손이자 윤창식의 장남인 윤종수 역시 아버지처럼 타락한 인물이에요. 윤 직원의 둘째 손자인 윤종학은 윤 직원이 가장 믿고 기대하는 인물이지요.

윤 직원은 윤종수가 군수가 되기를 바라고, 윤종학은 경찰서장이 되기를 바랍니다. 하지만 믿었던 윤종학이 사상운동을 하다가 체포되자, 윤 직원은 윗글처럼 사회주의자들을 "부랑당 패"라고 부르며 화를 내요. 윤 직원이 가장 증오하던 대상이 바로 사회주의자였거든요.

윤 직원 집안을 보니 떠오르는 소설이 있지 않나요? 네, 맞습니다. 윤 직원-윤창식-윤종수·윤종학으로 이어지는 삼대는 염상섭의 「삼대」에 등장하는 조 의관-조상훈-조덕기를 떠올리게 해요. 돈으로 양반 신분을 사고 족보에 도금하는 등 가문의 명예를 얻으려 하는 윤 직원의 가치관은 조 의관과 비슷합니다. 신교육을 받았지만 향락을 일삼는 윤창식은 조상훈과, 새로운 세대이자 조부가 믿는 윤종학은 조덕기와 비슷하고요.

채만식(1902~1950)
전북 군산(당시 옥구)에서 태어난 채만식은 1924년 〈조선문단〉에 소설 「세 길로」를 발표하며 등단했다. 1930년대에 특히 많은 작품을 창작했는데, 대표작인 「탁류」, 「태평천하」, 「레디메이드 인생」 등을 이 시기에 집필했다. 하지만 이후 친일 문학을 창작해 많은 비난을 받았다.

이처럼 「삼대」와 「태평천하」는 한 가족이 여러 대에 걸쳐 살아가는 모습을 나타낸 가족사 소설입니다. 두 작품 모두 구한말, 개화기, 식민지 세대를 대표하는 인물을 등장시켜 당시 시대상을 효과적으로 드러냈어요. 우리나라 현대 문학사에서는 1930년대에 「삼대」와 「태평천하」 같은 가족사 소설이 창작되기 시작했답니다.

윤 직원에 관한 이야기로 돌아가 볼까요? 윤 직원은 자신의 부를 지켜 주고 화적 떼 같은 위협에서 신변을 보장해 주는 일제의 식민 통치가 '태평천하'를 가져왔다고 말합니다. 채만식은 윤 직원 같은 친일 지주 계층의 왜곡된 역사의식을 풍자의 기법으로 비판했어요. 앞글처럼 「태평천하」의 서술자는 '-입니다, -습니다' 등의 경어체를 사용하고 있습니다. 그러면서도 빈정대는 말투로 윤 직원을 희화화해요. 또한 서술자는 독자와 등장인물 사이에서 인물이나 사건 등에 관한 자기 생각을 이야기하지요. 이러한 방식은 판소리나 탈춤 사설에서 흔히 볼 수 있어요.

채만식은 전통적인 이야기 방식을 활용해 「태평천하」의 풍자성을 극대화했습니다. 이 정도라면 '해학 작가'는 김유정, '풍자 작가'는 채만식이라고 해도 지나친 말이 아닐 거예요.

2 암흑 속에서 이룬 결실 | 시

1930년대부터 광복 전까지는 우리 민족의 암흑기였습니다. 하지만 문학은 더욱 풍성해졌어요. 시 역시 이전 시기보다 성숙해졌지요. 1930년대 초반에는 시문학파의 주도로 순수 서정시가 등장했습니다. 순수 서정시는 세련된 언어와 음악성을 추구하는 것이 특징이에요. 김영랑은 「모란이 피기까지는」과 같은 서정성이 짙은 작품들을 발표했지요. 1930년대 중반에는 모더니즘의 영향을 받아 김기림, 김광균 등이 시각적인 이미지를 중심으로 한 시를 발표했어요. 백석과 이용악은 일제 때문에 민족 공동체가 해체된 모습을 노래했고요. 1930년대 후반에는 생명파와 청록파 시인이 등장했습니다. 신석정, 김상용 등은 자연 친화적인 시를 발표했어요. 1940년대 초반에는 저항 시인이었던 이육사와 윤동주가 항일 의지를 담은 작품을 썼지요.

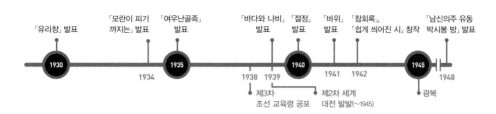

「유리창」 발표 — 1930

「모란이 피기 까지는」 발표 — 1934

「여우난골족」 발표 — 1935

「바다와 나비」 발표 — 1938

「절정」 발표 — 1939

「바위」 발표 — 1940

「참회록」, 「쉽게 씌어진 시」 창작 — 1941

「남신의주 유동 박시봉 방」 발표 — 1942

제3차 조선 교육령 공포 — 1938

제2차 세계 대전 발발(~1945) — 1939

광복 — 1945

1948

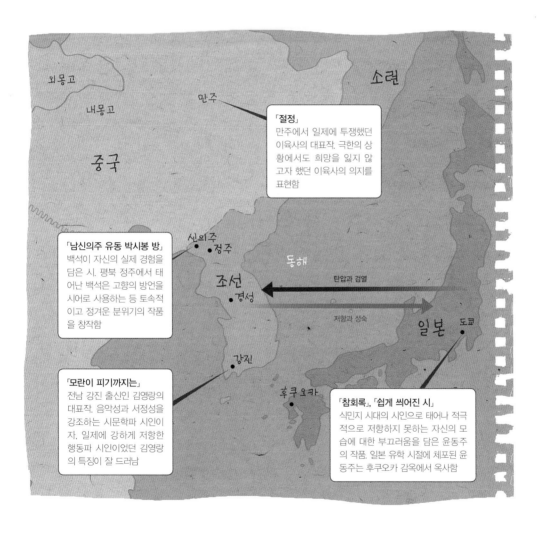

「절정」
만주에서 일제에 투쟁했던 이육사의 대표작. 극한의 상황에서도 희망을 잃지 않고자 했던 이육사의 의지를 표현함

「남신의주 유동 박시봉 방」
백석이 자신의 실제 경험을 담은 시. 평북 정주에서 태어난 백석은 고향의 방언을 시어로 사용하는 등 토속적이고 정겨운 분위기의 작품을 창작함

「모란이 피기까지는」
전남 강진 출신인 김영랑의 대표작. 음악성과 서정성을 강조하는 시문학파 시인이자, 일제에 강하게 저항한 행동파 시인이었던 김영랑의 특징이 잘 드러남

「참회록」, 「쉽게 씌어진 시」
식민지 시대의 시인으로 태어나 적극적으로 저항하지 못하는 자신의 모습에 대한 부끄러움을 담은 윤동주의 작품. 일본 유학 시절에 체포된 윤동주는 후쿠오카 감옥에서 옥사함

탄압과 검열

저항과 성숙

별처럼 반짝이는 자식의 영혼과 만나다
– 정지용의 「유리창 I」

정지용(1902~1950)
충북 옥천에서 태어난 정지용은 1926년 시 「카페 프란스」, 「산에서 온 새」 등을 발표하며 본격적인 문단 활동을 시작했다. 시문학파, 구인회 등으로 활발히 활동하다가 6·25 전쟁 때 납북되어 사망했다.

〈가톨릭청년(-靑年)〉
1933년 6월 천주교 서울 교구에서 창간한 월간 잡지다. 종교지의 특색이 강했지만, 당시 유명한 작가들의 시·소설·수필 등도 실었다. 사진은 1959년 3월에 발행된 제13권 3호의 표지다.

〈조선지광(朝鮮之光)〉
1922년 11월에 창간된 종합 월간지다. 일제에 대한 저항 수단으로 사회주의 이론까지 동원했다. 학술 논문과 문예 작품 등을 주로 실었다.

　우리나라에서 진정한 의미의 현대 시가 시작된 시기는 언제일까요? 김소월과 한용운이 시를 발표했던 1920년대일까요? 아니에요. 바로 1930년대랍니다. 일제의 탄압이 극심했던 1930년대에는 문학 작품에 대한 검열과 제재도 심했어요. 따라서 시인들은 현실 비판 대신 개인의 정서, 도시에서의 삶, 자연과 생명에 대한 관심 등을 주로 다루었지요. 시어의 세련미를 추구한 것도 1930년대 시의 특징이랍니다.

　이러한 현대 시의 중심에 시인 정지용이 있었어요. 시인 김기림은 "우리 현대 시에 최초의 호흡과 맥박을 불어넣은 시인은 바로 정지용이다."라고 말했지요. 정지용은 1920년대 중반부터 독창적인 언어 감각으로 모더니즘 시를 창작했습니다. 이뿐만 아니라 재능 있는 시인들을 발굴해 적극적으로 지원하기도 했어요. 정지용은 이상의 시를 〈가톨릭청년〉에 소개하고, 청록파인 조지훈·박두진·박목월을 〈문장〉을 통해 추천했습니다. 또한 윤동주의 저항시를 〈경향신문〉에 소개했지요.

　1920년대까지만 해도 많은 시인이 작품을 통해 다양한 감정을 드러냈습니다. 하지만 정지용은 작품에 감정을 과하게 담는 것을 자제하고, 대상을 묘사하는 데 집중했어요. 27세 때 자식을 폐렴으로 잃고 그 안타까운 심정을 표현한 「유리창 I」에서도 감정을 최대한 절제했지요. 이 시는 1930년 〈조선지광〉에 발표되었습니다. 그리고 1935년에 간행된 『정지용 시집』에 다시 수록되었어요.

부모 입장에서 가장 슬픈 일은 자식을 먼저 떠나보내는 일일 것입니다. 정지용은 이렇게 큰 슬픔을 어떻게 자제하면서 표현했을까요?

유리에 차고 슬픈 것이 어른거린다.

열없이^{기운 없이} 붙어 서서 입김을 흐리우니

길들은 양 언 날개를 파다거린다.

지우고 보고 지우고 보아도

새까만 밤이 밀려 나가고 밀려와 부딪히고,

물 먹은 별이, 반짝, 보석처럼 박힌다.

밤에 홀로 유리를 닦는 것은

외로운 황홀한 심사이어니,

고운 폐혈관이 찢어진 채로

아아, 늬는 산(山)새처럼 날러갔구나!

　　　　　　　　　　　　　-정지용, 「유리창 Ⅰ」 전문

『정지용 시집』
정지용의 첫 번째 시집으로, 여러 잡지와 동인지에 발표한 시들을 다듬은 뒤 펴냈다. 1935년 시문학 사에서 간행했다.

이 시의 화자는 자식을 잃었다는 점에서 정지용과 닮았습니다. 그래서 이 화자를 정지용으로 볼 수도 있지요. 깊은 밤, 화자는 차가운 유리창 앞에 서 있습니다. 유리창 너머로 죽은 자식의 모습이 어른거리지요. 화자는 자식의 모습을 더 또렷하게 보기 위해 유리창을 닦습니다. 하지만 죽은 자식의 모습은 보이지 않고, 새까만 밤만 펼쳐져 있네요. 화자는 절망감에 사로잡히고, 이내 눈에는 눈물이 맺혔을 거예요. 이때 보석 같은 별 하나가 화자의 눈에 들어옵니다. 화자는 이 별을 죽은

정지용 문학관 전경
정지용 문학관은 2005년 정지용의 생일인 5월 12일에 문을 열었다. 문학관에는 정지용의 문학과 관련한 다양한 자료가 전시되어 있다. 문학관 앞에는 정지용의 동상이 서 있다.

정지용 문학관 내부
정지용 문학관에 들어서면 생전 정지용의 모습을 본떠 만든 밀랍 인형이 관람객을 맞이한다. 문학관 내에는 전시실 외에도 영상실, 문학 체험실, 문학 교실 등이 있다.

자식의 영혼으로 여겨요.

이 시의 제목이기도 한 '유리창'은 중요한 역할을 하는 시어예요. 유리는 이중적인 속성을 지니고 있습니다. 바깥과 안을 차단하지만 한편으로 빛은 통과시키지요. 「유리창 Ⅰ」에서 유리창은 자식이 있는 죽음의 세계와 화자가 있는 이승의 세계 사이에 있는 경계예요. 이로 말미암아 화자는 죽은 자식을 직접 만날 수 없지만, 영적으로는 교감하지요.

화자는 죽은 자식과 교감하기 위해 밤에 홀로 유리를 닦습니다. 정지용은 이 심정을 "외로운 황홀한 심사"라고 표현했어요. 여러분은 외로우면서도 황홀한 감정을 느껴 본 적이 있나요? 이 미묘한 감정에는 다음과 같은 상반된 의미가 담겨 있습니다. 우선 '외로움'은 죽은 자식과 만날 수 없는 데서 나온 부정적인 감정이고, '황홀함'은 영적으로나마 죽은 자식을 만날 수 있어서 생긴 긍정적인 감정이에요. 정지용은 이러한 화자의 이중적인 심리를 역설법(逆說法, 표면상으로는 모순되거나 이치에 맞지 않는 것 같지만, 그 속에 진실이나 진리를 담고 있는 수사법)을 통해 잘 표현했어요.

하지만 황홀한 심정도 잠시였어요. 화자는 자식이 "고운 폐혈관이 찢어진 채로" 죽었다는 사실을 떠올리고는 비애감에 빠집니다. 이 커다란 슬픔은 "아아"라는 두 글자에 담겨 있을 뿐이에요. 이처럼 「유리창 Ⅰ」은 자식을 잃은 슬픔을 담담하게 표현한 작품입니다. 그래서인지 화자의 슬픔이 더욱 애절하게 다가오지요. 읽고 난 후에는 슬픔이라는 감정보다 선명한 이미지가 오래 맴도는 회화적인 작품이기도 하고요.

소박하고 정감 있는 정지용의 옛집

정지용 문학관 바로 옆에는 정지용 생가가 복원되어 있다. 실제 정지용이 태어난 집은 1974년에 허물어지고 다른 집이 들어섰으나, 1996년에 다시 옛 모습 그대로 지은 집이다. 정지용의 시에서 느껴지는 따뜻하고 소박한 정서가 정지용의 옛집에서도 느껴진다.

정지용 생가
정지용 생가는 'ㄱ' 자 모양의 집과 'ㄴ' 자 모양의 창고로 이루어져 있다. 담장 근처에는 장독대와 우물, 감나무가 옛 모습 그대로 남아 있다.

정지용 생가 안방
정지용의 아버지는 한약방을 운영했는데, 그 흔적을 안방 가구에서 찾을 수 있다. 벽에는 정지용의 초상화가 걸려 있고, 시 「할아버지」와 「호수」가 적힌 액자도 보인다.

정지용 생가 부엌
전통 부엌의 모습을 그대로 간직하고 있다. 아궁이와 가마솥, 장작더미 등에서 고향의 정취가 느껴진다.

정지용 생가 전경
사진 오른쪽에 나무 사이로 보이는 초가집이 정지용 생가다. 생가 앞에 흐르는 실개천은 정지용의 시 「향수」의 "넓은 벌 동쪽 끝으로 옛이야기 지줄
대는 실개천이 휘돌아 나가고"라는 구절을 떠올리게 한다.

「향수」 시비
정지용 생가 바로 앞에 세워져 있는 비석으로
정지용의 시 「향수」가 새겨져 있다. 이 시는 정
지용이 1927년 〈조선지광〉에 발표한 것이다.
「향수」는 정지용의 대표작 중 하나로, 고향에
대한 그리움과 애틋함을 담은 작품이다.

봄이 와서 기쁘고, 봄이 가서 서럽고
– 김영랑의 「모란이 피기까지는」

여러분이 전남 강진군 강진읍 거리를 걷고 있다면 다음과 같은 간판들을 볼 수 있을 거예요. 영랑 식당, 영랑 다방, 영랑 사진관, 영랑 빌라, 모란 미용실, 모란 세탁소, 모란 추어탕……. 강진 사람들은 '영랑'과 '모란'이라는 단어를 좋아하는 것 같지요?

우리나라의 대표적인 서정시인인 영랑 김윤식은 전남 강진 출신입니다. 호인 영랑은 〈시문학〉에 작품을 발표하면서 사용하기 시작했지요. 김영랑이 1934년 〈문학〉에 발표한 「모란이 피기까지는」은 그의 대표작이고요. 강진 사람들은 지역을 빛낸 김영랑에 대한 애정과 자랑스러움을 상호에 담아 표현한 거예요.

김영랑은 1930년 정지용, 박용철, 이하윤, 신석정 등과 함께 〈시문학〉을 창간했습니다. 시문학파는 과거 계몽 문학과 카프(KAPF) 문학에 반대하며 문학 자체의 순수성을 추구했어요. 우리가 앞에서 만났던 정지용은 모더니즘 시를 많이 썼습니다. 하지만 김영랑과 박용철은 시의 음악성, 순수 서정성, 세련된 언어 등을 더 중시했지요. 흔히

시문학파라고 하면 김영랑과 박용철 쪽을 가리킨답니다.

김영랑은 1919년 3·1 운동 때 고향인 강진에서 독립운동을 주도하다 일본 경찰에 체포되어 대구 형무소에서 6개월간 옥고를 치렀어요. 일제 강점기 말에는 창씨개명과 신사 참배를 거부하고, 광복 후에는 민족 운동에 참여하기도 했지요. 이렇듯 김영랑은 순수시를 추구했지만, 일제에 강하게 저항한 행동파 시인이기도 했어요.

자, 이제 김영랑의 대표작인 「모란이 피기까지는」을 감상해 볼까요?

모란이 피기까지는

나는 아직 나의 봄을 기다리고 있을 테요.

모란이 뚝뚝 떨어져 버린 날

나는 비로소 봄을 여읜 설움에 잠길 테요.

오월 어느 날 그 하루 무덥던 날

암울한 시대에 순수한 아름다움을 노래한 시인들, 시문학파

일제의 검열과 친일 문학이 만연했던 1930년대, 순수한 서정시의 아름다움을 지향한 시인들이 있었다. 이들은 동인지 〈시문학〉을 만들고 순수시 운동을 주도했다. 이 시인들을 '시문학파'라고 부른다. 김영랑, 정지용, 박용철, 신석정 등이 시문학파로 활동했다.

시문학파 기념관과 김영랑 생가
시문학파 기념관은 시문학파의 문학 세계를 기리기 위해 지어진 곳으로, 2012년 전남 강진에서 문을 열었다. 사진 오른쪽에 보이는 건물이 시문학파 기념관이다. 사진 왼쪽에 보이는 초가집은 김영랑 생가다.

시문학파 기념관 내부
시문학파 기념관에는 시문학파 시인들의 작품, 유품, 관련 도서, 영상 자료 등이 전시되어 있다.

시문학파 기념사진
시문학 동인 창립을 기념하며 찍은 사진으로, 1929년 〈시문학〉 창간호에 실렸다. 뒷줄 왼쪽부터 시계 방향으로 이하윤, 박용철, 정지용, 변영로, 정인보, 김영랑이다.

시문학파 기념관 외부 전시 모습
시문학파 기념관 앞에는 시문학파 시인들의 사진과 대표작이 전시되어 있다. 사진에 전시되어 있는 작품은 왼쪽부터 허보의 「검은 밤」, 신석정의 「그 먼 나라를 알으십니까」, 김현구의 「님이여 강물이 몹시도 퍼렀습니다」, 변영로의 「논개」, 정인보의 「자모사」, 이하윤의 「물레방아」, 정지용의 「향수」, 박용철의 「떠나가는 배」, 김영랑의 「모란이 피기까지는」이다.

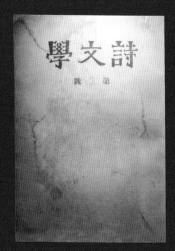

〈시문학〉 제2호
1930년 5월에 발행되었다. 제2호부터 김현구와 변영로가 참여했다. 창작 시 25편과 번역 시 18편이 실려 있다.

〈시문학〉 제3호
1931년 10월에 발행되었다. 제3호부터 신석정과 허보가 참여했다. 창작 시 20편과 번역 시 12편이 실려 있다.

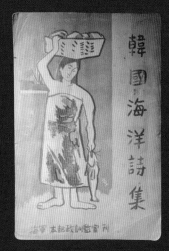

『한국해양시집』
1953년 해군 본부 정훈감실에서 간행한 시집이다. 박용철, 이하윤, 신석정 등의 작품이 실려 있다.

떨어져 누운 꽃잎마저 시들어 버리고는

천지에 모란은 자취도 없어지고

뻗쳐 오르던 내 보람 서운케 무너졌느니

모란이 지고 말면 그뿐, 내 한 해는 다 가고 말아

삼백예순 날 하냥 섭섭해 우옵내다.

모란이 피기까지는

나는 아직 기다리고 있을 테요, 찬란한 슬픔의 봄을.

－김영랑, 「모란이 피기까지는」 전문

「모란이 피기까지는」의 1~2행을 보면 화자인 '나'는 모란이 피는

봄이 오기를 기다리고 있습니다. 하지만 3~10행에는 모란을 잃은 슬픔이 나타나 있어요. 모란이 피어서 '나'의 소망이 이루어졌는데도 오히려 소망을 잃어버린 슬픔에 잠긴 것이지요.

이러한 '나'의 슬픔은 절망으로 이어지지는 않아요. 11~12행에서 알 수 있듯이 '나'는 다시 모란이 피는 봄이 오기를 기다리기 때문이지요. '기다림 – 상실감 – 기다림'이 반복되는 순환 구조네요.

모란은 꽃이 크고 품위가 있어 부귀를 상징합니다. 꽃 중의 왕이라는 뜻의 '화중왕(花中王)'이라고 불리기도 하지요. 「모란이 피기까지는」에서 '모란'은 풍성한 아름다움을 상징해요. '봄'은 모란을 기다리는 소망을 상징하고요.

앞에서 살펴본 정지용의 「유리창Ⅰ」에서 역설법을 사용해 우리에게 강한 인상을 주었던 구절이 생각나나요? 바로 "외로운 황홀한 심사"라는 구절이었지요. 「모란이 피기까지는」에도 이와 비슷한 구절이 있어요. 마지막 행의 "찬란한 슬픔의 봄"이 그것입니다. 긍정적인 의미의 '찬란함'과 부정적인 의미의 '슬픔'이 함께 쓰인 것이지요. 우선 '봄'은 모란이 피고 '나'의 소망이 이루어지는 때이므로 찬란해요. 하지만 이 시간을 '슬픔의 봄'이라고 표현한 이유는 모란이 지기 때문이지요.

앞에서 언급한 것처럼 '모란'은 아름다움을 상징하지만, 봄에 화려한 꽃망울을 터뜨리기 위해서는 겨울이라는 혹독한 시간을 견뎌야 합니다. 화려함 뒤에 고통과 인내의 시간이 숨어 있는 것이지요. 김영랑은 모란을 보면서 혹독한 일제 강점기를 극복할 힘을 발견한 것은 아니었을까요?

김영랑(1903~1950)
전남 강진에서 보통학교를 졸업한 김영랑은 서울 휘문 의숙에 입학해 홍사용, 정지용, 이태준 등과 교류하며 학창 시절을 보냈다. 1930년 〈시문학〉 창간호에 시를 발표하며 등단했다. 6·25 전쟁 중인 1950년 서울에서 포탄 파편에 맞아 숨졌다.

설날 풍경
우리나라 최대의 명절인 설날에는 가족들이 한데 모여 명절 음식을 만들어 먹고 이야기를 나눈다. 윷놀이나 널뛰기 등 전통 놀이를 하기도 한다. 백석은 명절의 따뜻하고 정겨운 풍경을 시에 담았다.

'왁자지껄' 즐겁고 따뜻했던 명절
─ 백석의 「여우난골족」

여러분에게 명절은 어떤 의미를 지닌 날인가요? 설날은 추석과 함께 우리나라 최대 명절로 꼽힙니다. 여러분도 잘 알다시피 설날에는 아침 일찍 차례를 지내고 웃어른에게 세배하는 풍습이 있어요. 새해 첫날을 맞아 몸가짐을 새롭게 한다는 의미에서 설빔(설을 맞이해 새로 장만해 입거나 신는 옷, 신발 따위를 이르는 말)을 마련하기도 하지요.

추석 때도 추석빔이라는 새 옷을 장만했어요. 설날처럼 아침 일찍 차례도 지냈고요. 다만 추석 때는 햅쌀(그 해에 새로 난 쌀)로 송편을 빚고 햇과일 등을 장만해 차례상에 올렸지요. 차례를 지낸 후에는 조상의 무덤에 가서 벌초하기도 했어요.

하지만 이러한 전통문화는 점점 사라지고 있습니다. 명절이 기쁨이 아닌 스트레스로 다가오기 때문일까요? 혼잡한 귀성길과 고된 음식

장만, 친척 어른들의 잔소리 등을 이유로 점점 가족들이 모이기가 어려워졌습니다. 명절 연휴에 고향을 방문하는 대신 해외여행을 선택하는 가족도 늘어나고 있고요.

백석이 1935년 〈조광〉에 발표한 「여우난골족」에는 따뜻한 명절 풍경이 담겨 있어요. 이 시의 화자는 어린아이입니다. 이 아이가 큰집에 다녀온 후 일기를 썼다면 다음과 같은 내용이었을 거예요.

'명절날 나는 부모님과 함께 친할아버지와 친할머니가 계신 큰집에 갔다. 큰집에는 신리 고모, 토산 고모, 큰골 고모, 그리고 삼촌과 가족들이 와 있었다. 가족들은 새 옷을 입고 할아버지와 할머니께 인사한 후 음식을 먹었다. 나는 다른 아이들과 함께 배나무 동산과 방에서 여러 놀이를 하다가 잠이 들었다. 다음 날 아침, 나는 국 냄새를 맡고 잠에서 깨었다.'

「여우난골족」에는 '여우난골'에 모인 친척들의 모습과 명절 풍경이 생생하게 표현되어 있습니다. 평안도 방언과 토속적인 소재를 활용해 향토적이면서 정겨운 분위기도 느껴지고요. 특히 이러한 분위기가 잘 드러난 3연을 감상해 볼까요?

백석(1912~1996)
평북 정주에서 태어난 백석은 일본에서 유학 생활을 마친 뒤 영어 교사로 일했다. 1930년 〈조선일보〉 신춘문예에 소설 「그 모와 아들」이 당선되어 등단했고, 주로 시를 창작했다.

　이 그득히들 할머니 할아버지가 있는 안간安체에들 모여서 방
　안에서는 새 옷의 내음새가 나고
　　또 인절미 송구떡 콩가루차떡의 내음새도 나고 끼때의 두부
　와 콩나물과 뽑은 잔디와 고사리와 도야지비계는 모두 선득 선
　득하니 찬 것들이다

　　　　　　　　　　　　　　　　　　　-백석, 「여우난골족」 부분

친척 모두가 할아버지, 할머니가 계신 안방에 모여서 방 안에서는 새 옷 냄새가 납니다. 푸짐하게 장만해 놓은 음식 냄새도 나고요. 위에 제시한 여러 음식 가운데 송구떡과 콩가루차떡이 낯설지요? 송구떡에서 '송구'는 소나무의 속껍질을 뜻하는 '송기'의 평북 방언이에요. 즉, 송구떡은 소나무의 속껍질로 만든 떡이지요. 콩가루차떡은 콩가루를 묻힌 찰떡이에요. '차떡'은 '찰떡'의 평북 방언이랍니다. 「여우난골족」의 3연만 봐도 친척 모두가 정답게 둘러앉아 명절 음식을 먹으며 이야기를 나누는 모습이 그려지네요.

이 작품의 제목인 '여우난골족'의 뜻이 궁금하다고요? 백석은 작품 제목에도 남다른 미학을 부여한 시인이었습니다. 다른 시인들이 시도하지 않은 특이한 제목을 붙이기도 했지요. '여우난골족'에서 '여우난골'은 '여우가 나타난 골짜기'라는 뜻의 지명이에요. 이름만 들어도 전통과 풍속이 잘 보존된 산골 마을이라는 느낌이 들지 않나요? '족(族)'은 민족을 뜻하는 단어고요.

오산 학교(평북 정주)
1907년 독립운동가 이승훈이 민족 정신을 갖춘 인재를 양성하기 위해 세운 학교다. 백석, 김소월, 황순원 등이 다녔고, 이광수가 교사로 근무하기도 했다.

「여우난골족」이 발표된 일제 강점기 때는 일제의 침탈로 가족 공동체가 해체되었습니다. 백석은 우리의 소중한 전통과 민족 공동체가 회복되기를 바라는 마음으로 이 시를 창작한 것이지요.

먼 과거에서 날아온 편지
– 백석의 「남신의주 유동 박시봉 방」

백석은 소위 잘나가는 천재 시인이었어요. 백석은 18세에 〈조선일보〉가 후원하는 장학생으로 선발되어 일본 유학을 떠납니다. 아오야마 학원에서 영문학을 공부한 백석은 수석을 놓치지 않았어요. 19세에는 〈조선일보〉 신년현상문예에 단편 소설이 당선되었지요.

백석은 영어, 불어, 독일어, 러시아어 등 외국어에도 뛰어난 재능을 보였어요. 게다가 얼굴까지 번듯했지요. 많은 사람은 다재다능한 백석의 앞날이 계속 화려할 것이라고 생각했어요. 하지만 암울한 시대 현실은 백석의 삶에도 큰 영향을 미쳤지요.

광복 후 백석은 고향인 평북 정주에서 살았습니다. 이때 백석은 우익 활동을 하다가 곤란한 상황을 겪게 돼요. 이로 말미암아 나중에는 북한의 문인 인명록에서 빠지게 되지요. 남한에서는 백석을 월북 작가로 분류해 백석의 책이 출판 금지가 되었고요. 1987년 이 금지가 풀릴 때까지 백석은 남한에서 잊혀진 시인이었어요.

백석은 1948년 〈학풍〉에 '백석 최고의 시'로 꼽히는 「남신의주 유동 박시봉 방」을 발표했습니다. 이 시를 마지막으로 남한에서 더는 백석의 시를 볼 수 없었지요.

이 작품의 제목은 「여우난골족」처럼 특이합니다. '남신의주 유동 박

우익(右翼)
좌익과 대립되는 말로, 정치사상의 경향을 나타내는 개념이다. 우리나라에서는 민족주의가 우익 정치사상의 중요한 특징이었지만, 광복 이후에는 반공주의와 개발주의 이데올로기가 더욱 지배적이었다.

〈학풍(學風)〉
1948년 9월 을유문화사에서 창간한 광복 이후 최초의 학술지다.

신의주역(평북 신의주)
1912년에 지어진 경의선의 종착역
으로, 사진은 1930년대 모습이다.
백석은 광복 무렵 신의주에 머물
면서 서울로 작품을 보냈는데, 「남
신의주 유동 박시봉 방」은 이 시기
에 창작한 작품 중 하나다.

시봉 방'은 '남신의주 유동에 사는 박시봉 씨네'라는 뜻이에요. '유동'
은 신의주 남쪽에 있는 동네 이름입니다. '방(方)'은 편지 봉투 겉면을
쓸 때 집주인 이름 아래에 붙여 그 집에 세를 들거나 하숙하고 있음을
나타내는 말이고요. 시 제목이 마치 편지 봉투 겉면에 쓰인 주소 같지
요? 실제로 백석은 남신의주 유동 지방에 있는 박시봉 씨네 집에 머물
면서 이 시를 썼다고 해요.

백석의 모습이 투영된 「남신의주 유동 박시봉 방」의 화자인 '나'는
가족과 헤어져 외롭게 방랑 생활을 합니다. 추위가 심해져 목수인 박
시봉 씨네 세 들어 살게 되지요. '나'는 춥고 눅눅한 방에서 무료하게
지내다가 지나온 삶을 반성합니다. 절망과 후회와 부끄러움이 너무
커 죽음까지 생각하지요.

하지만 '나'의 심경에 변화가 생깁니다. '나'는 고개를 들어 천장을
쳐다보며 '더 크고 높은' 운명을 깨달아요. 일제 때문에 닥친 시련과 고
통도 운명으로 받아들이지요. 이러한 깨달음은 다음과 같이 새로운 삶
에 대한 의지로 바뀝니다.

내 어지러운 마음에는 슬픔이며, 한탄이며, 가라앉을 것은 차츰 앙금

이 되어 가라앉고,

　외로운 생각만이 드는 때쯤 해서는,

　더러 나줏손^{저녁 무렵}에 쌀랑쌀랑 싸락눈이 와서 문창을 치기도 하는 때

도 있는데,

　나는 이런 저녁에는 화로를 더욱 다가 끼며, 무릎을 꿇어 보며,

　어니 먼 산 뒷옆에 바우섶^{바위 옆}에 따로 외로이 서서,

　어두워 오는데 하이야니 눈을 맞을, 그 마른 잎새에는,

　쌀랑쌀랑 소리도 나며 눈을 맞을,

　그 드물다는 굳고 정한 갈매나무라는 나무를 생각하는 것이었다.

-백석, 「남신의주 유동 박시봉 방」 부분

'나'의 어지러운 마음은 차차 안정을 찾아갑니다. 성찰과 반성 끝에 '나'는 외로움과 추위를 참고 견디는 '갈매나무'처럼 의연하게 살아야겠다고 다짐하지요. 「남신의주 유동 박시봉 방」에서 '갈매나무'는 중요한 역할을 하는 시어예요. '나'는 갈매나무를 떠올리며 삶에 대한 의욕을 가지게 됩니다. 즉, 갈매나무는 굳세고 깨끗하게 살아가고자 하는 '나'의 의지를 상징해요. 무기력했던 과거를 반성하며 굳건한 삶의 자세를 다짐하는 '나'를 통해 식민지 지식인의 고뇌와 그 극복 과정을 생생하게 느낄 수 있지요.

　「남신의주 유동 박시봉 방」은 백석이 현재의 우리에게 보낸 편지 같다는 생각이 듭니다. 우표를 붙여 우체통에 넣지는 못하겠지만, 시간을 내어 이 편지에 대한 답장을 써 보는 건 어떨까요?

『백석 시 전집』
고향인 평북 정주에서 남북 분단을 맞게 된 백석은 이후 북한에서 작품 활동을 했다. 이 때문에 남한에서는 북한의 시를 읽을 수 없었다. 1987년 창작과비평사에서 『백석 시 전집』을 간행하고, 1988년 북한 문인에 대한 해금 조치가 내려지면서 남한에서도 백석의 시를 재조명하기 시작했다.

바다에 꽃이 피기를 기다리다
– 김기림의 「바다와 나비」

최남선의 「해에게서 소년에게」에서 "처……ㄹ썩, 처……ㄹ썩, 척, 쏴……아." 하고 밀려오던 바다가 기억나나요? 보는 사람을 압도할 만큼 세차고 웅장했던 바다는 서구 근대 문명이자 새로운 세계로 나갈 수 있는 통로를 의미했지요. 용감하고 순수한 소년은 새로운 문명 세상을 일으킬 주역이었고요.

김기림이 1939년 〈여성〉에 발표한 「바다와 나비」에도 바다가 등장합니다. 소년처럼 순수하지만 조그맣고 연약한 나비도요. 나비는 바다의 무서움을 모른 채 점점 바다 가까이 다가갑니다. 나비는 무사히 돌아갈 수 있을까요? 김기림은 바다와 나비를 통해 무엇을 말하고자 한 것일까요?

아무도 그에게 수심을 일러 준 일이 없기에
흰나비는 도무지 바다가 무섭지 않다.

청(靑)무우 밭인가 해서 내려갔다가는
어린 날개가 물결에 절어서
공주(公主)처럼 지쳐서 돌아온다.

삼월 달 바다가 꽃이 피지 않아서 서글픈
나비 허리에 새파란 초승달이 시리다.

-김기림, 「바다와 나비」 전문

이 시에서 '바다'는 단지 냉혹한 현실만을 나타내는 것이 아니라 「해에게서 소년에게」의 '바다'처럼 서구 근대 문명을 상징하기도 합니다. 이렇게 본다면 바다를 향해 뛰어드는 나비는 새로운 문명을 동경하는 지식인을 나타낸다고 할 수 있어요. 공주처럼 지쳐서 돌아오는 나비는 근대 문명의 삭막함을 깨닫고 좌절한 지식인이고요.

「바다와 나비」는 이미지의 대조가 두드러지는 작품입니다. 우선 넓고 큰 바다와 작은 나비가 크기에서 대조를 이루고 있어요. 바다의 강렬한 이미지와 나비의 연약한 이미지도 대조를 이루고요. 바다의 파란색과 나비의 흰색은 색채 대비를 이루지요.

시를 읽다 보니 뭔가 아리송하면서도 강렬한 인상을 주는 행이 있지 않나요? 바로 3연 2행인 "나비 허리에 새파란 초승달이 시리다."입니다. 나비는 바다의 무서움을 깨닫고는 차갑고 시린 아픔을 느껴요. 초승달이 지친 나비의 가냘픈 허리를 냉정하게 비추지요. 이는 냉혹한 현실 때문에 좌절된 나비의 꿈을 나타내요. 이 행에서도 나비의 흰색과 초승달의 파란색이 색채 대비를 이루고 있어요.

'새파란 초승달'은 시각적 심상(心象, 시를 읽을 때 마음속에 떠오르는 모습이나 느낌)이고 '시리다'는 촉각적 심상입니다. 이렇게 하나의 시 구절에서 두 가지 이상의 심상이 제시된 것을 '공감각적 심상'이라고 해요. "나비 허리에 새파란 초승달이 시리다."에서는 시각적 심상을 촉각적 심상과 연결해 놓았으므로 '시각의 촉각화'가 이루어졌다고 할 수 있지요.

이처럼 「바다와 나비」는 시각적인 이미지가 두드러지는 작품이에요. 대상에 대한 시인의 주관적인 판단과 해석은 전혀 들어가 있지 않지요. 앞에서 살펴본 「유리창 Ⅰ」처럼 읽고 나면 주관적인 감정보다는 선명한 이미지가 맴도는 모더니즘 시랍니다.

「바다와 나비」에서 유독 '바다'의 이미지가 강렬한 것은 김기림의 개인적인 경험과도 관련이 있습니다. 김기림은 딸만 여섯인 집안의 막내아들로 태어났어요. 그가 일곱 살 때 어머니와 셋째 누이가 연이어 세상을 떠납니다. 장례를 치른 뒤 김기림은 어머니의 상여(喪輿, 사람의 시체를 실어서 묘지까지 나르는 도구)를 뒤따라 걸어 갔어요. 어머니의 묘지로 가는 길은 바다가 보이는 언덕길이었지요. 이러한 기억은 김기림의 마음에 깊은 상처로 남았고, 훗날 그의 작품에 고스란히 반영되었지요.

「시론」
김기림의 문학 비평과 시론을 담은 책으로, 1947년 백양당에서 간행했다. 김기림은 시인이자 문학평론가였고, 영문학자이기도 했다.

"어린아이 같은 꿈과 사람에 대한 정이 있을 뿐."
– 신석정의 「그 먼 나라를 알으십니까」

여러분이 생각하는 이상향은 어떤 세계인가요? 공부와 시험이 없는 곳일 수도 있고, 모두가 풍족하게 살 수 있는 곳일 수도 있겠지요. 모든 사람이 불안해하지 않고 평화롭게 사는 곳일 수도 있고요.

신석정이 1939년에 발표한 「그 먼 나라를 알으십니까」의 화자인 '나'는 이상향에 대한 소망이 간절해 보입니다. '나'는 백석의 「여우난 골족」의 화자처럼 소년이에요. 하지만 어린아이가 아니라 좀 더 성숙한 소년이지요. '나'의 앞에는 어머니가 앉아 있습니다. '나'는 어머니에게 "어머니, / 당신은 그 먼 나라를 알으십니까?"라고 반복해서 물어요. 이 구절을 통해 '나'가 동경하는 세계는 '먼 나라'이고, 그곳에 같이 가고픈 사람은 '어머니'라는 것을 알 수 있지요.

'나'가 꿈꾸는 '먼 나라'는 고요하고 아름다운 세계입니다. 잔잔한 호수 위로 흰 물새가 날고, 들길에 야장미(찔레나무)가 피어 있는 곳이지요. 저 멀리로는 노루 새끼가 자유롭게 뛰어다니고, 흰 염소가 풀을 뜯는 평화로운 세계기도 하고요. '나'는 이곳에서 어머니와 함께 비둘기를 키우고, 어린 양을 몰기를 바랍니다. 비둘기가 상징하는 평화, 그리고 어린 양이 상징하는 순수함으로 가득 찬 세계를 동경하는 거예요.

'먼 나라'는 풍요로운 곳이기도 합니다. 가을이 되면 산국화가 곱게 피고, 은행잎이 노랗게 물들지요. '나'는 어머니와 양지 밭 과수원에서 새빨간 능금을 따고자 합니다. 그야말로 풍족하고 여유로운 풍경이네요. 이렇게 보

신석정(1907~1974)
전북 부안에서 태어난 신석정은 1924년 〈조선일보〉에 시 「기우는 해」를 발표해 등단했다. 이때는 '소적'이라는 필명을 사용했다. 1931년 시문학파에 합류하며 본격적으로 작품 활동을 시작했다.

면 '나'가 가고자 하는 '먼 나라'는 거의 완벽한 세계처럼 느껴집니다. 하지만 '나'는 이상향인 그곳에 갈 수 없지요.

산비탈 넌지시 타고 내려오면

양지 밭에 흰 염소 한가히 풀 뜯고,

길 솟는 옥수수 밭에 해는 저물어 저물어

먼바다 물소리 구슬피 들려오는

아무도 살지 않는 그 먼 나라를 알으십니까?

-신석정, 「그 먼 나라를 알으십니까」 부분

윗글은 「그 먼 나라를 알으십니까」의 6연이에요. 이 부분을 읽으면 염소가 풀을 뜯고 길게 자란 옥수수 밭이 있는 전원적인 풍경이 떠오르지요. 그런데 왜 먼바다 물소리가 구슬프게 들려오는 것일까요? 이상향에 가고 싶어도 가지 못하는 슬픔과 그리움 때문이겠지요. '먼 나라'는 아무도 살지 않는 곳이라는 점에서 쓸쓸한 느낌을 주기도 해요.

신석정 고택(전북 부안)
신석정이 1935년에 짓고 '청구원(青丘園)'이라 이름 붙인 집이다. 신석정은 1952년 전주로 이사하기 전까지 이 집에서 살았다.

'먼 나라'는 '나'의 이상향일 뿐 아니라 신석정의 이상향이기도 했습니다. 일제 강점기의 현실에서 벗어날 도피처인 셈이지요. 신석정을 비롯한 당시 시인들은 현실의 고통이 클수록 존재하지 않는 이상향을 탈출구로 여기고 시의 소재로 삼았어요. 이 때문에 시 안에 담긴 자연은 더욱 미화되어 목가(牧歌, 전원의 한가로운 목자(牧者)나 농부의 생활을 주제로 한 서정적이고 소박한 시가)로 불렸지요.

신석정은「그 먼 나라를 알으십니까」처럼 전원적인 목가시를 다수 창작했어요. 그래서 김기림은 신석정을 '목가 시인'이라고 불렀고, 서정주는 신석정을 '자연 시인', '전원시인'이라고 불렀지요. 시인 장만영은 신석정에 관해 다음과 같은 말을 남겼답니다.

"대나무처럼 키가 크고 눈썹이 시커먼 이 사나이는 그렇게밖에는 식민지 치하를 살아갈 수 없는, 어린아이 같은 꿈과 사람을 사랑할 수 있는 정이 있을 뿐 아무런 생활 능력도 야심도 없는 천성적인 시인이다."

신석정과 김기림(왼쪽)
신석정은 1930년 서울로 올라가 생활하며 여러 문인과 교류했다. 그중 시인 김기림과는 각별했던 것으로 전해진다. 사진은 1934년에 촬영한 것으로, 왼쪽이 김기림이고 오른쪽이 신석정이다.

신석정과 서정주(오른쪽)
신석정의 고향 후배인 서정주는 신석정을 무척 존경하며 따랐다고 한다. 사진에서 맨 왼쪽이 서정주고, 그 오른쪽이 신석정이다.

'목가 시인' 신석정을 닮은 평화로운 공간, 석정 문학관

전북 부안의 신석정 고택과 가까운 곳에 석정 문학관이 있다. 평생 큰 욕심 없이 깨끗하고 정갈하게 살았다는 신석정을 기리는 문학관인 만큼 조용하고 평화로운 문학관이다. 매년 10월 이곳에서는 석정 문학제가 열린다.

석정 문학관 전경
석정 문학관은 신석정의 작품과 유품, 육필 원고, 서화 등을 전시하고 있다. 세미나실과 문학 교실에서는 신석정과 관련한 여러 행사를 진행한다. 2011년 개관했다.

석정 문학관 내부
석정 문학관에는 신석정 관련 자료뿐만 아니라 신석정이 머물며 집필했던 서재도 재현되어 있다.

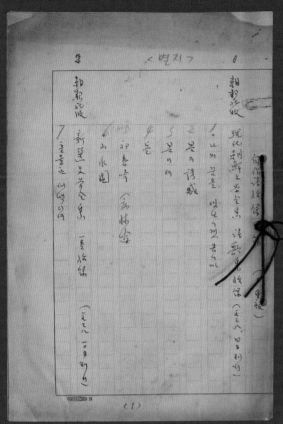

신석정의 육필 원고
신석정이 1930년에 발표한 시와 기타 작품 목록을 직접 정리한
원고.

『촛불』
1939년 인문사에서 간행한 신석정의 첫 번째 시집이다. 초판본에
는 총 33편의 시가 실려 있는데, 1952년 간행한 중판본에는 3편
이 더 추가되었다.

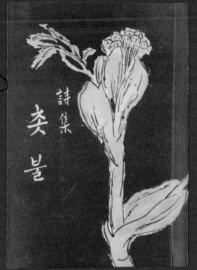

『슬픈 목가』
신석정의 두 번째 시집으로, 1947년 낭주
문화사에서 간행했다. 총 33편의 시가 수
록되어 있다.

『빙하』
신석정의 세 번째 시집으로, 1956년 정음
사에서 간행했다. 광복 이후에 창작한 55
편의 시가 실려 있다.

『대바람 소리』
신석정의 다섯 번째 시집이자 마지막 시집이다.
1970년 한국시인협회에서 기획한 '현대 시인 선
집' 중 하나로, 문원사에서 간행했다.

어둠 속에서도 타오른 저항의 불꽃
– 이육사의「절정」

이육사(1904~1944)
경북 안동에서 태어난 이육사는 일제에 저항하는 시를 쓴 시인이자, 이를 실천한 독립운동가다. 1937년 〈신조선〉에 시「황혼」을 발표하며 등단했다. 중국을 오가며 독립운동을 하다 1943년 일본 경찰에 체포되었고, 1944년 베이징 감옥에서 숨을 거두었다.

40년 남짓한 삶을 살면서 무려 17차례나 일본 경찰에게 잡혀 투옥된 인물이 있습니다. 그는 일제의 심한 탄압과 박해 속에서도 꿋꿋하게 투쟁의 길을 걸었어요. 그는 세상을 뜨기까지 약 10년 동안 80여 편의 작품을 남겼습니다. 작품의 절반은 시였지만, 그는 생전에 단 한 권의 시집도 출간하지 못했어요. 하지만 우리나라 문학사에는 그가 뛰어난 시인으로 기록되어 있지요.

그는 바로 이육사입니다. 이육사의 본명은 이원록이에요. 대구 형무소에 투옥되었을 때의 수인(囚人, 옥에 갇힌 사람) 번호인 264를 그대로 따 이육사라는 필명을 만들었지요. 강한 저항 정신을 몸소 실천한 이육사는 작품을 통해서도 식민지 현실을 극복하고자 했어요.

1940년 〈문장〉에 발표한「절정」은 일제 강점하의 문학적 한계를 정면으로 돌파한 작품입니다. 이 시기에는 일제의 탄압이 극심해져 많은 작품이 우회적이거나 왜곡된 방식으로 발표될 수밖에 없었어요. 이육사는「절정」을 비롯한 많은 작품을 통해 국문학의 암흑기에도 불을 밝혔답니다. 우리 민족의 장엄한 의지를 노래한「절정」을 감상해 볼까요?

매운 계절(季節)의 채찍에 갈겨

마침내 북방(北方)으로 휩쓸려 오다

하늘도 그만 지쳐 끝난 고원(高原)

서릿발 칼날진 그 위에 서다

어데다 무릎을 꿇어야 하나?

한 발 재겨 디딜 곳조차 없다

이러매 눈 감아 생각해 볼밖에

겨울은 강철로 된 무지갠가 보다

-이육사, 「절정」 전문

「절정」에는 남성적이고 강렬한 느낌을 주는 시어가 많습니다. '매운', '갈겨', '칼날진', '강철' 등을 꼽을 수 있지요. 이런 시어들만 봐도 화자가 처한 상황이 만만치 않다는 것을 예상할 수 있어요.

1연과 2연은 화자의 상황을, 3연과 4연은 화자의 심리를 나타냅니다. 1연에서 화자는 일제의 탄압 때문에 수평적 공간의 한계 지점인 '북방'까지 오게 되었어요.

2연에서는 수직적 공간의 한계 지점인 '고원'까지 등장합니다. 생존의 극한 상황에까지 내몰렸으니 화자의 심리 역시 극한에 이르렀겠지요?

화자는 무릎을 꿇고 절대자에게 기도할 수도 없고, 비켜서거나 물러서는 것도 불가능하다는 것을 깨닫습니다. 그렇다면 화자는 이대로 모든 것을 포기해야만 할까요?

마지막 연인 4연에서 인식이 전환됩니다. 화자는 극한 상황을 초월하려는 의지를 보여요. "강철로 된 무지개"는 역설법을 사용한 구절입니다. '강철'과 '무지개'는 언뜻 봐도 이미지가 쉽게 연결되지 않는 소재예요. 왜 이육사는 일제 강점기를 뜻하는 '겨울'을 "강철로 된 무지개"라고 표현했을까요?

이육사 문학관에서 민족 시인의 삶을 만나다

2004년 경북 안동에 이육사 문학관이 문을 열었다. 이곳은 이육사가 태어나 17세까지 살았던 곳이다. 이육사 문학관에 가면 이육사의 문학과 함께 독립 의지로 가득한 그의 삶도 만날 수 있다.

이육사 문학관 전경
이육사 문학관에는 이육사의 작품과 유품, 사진, 기록 등이 전시되어 있다. 문학관 주변에는 이육사의 생가인 육우당이 복원되어 있다.

〈문장〉 1939년 10월 호
이육사의 동생인 문학 평론가 이원조가 쓴 「시민과 문학」이 실려 있다.

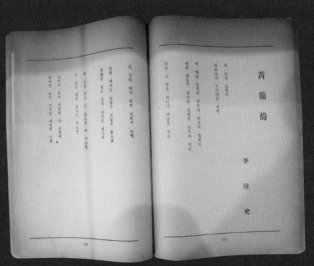

〈문장〉에 실린 이육사의 시
1939년 〈문장〉 8월 호에 실린 이육사의 「청포도」다.

『육사 시집』

1946년 서울출판사에서 간행한 이육사의 유고 시집이다. 이
육사의 동생 이원조가 20편의 시를 모아 펴냈다.

『광야』

1971년 형설출판사에서 간행한 이육사의 시집이다. 이전 시
집에 실리지 않은 시 1편과 수필 2편이 추가되었다.

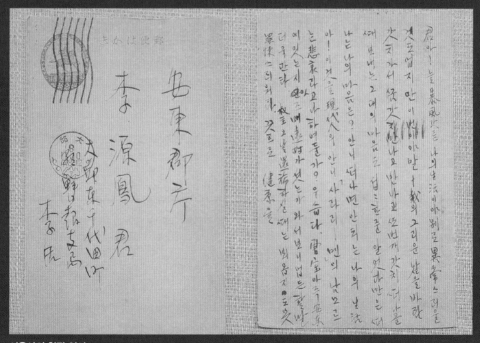

이육사의 친필 엽서

이육사가 친척 이원봉에게 쓴 엽서다. 1931년 11월 10일에 보냈다. 고향에 잠시 들렀다가 급히 떠나야 했던 이육사가 이원봉에게 친척들
의 안부를 묻는 내용이다.

필명 '이육사'의 의미

이육사의 본명은 이원록이다. 이육사는 1927년 독립운동가 장진홍의 조선은행 대구 지점 폭파 사건에 연루되어 대구 형무소에 투옥되었다. 이때 수감 번호가 264번이었다. 이육사는 이 번호를 따 필명을 '이육사'라고 짓고 1933년부터 사용했다.

서대문 형무소에 수감된 이육사

이육사는 의열단 단장 김원봉이 중국 난징에 세운 조선 혁명 군사 정치 간부 학교에 다녔다. 이 때문에 일본 경찰은 이육사를 수배했다. 1934년 서울에서 체포된 이육사는 서대문 형무소에 수감되었다.

조양회관(대구)

독립운동가 서상일이 1922년 대구에 설립한 교육 회관이다. 1925년 일본 유학을 마치고 귀국한 이육사는 이곳을 중심으로 활동했다.

이육사의 서재

이육사가 생전에 사용했던 서재의 책장을 재현한 것으로, 이육사 문학관에 전시되어 있다.

이육사의 유품

왼쪽은 이육사가 사용한 벼루와 서판(글씨를 쓸 때에, 종이 밑에 받치는 널조각)이다. 오른쪽은 이육사가 사용한 벽시계다.

일반적으로 '무지개'는 미래에 대한 소망이나 꿈을 상징합니다. 일제 강점기에는 우리 민족이 조국 독립이라는 소망을 지니고 있었어요. 일제의 탄압이 가혹해질수록 독립에 대한 꿈은 더 간절해졌고요. 하지만 '무지개'처럼 아름다운 감정만으로 독립을 꿈꾸기에는 현실이 너무 고통스럽고 차가웠습니다. 그래서 이육사는 단단하고 차가운 이미지의 강철과 황홀한 이미지의 무지개를 결합한 거예요. 즉, 「절정」의 화자는 혹독한 현실 속에서도 독립을 간절히 바라며 희망의 끈을 놓지 않은 것이지요.

이육사 역시 마찬가지였어요. 앞에서 언급한 것처럼 이육사는 일제의 가혹한 탄압에도 독립을 향한 투쟁과 의지를 꺾지 않았습니다. 하지만 안타깝게도 광복을 한 해 앞둔 1944년 베이징 감옥에서 세상을 떠나지요. 이육사의 동생인 평론가 이원조와 몇몇 문학인은 힘을 합쳐 1946년 이육사의 유고(遺稿, 죽은 사람이 생전에 써서 남긴 원고) 시집인 『육사 시집』을 간행했어요. 이 시집을 계기로 이육사의 시가 주목을 받게 되었습니다.

우리나라 문학사에서는 이육사를 윤동주, 심훈 등과 함께 '저항 시인'으로 분류하고 있어요. 분명히 이육사의 시에는 저항적인 요소가 담겨 있습니다. 하지만 이육사의 작품을 저항시의 울타리에 가두어 놓고 그 안에서만 이해하는 것은 바람직하지 않아요. 자세히 들여다보면 순수 서정시의 요소도 담겨 있기 때문이지요. 각 작품의 갈래나 성격에 얽매이지 말고, 좀 더 넓은 안목으로 문학 작품을 감상하려는 태도가 중요하답니다.

고독감으로 칠한 가을 풍경화
— 김광균의 「추일 서정」

여러분이 언덕이나 산에 올라가 다음과 같은 가을 풍경을 바라본다고 상상해 보세요. '가을' 하면 낙엽을 빼놓을 수 없겠지요. 낙엽이 쌓인 길이 구불구불 멀리까지 뻗어 있습니다. 그 길을 가로지르며 기차가 달리고 있고요. 다른 방향으로 시선을 돌리면 공장이 보입니다. 공장 지붕 위로는 구름 한 점 떠 있지요. 이런 풍경을 바라보는 여러분의 심정은 어떨까요? 또 이런 풍경을 보면서 어떤 것들을 연상할 수 있을까요?

김광균은 김기림, 정지용과 더불어 1930년대 모더니즘 시를 확산시키는 데 큰 역할을 한 시인입니다. 김광균이 1940년 〈인문평론〉에 발표한 「추일 서정」의 화자는 위와 같은 가을 풍경을 바라보고 있어요. 이 시는 제목대로 추일 서정(秋日抒情), 즉 가을날의 정서를 그린 작품이랍니다.

〈인문평론(人文評論)〉
1939년 10월에 창간한 월간 순수 문예지로, 최재서가 편집하고 발행했다. 작품 활동과 비평 활동에 주력한 잡지다.

김기림은 김광균에게 "소리조차 모양으로 번역하는 기이한 재주"가 있다고 말했어요. 이 말대로 김광균은 회화적이고 감각적인 시를 즐겨 썼답니다. 그는 사물뿐만 아니라 관념이나 감정 같은 추상적인 것도 시각적으로 표현했어요. 우리가 잠시 상상했던 평범한 가을 풍경을 김광균은 어떻게 표현했을까요?

낙엽은 폴란드 망명 정부의 지폐

포화砲火, 총포를 쏠 때 일어나는 불에 이지러진

도룬 시(市)의 가을 하늘을 생각케 한다.

길은 한 줄기 구겨진 넥타이처럼 풀어져

일광日光, 햇빛의 폭포 속으로 사라지고

조그만 담배 연기를 내뿜으며

새로 두 시의 급행열차가 들을 달린다.

포플라나무의 근골筋骨, 근육과 뼈대 사이로

공장의 지붕은 흰 이빨을 드러내인 채

한 가닥 구부러진 철책鐵柵, 쇠로 만든 울타리이 바람에 나부끼고

그 위에 셀로판지(紙)로 만든 구름이 하나.

자욱한 풀벌레 소리 발길로 차며

호올로 황량한 생각 버릴 곳 없어

허공에 떠우는 돌팔매 하나.

기울어진 풍경의 장막(帳幕) 저쪽에

고독한 반원(半圓)을 긋고 잠기어 간다.

-김광균, 「추일 서정」 전문

총 16행으로 이루어진 「추일 서정」
은 한시의 형태인 선경 후정의 방식으
로 시상을 전개했습니다. 선경 후정이
란, 시상을 전개할 때 경치를 먼저 이
야기하고 감정을 나중에 드러내는 방
식이에요. 이국적이며 도시적인 느낌
을 주는 모더니즘 시가 동양적인 구조
로 짜여 있다는 점이 독특하지요.

제2차 세계 대전
독일 · 이탈리아 · 일본 등의 군국
주의 나라와 미국 · 영국 · 프랑스
등의 연합국 사이에 일어난 세계
적 규모의 전쟁이다. 1939년 독일
이 폴란드를 침공하자, 영국과 프
랑스가 독일에 선전 포고를 함으
로써 시작되었다. 1945년 8월에 일
본이 항복하면서 끝났다. 위 사진
은 1939년 9월 바르샤바 공성전
중인 폴란드 군인을 찍은 것이다.

　1행부터 11행까지는 앞에서 우리가 상상했던 가을 풍경이 펼쳐져
있어요. 김광균은 황량하고 적막한 가을 풍경을 다양한 비유를 사용
해 표현했습니다. 우선 '낙엽'은 "폴란드 망명 정부의 지폐"로 비유했
어요. 제2차 세계 대전 때 독일이 폴란드를 침공하면서 폴란드 망명
정부(亡命政府, 다른 나라에 의한 정복, 전쟁, 혁명 따위로 외국으로 피신한
정객들이 세운 정부)가 생겼습니다. 「추일 서정」의 화자는 여기저기 흩
어진 낙엽을 보고 폴란드 망명 정부가 마구 찍어서 뿌린 지폐를 떠올
린 거예요. 바닥에 나뒹구는 낙엽이나 망명 정부의 지폐나 쓸모없는
건 마찬가지니까요.

　망명 정부가 주는 쓸쓸함은 포화로 폐허가 된 "도룬 시(폴란드의 도시
이름)의 가을 하늘"에서도 느껴집니다. 구불구불한 길은 "구겨진 넥타
이"로, 급행열차의 증기는 "담배 연기"로 비유했어요. 이 가운데 "구겨
진 넥타이"는 바쁜 도시 생활로 생긴 현대인들의 피로감을 나타내지요.

　뒤이어 묘사된 가을 풍경은 더욱 황량해요. 앙상한 포플라나무는
근육과 뼈대를 드러낸 채 서 있고, 공장은 "흰 이빨" 같은 지붕을 삭막

하게 드러내고 있습니다. '공장'이 근대 문명을 나타낸다면 "흰 이빨"은 근대 문명이 주는 위협을 상징한다고 볼 수 있어요. 구름조차도 '셀로판지'로 만든 것처럼 얇고 빈약하지요.

12행부터는 방황하는 화자의 심리가 제시되어 있습니다. 화자는 도시화된 가을 풍경을 보며 고독감을 느껴요. 허전한 마음에 괜히 허공에 돌팔매질하지요. 하지만 돌팔매는 멀리 날아가지 못하고 반원을 그으며 떨어져요. 현재 상황에서 벗어날 수 없는 화자의 고독감은 더욱 깊어집니다.

김광균은 네덜란드 화가인 빈센트 반 고흐의 작품을 보고 큰 감동을 받았어요. 그때부터 그는 인상파를 중심으로 한 유럽 회화에 푹 빠졌지요. 김광균의 책상 위에는 시집보다 더 많은 화집이 쌓이기 시작했어요. 이러한 상황을 바탕으로 「추일 서정」 같은 회화적인 시가 탄생했답니다.

꿈도 고통도 안으로, 안으로
– 유치환의 「바위」

천재성을 발휘해 단 몇 편의 작품으로도 문학사에서 중요하게 꼽히는 작가가 있습니다. 이와 반대로 긴 세월 동안 꾸준하게 작품을 발표해 문학사의 한 줄기를 형성한 작가도 있지요. 생명파 시인인 유치환은 후자에 해당하는 작가예요. 유치환은 1931년 시 「정적」을 발표한 이후 1967년 교통사고로 세상을 뜨기까지 열 권이 넘는 시집을 발간했어요.

유치환은 작품 활동 초기에 주로 낭만적이고 상징적인 작품을 창작했어요. 그러다가 점차 인간 생명의 본질에 관심을 두게 되었지요. 그는 생명에 대한 애정을 품고 온갖 사물의 미세한 부분까지 관찰했어요. 그러면서 허무의 세계를 극복하려는 의지도 보였지요. 이러한 시적 경향 때문에 유치환은 서정주 등과 함께 '생명파' 시인으로 불린답니다.

1941년 〈삼천리〉에 발표된 「바위」는 유치환의 강한 의지가 잘 드러난 시입니다. 이 작품은 이육사의 「절정」처럼 남성적인 어조가 돋보이는 시예요. 우리 주변에서 흔하게 볼 수 있는 바위는 평범한 소재라고 생각할 수도 있어요. 유치환은 이런 '바위'를 소재로 삼아 무엇을 표현했을까요?

> 내 죽으면 한 개 바위가 되리라.
>
> 아예 애련愛憐, 가엾게 여겨 사랑함에 물들지 않고
>
> 희로喜怒, 기쁨과 노여움에 움직이지 않고

유치환(1908~1967)

경남 통영에서 태어난 유치환은 극작가 유치신의 동생이다. 정지용의 시에 감명을 받고 시를 쓰기 시작했다. 1931년 〈문예월간〉에 시「정적」을 발표하며 등단했다. 오랫동안 학교에서 학생들을 가르친 교육자이기도 했다.

비와 바람에 깎이는 대로

억년 비정非情, 사람으로서의 따뜻한 정이나 인간미가 없음의 함묵緘默, 말하지 않음에

안으로 안으로만 채찍질하여

드디어 생명도 망각하고

흐르는 구름

머언 원뢰遠雷, 멀리서 울리는 천둥소리

꿈꾸어도 노래하지 않고,

두 쪽으로 깨뜨려져도

소리하지 않는 바위가 되리라.

−유치환, 「바위」 전문

　인간이라면 누구나 살면서 다양한 감정을 느끼기 마련입니다. 기쁨과 노여움을 표현하기도 하고, 자신보다 힘들거나 약한 사람을 보면 가엾고 안타깝게 여기기도 하지요. 시련이나 고통이 닥치면 좌절하기도 하고요. 그 시련을 홀로 견뎌내기 어려울 때는 주변 사람에게 도움을 구하기도 해요.

　「바위」의 화자인 '나' 역시 인간적인 감정과 외부의 시련에 흔들리며 살아왔습니다. '나'는 이러한 자신의 모습을 나약하다고 생각하고 괴로워해요. 결국 '나'는 삶의 괴로움에서 벗어나기 위해 죽어서 바위가 되겠다고 말합니다. 강인한 어조에 '나'의 의지가 담겨 있지요.

　바위는 '애련'이나 '희로' 같은 내면의 감정이나 '비바람' 같은 외부의 시련에 절대 흔들리지 않습니다. 입을 꾹 다물고 침묵만 지킬 뿐이

지요. 바위처럼 묵묵히 자신을 채찍질하면 모든 것에 초월한 경지에 다다를 거예요.

8~9행인 "흐르는 구름 / 머언 원뢰"는 초월의 경지를 한 폭의 동양화처럼 표현한 구절입니다. '구름'과 '원뢰'는 외부의 자극이나 시련을 의미해요. 하지만 이미 초월한 경지에서 구름은 그저 하나의 풍경일 뿐이고, 천둥소리 역시 먼 곳에서 들리는 하나의 소리에 불과하겠지요?

'나'는 이 경지에 이르러 간절한 소망이 있거나 큰 고통을 겪어도 침묵을 지키는 바위가 되고자 합니다. 이는 곧 일제 강점하의 고통을 극복하려는 유치환의 의지이기도 해요. 유치환은 '비정(非情)의 시인' 혹은 '의지의 시인'이라고 불렸습니다. 「바위」를 감상하고 나니 그 이유가 짐작되지 않나요?

유치환 생가(경남 통영)
유치환이 성장한 집이다. 본래 집이 있던 자리에는 복원이 어려워 현재 위치로 이전해 2000년 복원을 마쳤다. 경남 거제에도 유치환의 생가가 있다. 이곳은 유치환의 외가로, 유치환이 태어난 집이다.

통영 망일봉 기슭에 있는 청마 문학관

통영 망일봉은 그리 높지 않아 천천히 오르기에 좋은 산이다. 이 망일봉 기슭에는 청마 문학관이 있다. '청마'는 유치환의 호다. 문학관 바로 뒤에 청마 생가가 있어 함께 둘러보기에 좋다.

청마 문학관 전경(위)
청마 문학관은 규모는 크지 않지만, 유치환과 관련한 자료를 다양하게 전시한 알찬 문학관이다. 유치환의 작품은 물론, 100여 점의 유품도 소장하고 있다.

청마 문학관 내부(왼쪽)
청마 문학관의 전시실에는 유치환의 작품과 초상화, 사진 등이 전시되어 있다. 유치환의 생애와 행적도 알아보기 쉽게 정리되어 있다.

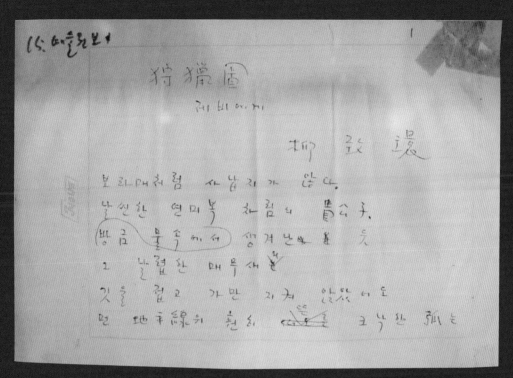

유치환의 육필 원고
유치환이 직접 쓴 원고로, 「제비에게」라는 시다. 여러 번 고쳐 쓴 흔적이 눈에 띈다.

『청마시초』
1939년 청색지사에서 간행한 유치환의 첫 번째 시집이다. 54편의 시가 수록되어 있다. 유치환의 대표작 중 하나인 「깃발」도 실려 있다.

『생명의 서』
1947년 행문사에서 간행한 유치환의 두 번째 시집이다. 1940년부터 5년간 북만주에서 생활한 경험을 바탕으로 창작한 시 58편이 수록되어 있다.

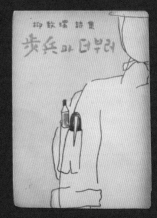

『보병과 더부러』
1951년 문예사에서 간행한 유치환의 여섯 번째 시집이다. 6·25 전쟁 당시 국군과 함께 종군한 경험을 바탕으로 창작한 시 34편이 수록되어 있다.

윤동주(1917~1945)
15세 때부터 시를 쓰기 시작했다. 일본 유학 중이던 1943년 조선인 유학생에게 조선 독립을 선동했다는 이유로 체포되어 1945년 후쿠오카 형무소에서 옥사했다.

"나는 끝없이 부끄럽다."
— 윤동주의 「참회록」

"무시무시한 고독에서 죽었구나! 29세가 되도록 시도 발표해 본 적이 없이!"

1948년 윤동주의 첫 시집이자 유고 시집인 『하늘과 바람과 별과 시』가 발간되었습니다. 정지용은 이 시집의 서문에 위와 같은 글을 남겼지요. 정지용의 글처럼 윤동주는 광복을 6개월 앞둔 1945년 2월, 29세의 젊은 나이로 세상을 떠났어요. 우리나라도 아닌 일본에서 독립 운동을 하다가 후쿠오카 감옥에 갇혀 옥사했지요. 그렇다면 윤동주의 유고 시집은 어떻게 출간되었을까요?

1917년 간도 명동촌에서 태어난 윤동주는 고향에서 소학교와 중학교를 나온 뒤 22세 때 경성의 연희 전문학교에 입학했습니다. 윤동주는 1941년 연희 전문학교 졸업을 기념하기 위해 19편의 시를 모아 시집을 출간하려 했어요. 세 부를 베껴 써서 한 부는 친구인 정병욱에게

연희 전문학교 시절의 윤동주
1938년 윤동주는 연희 전문학교 문과에 입학했다. 연희 전문학교 재학 시절 윤동주는 자신만의 시 세계를 만들어 나갔다. 사진은 연희 전문학교 본관 앞에서 찍은 것으로, 맨 앞줄 오른쪽에서 두 번째가 윤동주다.

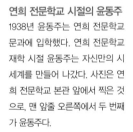

주고, 다른 한 부는 연희 전문학교 교수였던 수필가 이양하에게 보여 주며 시집 출간을 상의했지요. 이양하는 일제의 검열이 극심하니 적당한 때를 기다려 보자고 권유했어요. 그래도 시집을 출간하고자 했던 윤동주는 고향으로 돌아와 출간 비용 300원을 마련하기 위해 애썼습니다. 결국 비용을 마련하지 못해 출간을 포기하지요. 윤동주가 세상을 떠난 후 정병욱과 동생 윤일주는 윤동주의 유작 31편을 모아 시집을 출간했어요.

윤동주와 정병욱
왼쪽이 윤동주고, 오른쪽이 정병욱이다. 정병욱은 태평양 전쟁에 징병되어 끌려가면서도 어머니에게 윤동주의 원고를 잘 지켜 줄 것을 당부했다. 정병욱의 어머니는 집 마루 밑에 원고를 숨겼고, 덕분에 훗날 윤동주의 시가 세상에 나올 수 있었다.

　1942년 윤동주는 문학을 좀 더 공부하기 위해 일본에서 유학하기로 합니다. 당시에는 일본 유학을 가려면 창씨개명이 필요했어요. 윤동주는 어쩔 수 없이 성을 '히라누마[平沼]'로 바꾸지요. 불가피한 일이었지만 윤동주는 깊은 자괴감과 절망감에 빠집니다. 이 심정은 창씨개명계를 내기 5일 전에 쓴 「참회록」에 잘 나타나 있어요. 1942년 1월에 쓴 「참회록」은 윤동주가 일본에 가기 전, 마지막으로 지은 시랍니다.

파란 녹이 낀 구리거울 속에

내 얼굴이 남아 있는 것은

어느 왕조의 유물이기에

이다지도 욕될까.

나는 나의 참회의 글을 한 줄에 줄이자.

― 만(滿) 이십사 년 일 개월을

무슨 기쁨을 바라 살아왔던가.

내일이나 모레나 그 어느 즐거운 날에

나는 또 한 줄의 참회록을 써야 한다.

— 그때 그 젊은 나이에

왜 그런 부끄런 고백을 했던가.

밤이면 밤마다 나의 거울을

손바닥으로 발바닥으로 닦아 보자.

그러면 어느 운석 밑으로 홀로 걸어가는

슬픈 사람의 뒷모양이

거울 속에 나타나 온다.

-윤동주, 「참회록」 전문

'참회(懺悔)'는 '자기의 잘못을 깨닫고 깊이 뉘우친다'는 뜻입니다. 「참회록」에 담긴 '참회'는 단순히 창씨개명에 관한 것만은 아니에요. 좀 더 넓고 깊은 의미의 '참회'지요.

화자인 '나'는 1연에서 '구리거울'을 보며 참회하고 있습니다. 그런데 '구리거울'은 깨끗하지 않고 파란 녹이 끼어 있네요. 이는 나라를 잃은 역사를 의미해요. '나'는 조선 왕조의 유물인 '구리거울'을 통해 과거 역사와 관련한 참회를 하고 있습니다. 일제 강점기라는 현실에 대한 반감과 그 안에서 욕되게 살아온 자신의 삶에 관해서요.

2연을 보면 '나'는 "만 이십사 년 일 개월을" 살아온 현재 시점에서 또 참회하고 있습니다. 과거 자신의 삶 전체를 되돌아보며 부끄러워하지요. 3연에서는 미래인 "그 어느 즐거운 날"에 또 참회록을 써야 한다고 말해요. 일제 강점하에서 즐거운 날이라면 '조국 광복'이 이루어지는 날이겠지요?

그런데 광복의 날에 왜 또 참회해야 할까요? '나는 왜 암울한 현실에 적극적으로 대응하지 못했을까?', '나는 왜 젊은 나이에 그토록 무기력하게 살았을까?' 이런 내용의 참회일 거예요.

'나'는 '밤'마다 거울을 닦습니다. 그래야 욕된 얼굴이 아닌, 자신의 참모습이 거울에 비치겠지요. '밤'은 '나'가 자기 성찰을 하는 시간이자 암울한 시대 현실을 상징하는 시어예요. 거듭해서 손발로 거울을 닦는 행위는 '나'가 좀 더 적극적으로 실천하고 있음을 보여 줍니다. 참회만 하면서 과거에 머무른 것이 아니지요. 그 결과 거울에는 미래의 모습인 "슬픈 사람의 뒷모양"이 나타납니다. 암담한 현실을 혼자 극복해 나가는 자신의 '슬픈' 뒷모습을 본 것이지요.

거울에 자신의 뒷모습이 비쳤다는 게 좀 이상하지 않나요? 상식적으로 거울에는 앞모습이 비치게 마련이니까요. 이는 현재 시점에서 미래를 바라본 것이 아니라 미래 시점에서 현재를 생각했기 때문입니다. 그래서 당당한 모습이 아닌 '슬픈' 모습이고, 앞모습이 아닌 뒷모습이 비친 거예요.

「참회록」을 비롯한 윤동주의 작품에는 자아 성찰과 자기반성이 담겨 있습니다. 이와 같은 성찰과 반성은 항상 '부끄러움'을 수반(隨伴, 어떤 일과 더불어 생김)하지요. 윤동주 시에 담긴 '부끄러움의 미학'은 개인적인 의미에 한정되지 않고 시대적인 의미도 지닙니다. 다음에 소개할 「쉽게 씌어진 시」에도 부끄러움의 미학이 담겨 있어요.

시 한 편이 현실을 바꿀 수 있을까
- 윤동주의 「쉽게 씌어진 시」

연희 전문학교를 졸업한 윤동주는 1942년 일본 동경(도쿄)에 있는 릿쿄 대학교 문학부 영문과에 입학합니다. 고국과 가족의 품을 떠나 낯선 공간에서 생활하게 되었으니 외로움이 컸을 거예요. 유학 간 지 한 학기만에 사촌이자 친구인 송몽규가 다니고 있는 교토 도지샤 대학교로 전입학했을 만큼 말이지요.

「참회록」을 통해 알 수 있었듯이 윤동주는 식민지 현실에 타협하지 않고 순수한 양심을 지키며 살아가고자 했습니다. 그래서 유학 생활을 하면서도 여전히 '부끄러움'을 느꼈어요. 하지만 윤동주의 시는 '부끄러움'에서 멈추지 않았어요. 현재까지 확인된 윤동주의 마지막 시는 1942년 6월 3일에 완성된 「쉽게 씌어진 시」입니다. 이 작품에서는 윤동주의 현실 극복 의지가 어떻게 표현되었을까요?

「쉽게 씌어진 시」의 화자인 '나'는 "남의 나라" 땅인 '육첩방(六疊房,

윤동주와 송몽규
송몽규는 윤동주의 동갑내기 사촌이자 독립운동가다. 윤동주와 송몽규는 명동촌에서부터 함께 자랐고, 연희 전문학교도 같이 다녔다. 사진은 1942년 여름 일본에서 잠시 귀국해 촬영한 것이다. 앞줄 가운데가 송몽규고, 뒷줄 오른쪽이 윤동주다.

일본식 돗자리인 다다미 여섯 장을 깐 일본식 방'에서 생활합니다. 이 억눌리고 답답한 공간에서 "시인이란 슬픈 천명(天命, 하늘의 명령)"을 깨달으며 시를 쓰지요. "슬픈 천명"에는 암울한 시대 현실을 인식하면서도 직접 맞서서 행동하지 못하고 시를 쓸 수밖에 없는 괴로움이 담겨 있어요.

'나'는 "대학 노트를 끼고 늙은 교수의 강의를 들으러" 학교에 갑니다. 전형적인 대학생의 모습이지요. 하지만 '나'는 이 과정을 어릴 때 동무들을 잃어버리고 "홀로 침전(沈澱, 액체 속에 있는 물질이 밑바닥에 가라앉음)하는 것"이라고 생각해요. 자기 성찰의 결과 현재 자신은 의미가 없고 무기력한 유학 생활을 하고 있다고 판단한 것이지요. 또한 '나'는 시가 쉽게 쓰이는 것이 부끄럽다고 생각해요. 이처럼 「쉽게 씌어진 시」의 전반부인 1~7연에는 자신의 삶에 대한 자책과 부끄러움이 나타나 있지요.

육첩방(六疊房)은 남의 나라
창밖에 밤비가 속살거리는데

등불을 밝혀 어둠을 조금 내몰고
시대(時代)처럼 올 아침을 기다리는 최후(最後)의 나.

나는 나에게 작은 손을 내밀어
눈물과 위안으로 잡는 최초(最初)의 악수.

　　　　　　　　　　　　　-윤동주, 「쉽게 씌어진 시」 부분

앞글은 「쉽게 씌어진 시」의 후반부인 8~10연이에요. '나'는 답답한 타국의 공간에서 좌절하지 않고 다시 몸을 일으켜 세웁니다. 암담한 현실인 '어둠'을 내몰기 위해 희망을 품고 '등불'을 밝히지요. 그러면서 광복의 날인 '아침'을 기다려요.

마지막 연인 10연에는 재미있으면서도 아리송한 구절이 숨어 있습니다. 여러분은 이미 발견했나요? 10연 1행을 보면 '나'가 두 번 등장해요. 앞의 '나'와 뒤의 '나'는 같은 '나'인 것 같지만 함축된 의미는 다르답니다. 앞의 '나'는 계속되는 자기 성찰을 통해 도달한 '내면적 자아'를 의미하고, 뒤의 '나'는 암울한 현실 속에서 무기력하게 살아가는 '현실적 자아'를 뜻해요. 이렇게 상반되는 두 '나'가 악수하면서 화해한 것은 자기 자신에 대한 용서를 의미합니다. 아울러 '나'의 의지와 미래에 대한 희망도 보여 주지요.

『하늘과 바람과 별과 시』
윤동주의 유고 시집으로, 총 31편의 시가 실려 있다. 1948년 정음사에서 간행했고, 서문은 시인 정지용이 썼다.

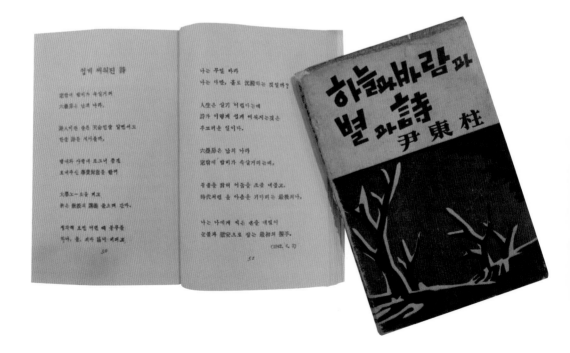

윤동주의 장례식

후쿠오카 형무소에서 29세의 나이로 숨진 윤동주의 장례식 모습이다. 1945년 3월 6일, 가족들이 살던 간도 용정의 자택에서 장례가 치러졌다.

　윤동주의 삶과 작품을 살펴보니 같은 시대를 살았던 이육사가 자연스레 떠오릅니다. 두 시인은 비슷한 점이 많아요. 암울한 현실을 극복하려는 의지를 작품에 담은 점, 생전에 단 한 권의 시집도 출간하지 못하고 사후에 유고 시집이 출간된 점, 조국 광복을 눈앞에 두고 타지의 감옥에서 생을 마감한 점 등이지요.

　다만 현실을 극복하려는 의지를 표현한 방법이 조금 달랐어요. 이육사는 남성적이고 강렬한 어조로, 윤동주는 순수하고 정직한 어조로 현실 극복 의지를 드러냈지요. 윤동주는 끊임없이 반성하고 부끄러워했지만, 절대 절망하거나 포기하지는 않았답니다.

윤동주를 추억하는 곳, 윤동주 문학관과 시인의 언덕

연희 전문학교 시절 윤동주는 서울 종로구 누상동에서 정병욱과 함께 하숙 생활을 했다. 이곳에서 살 때 윤동주는 가까운 인왕산에 자주 오르며 시상을 떠올렸다고 한다. 이런 시인의 발자취를 따라 서울 종로구에 윤동주 문학관과 시인의 언덕이 조성되었다.

윤동주 문학관
2012년 인왕산 자락에 버려져 있던 오래된 수도 가압장과 물탱크를 개조해 만든 문학관이다. 윤동주의 작품과 유품, 관련 자료 등이 전시되어 있다. 윤동주 생가에 있던 우물도 옮겨와 문학관 내에 전시하고 있다.

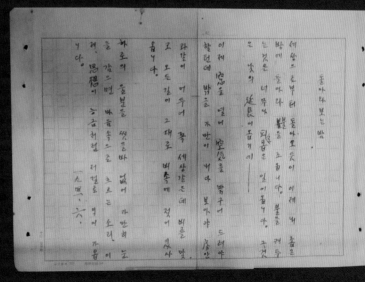

윤동주의 육필 원고
윤동주가 직접 쓴 「돌아와 보는 밤」 원고다. 이 시는 윤동주가 종로구 누상동에서 하숙하던 쓴 작품 중 하나다.

시인의 언덕

윤동주 문학관 뒷편에 조성되어 있는 작은 공원이다. 공원에는 '윤동주 시인의 언덕'이라고 적힌 표석과 「서시」 시비가 세워져 있다. 공원 아래로는 서울의 전경이 보인다.

「서시」 시비

윤동주의 대표작 「서시」가 새겨져 있는 비석이다. 연희 전문학교 졸업을 앞두고 시집 출판을 계획하던 때 윤동주는 그동안 쓴 시 중 18편을 추린 뒤 시집 맨 앞에 실을 서문을 썼다. 훗날 유고 시집을 펴낼 때 이 글에 〈서시〉라는 제목이 붙여졌다.

3 탄탄한 땅 위에서 단단하게 여물다 | 수필

1930년대가 되면서 본격적인 수필의 시대가 열렸습니다. 이 시기에는 수필 이론이 정립되고, 문학적인 수필이 발표되었지요. 수필 이론은 외국 문학을 연구한 문인들이 도입했어요. 김기림, 김광섭, 김진섭 등이 수필의 문학성이나 형식, 표현 등에 관한 이론을 정립했지요. 이러한 이론을 바탕으로 민태원, 이상, 이양하, 김진섭, 이태준 등 많은 작가가 다양한 소재로 뛰어난 수필을 발표했어요. 또한 이 시기에는 전문적인 수필가가 등장했습니다. 수필 문학 전문지도 발행되고, 많은 신문과 잡지에 수필 고정란이 생겼지요. 이처럼 수필은 시, 소설과 더불어 1930년대 우리나라 문학을 풍부하고 성숙하게 해 주었어요. 하지만 1940년대에는 일제의 억압을 받아 다른 문학 갈래와 마찬가지로 수필 역시 침체기를 맞지요.

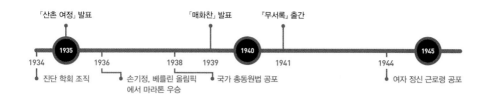

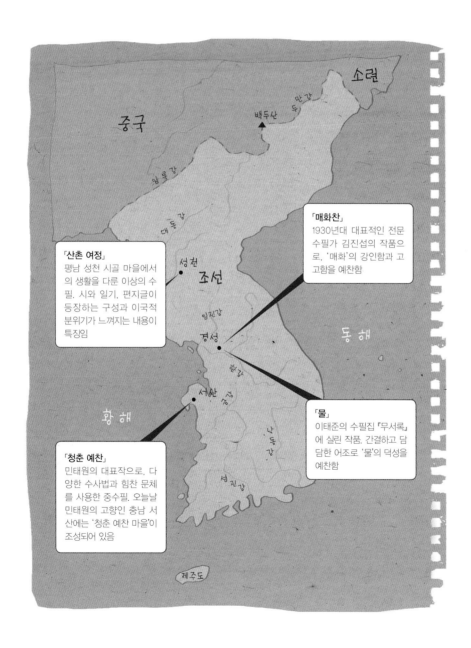

「산촌 여정」
평남 성천 시골 마을에서의 생활을 다룬 이상의 수필. 시와 일기, 편지글이 등장하는 구성과 이국적 분위기가 느껴지는 내용이 특징임

「매화찬」
1930년대 대표적인 전문 수필가 김진섭의 작품으로, '매화'의 강인함과 고고함을 예찬함

「청춘 예찬」
민태원의 대표작으로, 다양한 수사법과 힘찬 문체를 사용한 중수필. 오늘날 민태원의 고향인 충남 서산에는 '청춘 예찬 마을'이 조성되어 있음

「물」
이태준의 수필집 『무서록』에 실린 작품. 간결하고 담담한 어조로 '물'의 덕성을 예찬함

과거의 청춘이 현재의 청춘에게
– 민태원의 「청춘 예찬」

민태원(1894~1935)
충남 서산에서 태어난 민태원은 수필, 시, 소설 등 다양한 분야의 글을 집필했다. 〈동아일보〉, 〈조선일보〉 등에 근무한 언론인이기도 했다.

『레 미제라블』
프랑스 작가인 빅토르 위고(Victor-Marie Hugo, 1802~1885)가 1862년에 발표한 장편 소설이다. 주인공인 장 발장은 조카에게 먹일 한 조각의 빵을 훔치다가 감옥살이를 하게 된다. 출옥한 장 발장은 미리엘 신부를 만나면서 새로운 사람으로 태어난다. 장 발장 개인의 이야기뿐만 아니라 19세기 초 프랑스 사회를 잘 드러낸 작품이다.

충남 서산 음암면에는 '청춘 예찬 마을'이 있습니다. 이곳은 소설가이자 수필가인 민태원의 고향이에요. 작가 이름보다 「청춘 예찬」이라는 수필이 더 유명하다 보니 이런 마을 이름이 붙은 것이지요. 고향에 대표작의 이름이 붙은 것은 자랑스러운 일이지만, '민태원의 작품' 하면 「청춘 예찬」밖에 떠오르지 않는 것도 사실이에요.

민태원은 유명한 언론인이었습니다. 1920년대 초기에는 낭만주의 운동의 선구자격인 〈폐허〉의 동인이었고, 번안(飜案, 원작의 내용이나 줄거리는 그대로 두고 풍속, 인명, 지명 따위를 시대나 풍토에 맞게 바꾸어 고침) 소설 작가로도 활동했어요. 1918년에는 우리나라 최초로 빅토르 위고의 『레 미제라블』을 '애사(哀史)'라는 제목으로 번안해 〈매일신보〉에 연재했지요.

민태원은 〈동아일보〉 사회부장으로 일할 때 사회면 기사의 문장부터 수정했어요. 예를 들면 '그러하였다더라'는 '그랬다 한다'로, '백골난망으로 여기더라'는 '송구스러워했다' 등으로 고쳤지요. 이처럼 민태원은 신문 기사의 언문일치에도 힘을 쏟았답니다.

민태원의 대표작인 「청춘 예찬」은 다소 딱딱한 신문 기사와는 다르게 생동감 넘치고 힘찬 문체를 사용한 중수필이에요. 이 작품은 크게 네 단락으로 나눌 수 있습니다. 첫째 단락에서는 청춘의 피 끓는 정열을, 둘째 단락에서는 청춘의 원대한 이상을, 셋째 단락에서는 청춘의 건강한 육체를 예찬하고, 마지막 단락에서는 청춘에 대한 당부를 하지요. 이 가운데 다양한 수사법을 사용해 청춘의 정열을 예찬한 첫째 단락의 앞부분을 살펴보도록 해요.

청춘!

이는 듣기만 하여도 가슴이 설레는 말이다. 청춘! 너의 두 손을 가슴에 대고 물방아 같은 심장의 고동을 들어 보라. 청춘의 피는 끓는다. 끓는 피에 뛰노는 심장은 거선(巨船, 커다란 배)의 기관같이 힘 있다. 이것이다. 인류의 역사를 꾸며 내려온 동력은 바로 이것이다. 이성은 투명하되 얼음과 같으며, 지혜는 날카로우나 갑 속에 든 칼이다. 청춘의 끓는 피가 아니더면 인간이 얼마나 쓸쓸하랴? 얼음에 싸인 만물은 죽음이 있을 뿐이다.

-민태원, 「청춘 예찬」 부분

민태원은 청춘의 정열을 '뜨거운 피'에 비유했어요. 정열이 있어야 이성(理性)과 지혜도 쓸모가 있다고 주장했고요. 이러한 주장은 영탄법(詠歎法, 감탄사나 감탄 조사 따위를 이용해 기쁨·슬픔·놀라움과 같은 감정을 강하게 나타내는 수사법), 은유법, 직유법, 대구법(對句法, 비슷한 어

「청춘 예찬」 문비(충남 서산)
비석 좌측에는 「청춘 예찬」의 내용이 새겨져 있고, 우측에는 민태원의 초상과 활동 사항 등이 새겨져 있다.

조나 어세를 가진 어구를 짝 지어 표현의 효과를 나타내는 수사법) 등 다양한 수사법으로 말미암아 생동감 있게 전개되고 있어요.

앞글만 봐도 「청춘 예찬」이 일제 강점기에 집필되었다는 사실을 믿기 힘듭니다. 글 전체에서 활달함과 힘이 느껴지고 문체가 화려해서 어두운 면을 찾아보기 힘들기 때문이지요. 당시 기성세대였던 민태원은 젊은이들이 민족의 수난을 극복해 주기를 바랐어요. 이러한 진심을 「청춘 예찬」에 담아 현실과 불의에 타협하지 말고, 도전을 두려워하지 말 것을 당부했지요. 하지만 이 수필은 내용이 다소 추상적이라는 지적을 받기도 한답니다.

도시인의 눈으로 바라본 산촌 풍경
– 이상의 「산촌 여정」

소설가이자 시인이었던 이상은 총독부 건축과에서 일하다가 폐병이 심해져 일을 그만둡니다. 그러고는 집을 팔아 마련한 돈으로 1933년 종로 청진동에 '제비'라는 다방을 차리지요. 이상은 이 다방에서 친한 벗이자 동료 문인이었던 김기림, 이태준 등과 많은 시간을 보냈어요.

하지만 '제비' 다방은 경영난 등으로 2년 만에 문을 닫습니다. 낙담한 이상은 혼자 평남 성천에 내려가 머무르게 돼요. 그는 이곳에서 「산촌 여정」이라는 수필을 써서 1935년 9월 27일부터 10월 11일까지 〈매일신보〉에 발표했습니다. 이 수필에는 시와 일기, 편지 형식이 모두 등장해요.

'제비' 다방에 모인 이상과 문인들
'제비' 다방은 1933년 이상이 연인 금홍과 함께 차린 다방이다. 이상은 이 다방에서 평소 친하게 지내던 예술가들과 많은 시간을 보냈다. 왼쪽이 이상이고, 가운데는 박태원, 오른쪽은 김소운이다.

「산촌 여정」은 내용과 구성도 독특해요. 내용을 보면 시골의 자연 현상에 관한 묘사가 많습니다. 그런데 이 묘사가 묘하게도 도시적인 감성과 잘 어우러져 있어요. 또한 「산촌 여정」은 전날 밤에 시작해 다음 날 밤에 끝나는 순환적인 구성을 지니고 있습니다. 시작과 끝의 구분이 없는 구성은 이상만의 독특한 감각을 보여 주지요.

수필인데도 뭔가 예사롭지 않다는 느낌이 들지요? 여러분이 더 궁금해하기 전에 「산촌 여정」의 앞부분을 살펴보기로 해요.

향기로운 '엠제이비^{MJB, 커피 상표}'의 미각을 잊어버린 지도 20여 일이나 됩니다. 이곳에는 신문도 잘 아니 오고 체전부^{遞傳夫, 우편집배원}는 이따금 '하도롱_{봉투나 포장지 등을 만들었던 다갈색 종이}' 빛 소식을 가져옵니다. 거기는 누에고치와 옥수수의 사연이 적혀 있습니다. 마을 사람들은 멀리 떨어져 사는 일가 때문에 수심이 생겼나 봅니다. 나도 도회에 남기고 온 일이 걱정이 됩니다.

건너편 팔봉산에는 노루와 멧도야지가 있답니다. 그리고 기우제 지내

이상의 집(서울 종로구)
이상은 서울 종로구 통인동에 있는 큰아버지의 집에서 세 살 때부터 20여 년간 살았다. 그 집이 있던 터에 이상의 문학과 삶을 공유하는 문화 공간 '이상의 집'이 있다. 2011년에 개관한 이상의 집에는 이상의 작품, 사진 등이 전시되어 있다. '제비 다방'이라는 이름으로도 불린다.

던 개창수채 물이 흐르는 작은 도랑까지 내려와서 가재를 잡아먹는 곰을 본 사람도 있습니다. 동물원에서밖에 볼 수 없는 짐승, 산에 있는 짐승들을 사로잡아다가 동물원에 갖다 가둔 것이 아니라, 동물원에 있는 짐승들을 이런 산에다 내어놓아 준 것만 같은 착각을 자꾸만 느낍니다. 밤이 되면 달도 없는 그믐칠야음력 그믐께의 매우 어두운 밤에 팔봉산도 사람이 침소로 들어가듯이 어둠 속으로 아주 없어져 버립니다.

그러나 공기는 수정처럼 맑아서 별빛만으로라도 넉넉히 좋아하는 누가복음도 읽을 수 있을 것 같습니다. 그리고 또 참 별이 도회에서보다 갑절이나 더 많이 나옵니다. 하도 조용한 것이 처음으로 별들의 운행하는 기척이 들리는 것도 같습니다.

-이상, 「산촌 여정」 부분

일제 강점기 평남 진남포의 풍경
평남 진남포는 이상이 머물던 성천과 가까운 지역이다. 당시 성천의 풍경 역시 진남포와 크게 다르지 않았다.

여러분 중에도 태어나서 현재까지 쭉 도시에서만 살아온 사람이 있을 거예요. 가끔 친척을 만나거나 바람을 쐬러 시골에 놀러 가는 것은

좋습니다. 하지만 도시 생활이 익숙한 사람은 산골 마을에서 오랜 기간 생활하기는 힘들 거예요.

이상도 마찬가지였습니다. 도시에서 계속 살았던 이상은 산촌에 머문 지 한 달도 채 되지 않아 도시를 그리워하고 가족을 걱정하지요. 그의 눈에는 산에서 살아가는 야생 동물들도 동물원에 가두어 두었던 짐승들을 산에 풀어놓은 것처럼 보여요. 산골의 모습을 낯설게 느낀 것이지요.

앞글을 보면 첫 문장부터 미국 커피 상표인 '엠제이비(MJB)'가 등장합니다. 「산촌 여정」에는 이외에도 파라마운트, 그라비아, 세피아, 아스파라거스, 셀룰로이드 등의 외국어(外國語, 다른 나라의 말)와 외래어(外來語, 외국에서 들어온 말로 국어처럼 쓰이는 단어)가 나와요. 각종 야생 동물이 살고 "별들이 운행하는 기적"까지 들리는 것처럼 조용한 산골 마을과는 어울리지 않는 단어들이에요.

하지만 이상은 토속적인 산촌 풍경과 이국적인 이미지를 감각적으로 잘 드러냈어요. 이러한 참신함은 이상 작품의 모더니즘 경향과도 연관이 있습니다.

문학 평론가 이어령은 「산촌 여정」에 대해 "외래어와 토착어의 자연스러운 배합, 장식이 아니라 이질적인 것을 통합하는 기능적인 비유, 그리고 문장을 꿰매 가는 구성력이 모두 남이 모방할 수 없는 섬세한 감성과 풍부한 상상력에 의해서 표상된다. 한마디로 「산촌 여정」은 20세기 한국의 수많은 묘사 가운데 가장 높은 마루(등성이를 이루는 지붕이나 산 따위의 꼭대기)를 차지하고 있는 명문(名文) 중의 명문이라고 할 것이다."라고 극찬했답니다.

MJB 커피
「산촌 여정」에 등장하는 MJB, 파라마운트, 그라비아 등은 이국적이고 도회적인 분위기를 자아낸다.

놀라운 감정을 불러일으키는 꽃
— 김진섭의「매화찬」

여러분은 미술이나 문학 수업 시간에 '사군자'라는 말을 들어 본 적이 있을 거예요. 군자(君子)'는 덕과 학식이 높은 사람을 가리키는 말입니다. 따라서 '사군자(四君子)'는 네 명의 군자라는 뜻이지요. 하지만 사군자는 전부 사람이 아니라 식물이에요. '사군자'에는 어떤 것들이 있는지 떠올려 볼까요? '여러분이 기억하고 있는 것처럼 사군자는 매화, 난초, 국화, 대나무를 가리킵니다. 각각의 식물은 차례대로 봄, 여름, 가을, 겨울을 대표하지요. 이 식물들의 장점을 군자의 인품에 비유해 사군자라고 부르는 것이랍니다.

사군자 가운데 봄을 대표하는 매화는 사군자의 으뜸으로 꼽힙니다. 그래서인지 예로부터 많은 학자와 문인들이 매화의 덕을 예찬했지요. '근대 수필의 개척자'로 불리는 김진섭은 전통적인 매화 예찬의 맥을 이어 1939년 〈여성〉에「매화찬」이라는 수필을 발표했어요.

김진섭은 1930년대 중반부터 삶에 대한 긍정과 인생의 철학을 담은 수필을 본격적으로 쓰기 시작했습니다. 그는 수필 이론가로도 명성이 높았어요. 이뿐만 아니라 외국 문학을 우리나라에 소개하고, 이를 바탕으로 한

사군자
그림 아래쪽의 바위 근처에 난초와 국화가 그려져 있고, 그림 오른쪽 상단에는 대나무와 매화가 높게 뻗어 있다. 군자를 상징하는 사군자는 옛 선비들의 그림 소재로 많이 사용되었다.

평론 분야에서도 큰 업적을 남겼답니다.

김진섭의 수필은 대상을 예찬하는 것이 많아요. 매화를 예찬한 「매화찬」을 비롯해 어머니를 칭송한 「모송론」, 비가 내리는 것을 칭송한 「우송」, 권태를 예찬한 「권태 예찬」, 농민들의 노동을 예찬한 「농민 예찬」 등 긍정적인 내용의 수필을 많이 썼지요. 이 가운데 추위 속에서 꽃을 피우는 매화에 대한 경탄이 담긴 「매화찬」을 감상해 보도록 해요.

김진섭(1908~?)
전남 목포에서 태어난 김진섭은 수필가이자 수필 이론가다. 1929년 〈동아일보〉에 「수필의 문학적 영역」을 발표해 수필을 문학의 한 분야로 정립시키려고 했다. 연극에도 관심이 많아 1931년 유치진, 윤백남 등과 함께 극예술 연구회를 조직했다.

가령, 우리가 혹은 눈 가운데 완전히 동화된 매화를 보고, 혹은 찬 달 아래 처연히 조응된 매화를 보게 될 때, 우리는 과연 매화가 사군자의 필두筆頭, 서열의 첫머리로 꼽히는 이유를 잘 알 수 있겠지만, 적설積雪, 쌓여 있는과 한월寒月, 겨울의 달을 대비적 배경으로 삼은 다음에라야만 고요히 피는 이 꽃의 한없이 장엄하고 숭고한 기세에는, 친화(親和)한 동감(同感)이라기보다는 일종의 굴복감을 우리는 품지 않을 수 없는 것이다.

-김진섭, 「매화찬」 부분

매화는 가장 일찍 봄을 알리는 꽃입니다. 눈보라 속에서도 꽃을 피우는 매화의 고고함은 선비의 곧은 지조로 비유되지요. 또한 매화는 깨끗함, 강인함, 인내 등의 속성을 지니고 있습니다. 이 때문에 사군자 중 으뜸으로 여겨진 거예요.

김진섭은 매화를 세심하게 관찰한 후 「매화찬」을 썼습니다. 그는 「매화찬」의 첫 단락에서 매화를 볼 때마다 놀라운 감정에 붙들린다고 말한 후 두 가지 이유를 제시했어요. 첫째로 매화는 추위를 타지 않고 찬바람 속에서 피기 때문이고, 둘째는 매화가 초지상적이고 비현세적인 인상을 주기 때문이라는 것이지요.

그래서일까요? 김진섭은 앞글처럼 매화를 보면 "친화한 동감"보다는 굴복감을 느낀다고 말하고 있습니다. 일반적으로 '굴복'은 '힘이 모자라서 복종한다'는 의미로 쓰여요. 하지만 「매화찬」에서는 그런 부정적인 의미로 사용된 것이 아니랍니다. 김진섭은 "장엄하고 숭고한" 매화에 대한 경외심을 굴복감이라는 단어로 나타낸 거예요.

앞글만 봐도 알 수 있듯이 「매화찬」은 문장의 길이가 길고, 다소 어려운 한자어를 많이 사용한 수필이에요. 그래서 형식적인 면에서 완성도가 떨어진다는 지적도 있지요. 하지만 「매화찬」은 1930년대 근대 수필의 대표작으로 꼽힌답니다.

"최상의 선(善)은 물과 같다."
– 이태준의 「물」

소설가 이태준은 학창 시절부터 독서와 글쓰기에 대한 열정이 대단했어요. 그는 기행문이나 감상문을 다수 발표했고, 매일 일기를 쓰기도 했지요. 졸업 후에는 신문 기자로 오랫동안 일했고, 학교에서 문학 강의를 하기도 했답니다. 1940년대에는 소설보다 수필이나 문장론에 관한 글을 많이 썼고요. 이러한 내공이 쌓여 빛을 발한 책이 바로 『문장 강화』입니다. 이 책에는 생생한 문장론이 담겨 있지요. 이태준은 『문장 강화』에서 수필에 관해 다음과 같이 말했어요.

"작가의 면목이 첫마디부터 드러나는 글이 수필이다. 그 사람의 자연관, 인생관, 습성, 취미, 지식, 이상 이런 모든 '그 사람의 것'이 직접 재료가 되어 나오기 때문이다. 누구에게나 수필은 자기의 심적 알몸

『문장 강화』
이태준이 자신의 문장론을 정리한 책으로, 1939년 〈문장〉에서 연재하다가 중단된 것을 단행본으로 펴냈다. 1948년 박문서관에서 간행했다.

이다. 그러므로 수필을 쓰려면 먼저 '자기의 풍부'가 있어야 하고, '자기의 미(美)'가 있어야 할 것이다."

이 말대로라면 수필은 쓰기 쉬우면서도 어려운 글입니다. 누구나 쓸 수 있지만, 그 안에는 진실성이 담겨야 하지요.

이태준은 1941년 수필집인 『무서록(無序錄)』을 출간했습니다. 책의 제목인 '무서록'은 '두서없고 순서 없이 쓴 글' 정도로 해석할 수 있겠네요. '수필(隨筆)'은 '붓 가는 대로 쓴 글'이라는 뜻이니 그 뜻과 잘 통하는 제목이라 할 수 있어요. 하지만 형식의 구애 없이 붓 가는 대로 쓴다고 해도 그 안에는 글쓴이만의 관점과 깨달음이 담겨 있어야겠지요?

『무서록』
1941년 박문서관에서 간행한 이태준의 수필집이다. 「물」, 「누구를 위해 쓸 것인가」 등의 수필이 수록되어 있다.

「물」은 『무서록』에 실린 수필입니다. 「매화찬」에서 매화를 예찬한 것처럼 「물」은 물의 덕성을 예찬한 글이에요. 「물」은 "나는 물을 보고 있다."라는 짧고 평범한 문장으로 시작합니다. 이 문장처럼 이태준은 흘러가는 물을 바라보며 물의 속성을 헤아리고, 이를 통해 바람직한 삶의 자세를 끌어냈어요.

물은 보면 즐겁기도 하다. 이에겐 언제든지 커다란 즐거움이 있다. 여울^{강이나 바다의 바닥이 얕거나 폭이 좁아 물살이 세게 흐르는 곳}을 만나 노래할 수 있는 것만 즐거움은 아니다. 산과 산으로 가로막되 덤비는 일 없이 고요한 그대로 고이고 고이어 나중 날 넘쳐 흘러가는 그 유유무언^{悠悠無言, 유유한 가운데 말이 없음}의 낙관, 얼마나 큰 즐거움인가! 독에 퍼 넣으면 독 속에서, 땅속 좁은 철관에 몰아넣으면 몰아넣는 그대로 능인자안^{能忍自安, 잘 참아 내어 스스로 편안함}한다.

-이태준, 「물」 부분

겨울의 낙동강 풍경
낙동강은 영남 지방을 관통해 남해로 흘러들어 간다. 이태준은 「물」에서 강, 바다 등 물이 지니는 여러 모습과 속성에 주목하며 물이 아름답고 성스럽다고 생각했다.

바다나 강처럼 자연스럽게 흐르는 물뿐만 아니라 인공적으로 갇혔어도 깨끗한 물은 많은 사람에게 평안과 즐거움을 줍니다. 여러분도 여행지에서 물을 보면서 기분 전환을 한 적이 있을 거예요. 또한 자연스럽게 흐르는 물은 자신의 깨끗함을 훼손하면서까지 다른 것의 더러움을 씻어 내 줍니다.

이뿐만이 아니에요. 앞글처럼 물은 자신이 처한 환경을 탓하지 않고 독에 담기면 독 속에서, 지하 철관에 담기면 철관 안에서 불평 없이 자리 잡지요.

이태준 역시 이러한 물의 속성에 주목했습니다. 그 결과 이태준은 다른 것을 깨끗하게 해 주는 물이 아름답다고 생각했고, 자신의 처지에 만족하는 물을 보며 즐거움을 느꼈어요. 또한 무심하게 다른 것을

윤택하게 해 주는 물이 성스럽다고 생각했지요. 그래서 「물」의 마지막 부분에 제시한 것처럼 노자가 "최상의 선(善)은 물과 같다."라고 말한 거예요.

「물」의 문체는 간결합니다. 「매화찬」의 문장 길이와는 너무 대조되지요? 「물」의 문장 길이는 짧지만, 한자어를 적절히 사용하고 정감 있는 문체를 사용해 읽는 맛을 잘 살렸어요. 내용 역시 짧고 평범해 보이지만, 동양적 가치관과 작가만의 사색을 잘 담았지요. 결국 이태준은 사람도 물처럼 순리에 맞게 주변을 포용하며 살아가야 한다는 점을 말하고 싶었던 것이지요.

어떤가요? 온화한 성품에 고요함을 좋아했던 이태준의 면목이 잘 드러난 수필이었나요?

4 '사실주의 극'의 막이 오르다 |
희곡

'1930년대 희곡' 하면 극예술 연구회를 빼놓고는 이야기할 수가 없습니다. 극예술 연구회는 1931년 유치진을 중심으로 조직된 연극 단체예요. 극예술 연구회가 활발하게 활동하면서 본격적인 현대극이 공연되었고, 사실주의 극도 뿌리를 내렸지요. 1930년대 초에 유치진이 발표한 「토막」, 「소」 등이 대표적인 사실주의 희곡이에요. 특히 「토막」은 사실주의 극의 효시로 꼽힌답니다. 이외에도 채만식이나 함세덕, 오영진 등이 사실적이면서도 민족의식을 고취한 작품들을 발표했어요. 1920년대와는 달리 1930년대 희곡은 일제 강점기 사회의 구조적 모순을 비판하는 내용이 많았지요.

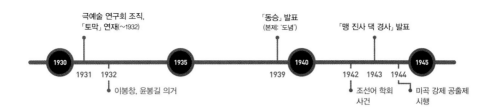

극예술 연구회 조직,
「토막」 연재(~1932)

「동승」 발표
(본제: '도념')

「맹 진사 댁 경사」 발표

1930 1931 1932 1935 1939 1940 1942 1943 1944 1945

이봉창, 윤봉길 의거

조선어 학회
사건

미곡 강제 공출제
시행

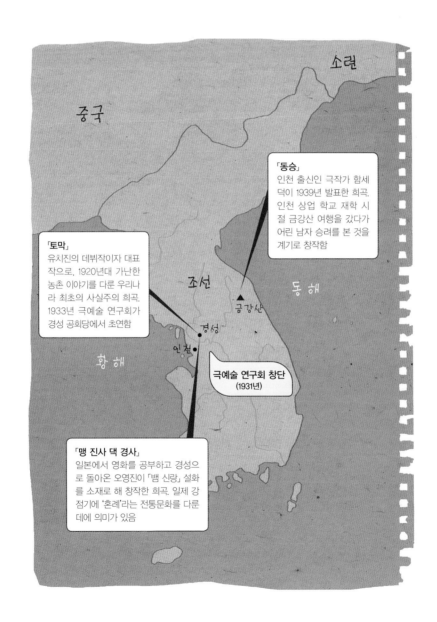

소련

중국

조선

동해

금강산

경성

인천

황해

「동승」
인천 출신인 극작가 함세덕이 1939년 발표한 희곡. 인천 상업 학교 재학 시절 금강산 여행을 갔다가 어린 남자 승려를 본 것을 계기로 창작함

「토막」
유치진의 데뷔작이자 대표작으로. 1920년대 가난한 농촌 이야기를 다룬 우리나라 최초의 사실주의 희곡. 1933년 극예술 연구회가 경성 공회당에서 초연함

극예술 연구회 창단
(1931년)

「맹 진사 댁 경사」
일본에서 영화를 공부하고 경성으로 돌아온 오영진이 「뱀 신랑」 설화를 소재로 해 창작한 희곡. 일제 강점기에 '혼례'라는 전통문화를 다룬 데에 의미가 있음

절벽 끝까지 내몰린 토막민의 삶
─ 유치진의 「토막」

2장에서 살펴보았던 김우진의 희곡 「산돼지」가 기억나나요? 「산돼지」는 우리나라 최초의 표현주의 극이었지요. 1931년과 1932년에 〈문예월간〉에 발표된 유치진의 희곡 「토막」은 우리나라 최초의 사실주의 극이랍니다. 소설뿐만 아니라 희곡에서도 사실주의 작품이 창작된 것이지요.

「토막」은 1930년대에 발표되었지만 1920년대의 가난한 농촌을 배경으로 삼았어요. 그런 의미에서 「토막」을 감상하기 전에 잠시 1910년대와 1920년대의 상황을 살펴볼까요?

일제는 식민 지배의 토대를 마련하기 위해 1910년부터 토지 조사 사업을 실시했습니다. 농민들은 토지 소유권을 인정받기 위해 토지 신고서를 제출해야 했어요. 그런데 제출 절차가 까다롭고 신고 기간도 짧아 신고하지 못한 토지가 많았지요. 신고하지 않은 토지는 조선 총독부의 소유가 되었고, 일본인들에게 헐값으로 팔렸어요. 일제는

<**문예월간(文藝月刊)**〉
1931년 11월에 창간된 문예 종합지다. 박용철이 편집하고 발행했다. 해외 문학을 주로 소개했고, 사상이 개입되지 않은 순수 문학 운동을 주도한 잡지였다.

토지 조사 사업
일제는 조선의 땅을 빼앗고 토지세 수입을 늘리기 위해 토지 조사 사업을 실시했다. 사진은 토지 조사 사업 과정에서 토지의 높낮이, 면적 등을 측정하는 모습이다.

토지 주인의 권리도 강화했습니다. 토지 주인들을 자신의 협력자로 만들기 위해서였어요.

1920년대에 일제는 산미 증식 계획을 세웠습니다. 일본 내에서 부족한 쌀을 우리나라에서 빼앗기 위해서였지요. 일제의 가혹한 수탈로 많은 농민이 소작농으로 전락하거나 빈민, 화전민 등이 되어 고향을 떠날 수밖에 없었어요. 당시 농촌 현실은 김유정의 소설「만무방」을 통해서도 알 수 있었지요.

화전민(火田民)
산간 지대에서 풀과 나무를 불살라 버리고 그 자리에 밭을 만들어 농사를 짓는 사람이다.

「토막」또한 1920년대 농촌의 비극을 크게 두 가지 이야기로 드러냈어요. 가난한 농부인 명서네 가족 이야기가 중심이고, 명서의 친구인 경선네 가족 이야기도 소개되고 있지요. 명서네 가족은 명서와 명서 처(妻, 아내), 그리고 딸인 금녀와 아들인 명수예요. 병에 걸린 명서는 생활 능력이 전혀 없지만, 끝까지 가장으로서의 체면을 지키려 하는 인물이에요. 금녀 역시 아버지처럼 몸이 불편해요. 그 때문에 명서 처가 강한 생활력으로 어려운 살림을 꾸려 갑니다.

가난과 질병에 시달리는 명서네 가족의 유일한 희망은 일본에 있는 명수입니다. 명서네 가족은 명수가 돈을 많이 벌어서 가난한 살림을 일으켜 줄 것이라고 기대하지요. 하지만 일본에 간 지 7년이 넘은 명수는 2년 전부터 가족과 연락이 되지 않습니다. 뭔가 불길한 예감이 들지요?

남자의 소리: 이 집에 최명서란 사람 있소?

명서 처: 일본서 왔수?

남자의 소리: 그렇소.

명서 처: 일본서?

그때에 사립문^{나뭇가지를 엮어 만든 문}을 박차는 듯이 한 남자 안으로 들어선다. 그는 우편배달부다. 소포를 들었다.

배달부: (들어서며) 왜 밖에 문패도 없소?

모녀: (무언(無言))

(중략)

명서 처: (흩어진 백골을 주우며) 명수야, 내 자식아! 이 토막에서 자란 너는 백골이나마 우리를 찾아왔다. 인제는 나는 너를 기다려서 애태울 것두 없구, 동지섣달 기나긴 밤을 울어 새우지 않아두 좋다! 명수야, 이제 너는 내 품안에 돌아왔다.

명서: 아아, 보기 싫다! 도루 가져가래라!

금녀: 아버지, 서러 마세유. 서러워 마시구 이대루 꾹 참구 살아가세유. 네, 아버지! 결코 오빠는 우릴 저버리진 않을 거예유. 죽은 혼이라두 살아 있어, 우릴 꼭 돌봐 줄 거예유. 그때까지 우린 꾹 참구 살아가유. 예, 아버지!

명서: 아아, 보기 싫다! 도루 가지고 가래라!

금녀의 어머니는 백골을 안치하여 놓고, 열심히 무어라고 중얼거리며 합장한다.

바람 소리, 적막을 찢는다.

-유치진, 「토막」 부분

명수는 독립운동을 하다가 투옥되고 사형을 당해 백골로 돌아옵니다. 백골 상자를 들고 온 우편배달부는 왜 문패도 없느냐며 명서네 가

토막집
토막민이 생활하던 집이다. 땅에 구덩이를 파고 그 위에 거적 따위를 얹고 흙으로 덮어 지었다. 추위나 비바람을 간신히 막을 수 있는 정도였는데, 일제 강점기 때 많은 조선인이 이런 집에서 거주했다.

족을 무시해요. 허름한 토막(土幕, 움막집)에 사는 명서네에게 문패가 있을 리가 없지요. 우편배달부는 불행한 소식을 전하고, 명서네 가족의 궁핍한 처지를 간접적으로 드러내는 역할을 하고 있어요.

명수의 백골을 본 명서 처는 절규하고, 명서는 아들의 죽음을 인정하지 않으려 합니다. 하지만 가장 어린 금녀가 어른처럼 아버지를 위로해요. 이처럼 금녀는 큰 슬픔 속에서도 현실을 극복하려는 의지가 강한 인물입니다. 유치진은 금녀의 대사에 암울한 현실을 잘 극복하면 광복의 날이 꼭 올 거라는 희망을 담은 거예요.

경선네 가족은 어땠을까요? 명서의 친구인 경선은 가난한 농민이었어요. 하지만 이자를 갚지 못해서 집을 빼앗기고, 결국 등짐장수(물건을 등에 지고 다니며 파는 사람)가 되고 말지요. 이로 말미암아 경선네 가족은 모두 고향을 떠나게 돼요.

명수네처럼 고향에 머무르든 그렇지 않든 당시 우리나라는 가난한

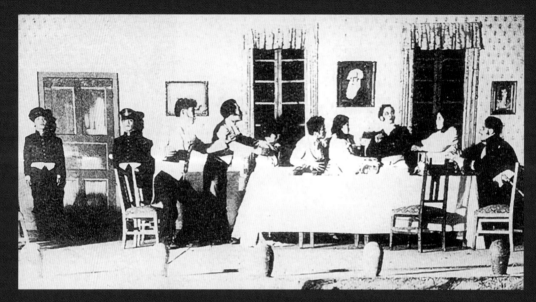

극예술 연구회

1932년 극예술 연구회의 연극 공연 모습이다. 연극과 희곡에 남다른 열정을 가지고 있었던 유치진은 1931년 국내 연극의 발전과 대중화를 위해 극예술 연구회를 조직했다. 광복 후인 1947년에는 극예술 협회를 만들었다. 유치진은 한국 연극 발전에 크게 이바지했다. 하지만 일제 강점기 말인 1940년대에 친일 연극을 제작하기도 했다.

서울 연극 학교와 유치진

유치진은 1962년부터 한국 연극 아카데미를 운영했는데, 1964년 이를 발전시켜 서울 연극 학교를 세웠다. 유치진은 서울 연극 학교의 초대 교장을 지냈다. 초기 서울 연극 학교에는 연극 전공과 영화 전공의 두 가지 과정이 있었다. 서울 연극 학교는 몇 차례 승격을 거쳐 오늘날 서울 예술 대학교가 되었다.

농민들에게 '무덤'과 같은 곳이었습니다. 이들도 염상섭의 소설 「만세전」의 주인공처럼 "무덤이다! 구더기가 끓는 무덤이다!"라고 외쳤을 지도 몰라요. 「토막」에 등장하는 두 가족의 이야기만 봐도 당시 일제의 토지 조사 사업과 산미 증식 계획이 얼마나 많은 농민에게 피눈물을 흘리게 했는지 짐작이 가지요?

유치진은 1931년 극예술 연구회를 조직하고, 1933년 2월 「토막」을 무대에 올렸습니다. 상업적인 신파극에 익숙했던 사람들은 이 창작극에 큰 관심을 보였지요. 공연을 본 당시 관객들은 "이것이 우리의 현실이다!"라며 울부짖었다고 해요.

이후 유치진은 초대 국립 극장장으로 일하고, 서울 연극 학교를 설립하는 등 우리나라 연극 발전에 큰 역할을 했답니다.

일제 강점기에 나타난 프로메테우스
– 채만식의 「제향날」

1930년대에는 일제의 검열 때문에 많은 작가가 수모를 당하거나 피해를 입었습니다. 김동인과 채만식이 대표적이었지요. 김동인은 "내 작품의 3분의 1쯤은 검열 때문에 잃어버렸다."라고 말했고, 채만식은 "내 작품의 가장 정확한 독자 수는 나 자신과 문선 직공(인쇄공) 한 사람과 교정보는 이 한 사람과 검열관 한 사람, 이렇게 총 네 사람" 이라고 말했을 정도였답니다.

극문학도 일제의 극심한 탄압에서 벗어나지 못했습니다. 일제는 희곡뿐만 아니라 희곡을 바탕으로 한 연극까지 이중, 삼중으로 검열했어요. 소설가로 유명하지만 희곡도 여러 편 남긴 채만식은 일제의 검

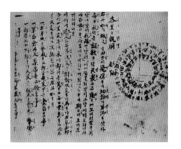

열을 피하기 위해 노력했습니다. 그 결과 중 하나가 1937년 〈조광〉에 발표한 희곡 「제향날」이에요. 채만식은 원래 이 작품을 희곡이 아닌 장편 소설로 쓰려고 했습니다. "동학 혹은 갑신정변을 제1부로, 기미 전후를 제2부로, 그 뒤에 온 시대를 제3부로, 이렇게 3부작을 쓰고, 다시 유보(遺補)로 정축(丁丑), 무인(戊寅)으로 한 편을 더 쓰고 해서" 우리나라 근대사를 소설로 창작할 생각이었지요. 하지만 이 계획은 희곡으로 변경되어 「제향날」이 탄생하게 되었어요.

김성배의 제향(祭享, 제사의 높임말)날, 김성배의 아내인 최 씨는 외손자 영오에게 남편에 관한 이야기를 들려줍니다. 「제향날」에는 채만식의 대표 소설인 「태평천하」처럼 구한말, 개화기, 식민지 세대를 대표하는 인물들이 나와요.

우선 제1막의 주인공인 김성배는 동학
농민 운동에 가담해 동학군의 접주(接主,
동학의 교구 또는 집회소의 책임자)로 크게
활약합니다. 하지만 혁명이 실패하자 공
개 처형되지요.

제2막의 주인공인 김영수는 김성배의
아들이에요. 3·1 운동을 도모한 후 쫓기
는 처지가 되어 상해(상하이)에서 독립운
동을 하지요. 김영수의 아들인 김상인은
사회주의 운동을 하며 조부와 부친의 정
신을 이어 가고요.

〈묶여 있는 프로메테우스〉
독일 화가 페테르 파울 루벤스
(Peter Paul Rubens, 1577~1640)가 1611
년부터 1612년에 걸쳐 그린 그림이
다. 바위에 묶인 채 독수리에게 간
을 쪼이며 고통스러워하는 프로메
테우스의 모습을 그렸다.

제3막에서 김상인은 영오에게 프로메테우스 이야기를 들려줍니다.
채만식이 극 중에 고대 그리스 신화를 삽입한 이유는 무엇일까요?

먼저 신화의 내용을 간단하게 소개할게요. 프로메테우스는 몰래 불
을 훔쳐 인간에게 전해 주었습니다. 이 사건으로 제우스는 크게 분노
했어요. 결국 제우스는 프로메테우스를 코카서스산에 있는 바위에 쇠
사슬로 묶어 버렸습니다. 프로메테우스는 독수리에게 간을 쪼이는 형
벌을 받았지요. 프로메테우스는 끊임없는 고통에 시달렸지만 끝까지
굴복하지 않았어요. 프로메테우스 덕분에 인간은 문명의 근원인 불을
얻게 되었지요.

채만식은 이 신화를 통해 당시 지식인들의 의무가 무엇인지를 드러
내려고 했어요. 김성배와 김영수는 부정한 세력에 강하게 저항했지
만, 결국은 처형당하거나 피신하는 처지가 됩니다. 사회주의 운동을

금강 변에 정박한 문학의 배, 채만식 문학관

우리나라 5대 강 중 하나인 금강이 지나가는 전북 군산은 채만식의 고향이자 그의 대표작 「탁류」의 배경 지역이다. 2001년, 금강 변에 배를 닮은 건물이 지어졌다. 채만식의 문학과 생애를 기념하기 위해 세워진 채만식 문학관이다.

채만식 문학관 전경
채만식 문학관에는 채만식의 작품뿐만 아니라 유품, 사진, 육필 원고와 편지 등 다양한 자료가 전시되어 있다. 문학관 2층에는 채만식 관련 영상물을 관람할 수 있는 시청각실도 마련되어 있다.

채만식 문학관 내부
채만식 문학관의 전시실 모습이다. 채만식의 삶이 보기 쉽게 정리되어 있다. 사진 왼쪽은 채만식이 사용했던 모습 그대로 재현한 집필실이다.

『채만식 단편집』

채만식의 단편집으로 1939년 학예사에서 발행했다. 「빈 제1장 제2과」, 「이런 처지(處地)」 등 당시로서는 최근의 작품이 많이 수록되었다.

『탁류』

채만식은 1937년 10월부터 1938년 5월까지 〈조선일보〉에 소설 「탁류」를 연재했다. 1939년 박문서관에서 처음 단행본으로 간행했다. 사진은 1949년에 간행된 것이다.

『배비장』

1944년 박문서관에서 간행한 채만식의 중편 소설이다. 판소리로 전해져 내려오는 설화를 재구성한 작품으로, 채만식 문학관에 육필 원고가 전시되어 있다.

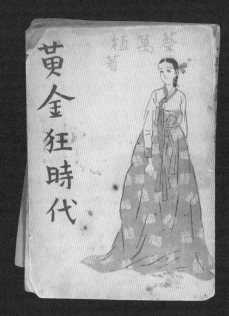

『황금광 시대』

1938년 채만식이 〈조광〉에 발표한 장편 소설 「태평천하」의 제목을 바꿔 펴낸 것으로, 1949년 중앙출판사에서 간행했다. 「태평천하」의 연재 당시 제목은 '천하태평춘'이었다.

하는 김상인 역시 미래가 낙관적이지만은 않아요. 하지만 이들의 역사 인식과 자기희생 정신이 결국은 민족 전체를 이끄는 원동력이 되었지요.

저항하는 삶을 살았던 남편과 아들을 지켜본 최 씨는 사회주의 운동을 하는 김상인을 어떻게 바라보았을까요? 최 씨는 영오를 통해 김상인이 사회주의 운동을 한다는 이야기를 듣습니다. 이 말을 들은 최 씨의 반응은 다음과 같았어요.

『제향날』
채만식이 1937년 〈조광〉에 발표한 희곡이다. 1946년 박문서관에서 간행했다.

최 씨: 무엇? 사우주? 그건 무슨 말이라든?

영오: 나도 모르겠어. 그냥, 이애 영오야! 너이 외갓집 상인이 형은 동경 가서 사회주의 한다지? 그래.

최 씨: 그럼, 아마 돈 없이 고학苦學, 학비를 스스로 벌어서 고생하며 배움한다는 말인가 부구나? 그렇다면야 어떻니? 그렇게 고학을 해서라도 공부만 착실히 잘해서 장하게 되어 가지고 잘살면 그만이지. (밤 담겨 있는 그릇을 들여다보고) 인제는 다 깠다. 그새 이애기이야기를 하느라고 벗기는 줄 모르게. (밤을 벗겨서 물에 담근 그릇을 들여다보고) 많이도 벗겼다. (마지막 벗기던 밤을 물에다가 담방 담그면서) 내가 옛날 '노구할미'뿐이다. 노구할미가 상전이 벽해되는 것을 보고는 입에 물었던 대추 씨 하나를 뱉어 놓고 벽해가 상전이 되는 것을 보고는 또 대추 씨 하나를 뱉어 놓고 연해 그런 것이 대추 씨가 모여서 큰 산이 되었다더니 나도 이애기를 하는 동안에 밤을 이렇게 많이 벳겨 놓았구나! (바깥을 우두커니 내어다보면서) 구름도 허연 게 탐스럽기도 헐어진다!

－채만식, 「제향날」 부분

최 씨는 '사회주의'라는 말을 알아듣지 못합니다. 김상인이 사회주의 운동을 한다는 것을 학비를 스스로 벌어서 배운다는 의미로 받아들이지요.

구한말부터 1930년대까지 이어졌던 이야기는 최 씨가 어느새 마지막 밤을 까고 있다는 사실에 놀라면서 끝납니다. 채만식은 제사용 밤이 쌓여 가는 상황을 묘사함으로써 상전벽해(桑田碧海, 뽕나무밭이 변해 푸른 바다가 된다는 뜻으로, 세상일의 변천이 심함을 비유적으로 이르는 말)를 거듭한 역사적 사건들이 현재에 이르렀음을 나타냈어요. 이는 김성배에서 김영수로 이어졌던 저항 의식이 김상인에게도 전해졌고, 김상인의 투쟁이 곧 시작될 것임을 암시합니다. 최 씨의 소박한 소원이 이루어지지 않더라도 말이에요.

어린 스님이 어머니를 그리워하다
– 함세덕의 「동승」

함세덕은 세계 문학 전집을 처음부터 끝까지 다 읽고, 시를 즐겨 쓰는 문학 소년이었어요. 함세덕의 관심은 목포에서 인천으로 이사하면서 희곡으로 바뀌었습니다. 이사한 집 근처에 연극인들이 자주 오가는 극장이 있었거든요. 이때부터 연극에 푹 빠진 함세덕은 상업 학교 4학년 때 직접 대본을 쓰고 연출한 연극을 선보여 호평받았지요.

함세덕은 상업 학교 5학년 여름방학 때 친구들과 금강산 여행을 가기로 했어요. 부모님이 허락하지 않자 관악산에 간다고 거짓말한 후 기어이 금강산으로 떠났지요. 금강산 만폭

함세덕(1915~1950)
인천에서 태어난 함세덕은 1930년대부터 유치진, 김소운 등과 교류하며 희곡 창작에 관심을 가졌다. 1936년 〈조선문학〉에 희곡 「산허구리」를 발표하며 등단했다. 1940년대에 친일 극단인 현대 극장의 회원이 되어 친일 활동을 했다.

금강산 마하연
마하연은 신라 때인 661년에 처음 세워진 사찰이다. 이후 여러 번 보수하고 다시 지었는데, 6 · 25 전쟁 때 불에 타 없어졌다. 사진은 1926년에 촬영한 것이다.

동 계곡에 있는 마하연이라는 절에서 사미승(沙彌僧, 어린 남자 승려)을 본 함세덕은 강렬한 인상을 받았어요. 이것이 「동승」을 쓰게 된 동기였답니다.

「동승」은 1939년 3월 〈동아일보〉가 주최한 제2회 연극 경연 대회에 '도념'이라는 제목으로 출품한 희곡입니다. 이 작품은 여러 극단이 무대에 올렸고, 〈마음의 고향〉이라는 영화로도 제작되었어요. 그런데 함세덕은 왜 작품 제목을 극 중 주인공 이름인 '도념(道念)'에서 '동승(童僧)'으로 바꾸었을까요? '동승(童僧)'이라는 두 글자에 각각 담긴 의미가 작품의 주제 의식을 잘 보여 주기 때문이지요.

    도념: (홀연히) 스님, 전 세상에 가서 살구 싶어요.

주지: 닥디려'닥처'의 사투리! 무얼 잘했다구 또 그런 소릴 하구 있니?

도념: 절더러 거짓말한다구만 그러지 마시구, 저한테 어머니 계신 데를 가르쳐 주십쇼.

주지: 네 어미란 대죄를 지은 자야. 너에겐 에미라기보다 대천지원수라는 게 마땅하겠다. 파계破戒 불가에서 계율을 어기고 지키지 아니함를 한 네 에미 죄의 피가 그 피를 받은 네 심줄에 가뜩 차 있으니까. 너는 남이 한 번 헤일 염주면 두 번 헤어야 한다.

도념: 왜 밤낮 어머니 욕만 하십니까? 아름다운 관세음보살님은 그 얼굴처럼 마음두 인자하시다구 하시지 않으셨어요? 절에 오는 사람마다 모두들 우리 엄마는 이뻤을 것이라구 허는 걸 보면 스님 말씀 같은 그런 무서운 죄를 지으셨을 리가 없어요.

–함세덕, 「동승」 부분

〈마음의 고향〉(1949)
함세덕의 「동승」을 각색해 제작한 영화다. 윤용규가 감독을 맡았고 변기종, 유민 등이 출연했다. 뛰어난 예술성을 인정받아 제1회 서울시 문화상을 수상했다.

14세의 사미승인 도념은 자기를 버리고 달아난 어머니를 찾으려고 합니다. 하지만 주지는 도념의 어머니가 큰 죄를 지었다는 이유로 완강히 반대하지요. 원래 여승이었던 도념의 어머니는 한 사냥꾼과 눈이 맞아 함께 도망갔거든요. 사생아(私生兒, 법률적으로 부부가 아닌 남녀 사이에서 태어난 아이)로 태어나 인삼 밭에 버려진 도념을 주지가 데려다 사미승으로 키웠어요.

도념은 어머니가 자신을 데리러 올 것이라 확신하고 어머니를 기다립니다. 승려이기 전에 한 어린아이로서 당연한 일이지요. 어머니에

『동승』
1947년 박문서관에서 간행한 함세
덕의 희곡집이다. 「동승」, 「추석」,
「무의도 기행」, 「해연」, 「감자와 족
제비와 여교원」 등 총 5편의 희곡
이 실려 있다.

대한 그리움이 너무 커서였을까요? 도념은 죽은 아들의 제를 지내러
온 아름다운 미망인(未亡人, 남편이 죽고 홀로 남은 여자)에게 어머니의
사랑을 느낍니다. 미망인 역시 도념에게 연민을 느끼고, 도념을 양자
(養子, 입양으로 자식의 자격을 얻은 사람)로 삼으려고 하지요. 하지만 도
념이 어머니의 목도리를 만들기 위해 숨겨 둔 토끼 가죽이 발견되면
서 미망인의 양자로 가려던 일이 취소되고 말아요. 미망인은 주지의
반대를 순순히 받아들이고요.

주지는 도념이 파계한 어머니의 죄를 물려받았기 때문에 그 죄를
없애기 위해서 더욱 열심히 불공을 드려야 한다고 생각합니다. 이로
말미암아 도념의 갈등이 생기지요. 어린아이[童]지만 동시에 승려의
신분[僧]에 따라 행동해야 하니까요. 이러한 도념의 처지를 드러내는
말이 바로 이 희곡의 제목인 '동승(童僧)'입니다.

결국 도념은 주지의 바람과는 반대로 절을 떠납니다. 도념에게 필
요한 것은 종교적인 속죄와 깨달음이 아니라 인간적인 사랑이었던 것
이지요. 하지만 도념에게 애정의 대상은 어머니나 미망인만이 아니었
어요.

도념이 몰래 절에서 빠져나왔을 때 법당에서 주지가 불경을 읽는 소
리가 들립니다. 도념은 발걸음을 멈추고는 어머니가 오면 드리려 했던
잣을 한 움큼 꺼내서 절 바깥문 앞에 놓은 후 이렇게 말하지요.

　도념: (무릎을 꿇고) 스님, 이 잣은 다람쥐가 겨울에 먹으려구 등걸줄기를

잘라 낸 나무의 밑동 구멍에다 뫄 둔 것을 제가 아침이면 몰래 꺼내 뒀었어요. 어

머니 오시면 드리려구요. 동지섣달 긴긴밤 잠이 안 오시어 심심하실 때

깨무십시오. (산문에 절을 한 후) 스님, 안녕히 계십시오.

-함세덕,「동승」부분

도념과 가장 극적인 갈등을 보인 인물은 주지입니다. 하지만 주지의 속마음에는 도념에 대한 애정이 깔려 있었어요. 도념 또한 어머니에 대한 그리움을 이기지 못해 절을 떠나지만, 주지에 대한 미안함과 애정이 있었지요. 「동승」은 등장인물 간의 갈등을 섬세하게 표현한 작품이지만, 등장인물들이 선과 악으로 나뉘지 않아요. 함세덕은 이 작품을 통해 종교적 계율보다는 인간다운 삶과 참다운 사랑에 관해 말하고 싶었던 것이 아니었을까요?

웃음도 주고, 교훈도 주고
– 오영진의 「맹 진사 댁 경사」

옛날에 한 노부부가 있었습니다. 할머니가 자식을 기원해 아들을 낳았는데 뱀이었어요. 세월이 흘러 나이가 찬 뱀 아들은 김 정승의 딸에게 장가를 들고 싶어 했습니다. 김 정승에게는 딸이 세 명 있었어요. 김 정승은 세 딸에게 뱀 아들의 의사를 전달했습니다. 첫째 딸과 둘째 딸은 거절했지만, 셋째 딸은 아버지의 뜻이면 따르겠다고 말했어요.

뱀 아들과 김 정승의 셋째 딸이 혼인하던 그날 밤, 뱀 신랑은 허물을 벗고 잘생긴 선비로 변신했습니다. 신랑은 뱀 허물을 신부에게 주면서 잘 보관하라고 했어요. 만약 허물을 없애면 다시는 자기와 만나지 못할 것이라고 말한 후 과

오영진(1916~1974)
평남 평양에서 태어난 오영진은 경성 제국 대학교 재학 중 〈조선일보〉에 「영화예술론」이라는 논문을 발표하며 등단했다. 이후 20편이 넘는 희곡과 시나리오를 집필했다. 사진은 경성 제국 대학교 재학 시절의 모습이다.

거를 보러 떠나지요. 이 사실을 알게 된 두 언니는 질투심에 뱀 허물을 몰래 훔쳐다가 태웠어요. 허물이 타는 냄새를 맡은 신랑은 신부에게 돌아가지 않았지요.

신부는 신랑을 찾기 위해 지하 세계로 떠납니다. 가까스로 만난 신랑에게는 다른 아내가 있었지요. 신랑은 몇 가지 시험에 통과하는 사람을 진짜 아내로 삼겠다고 말합니다. 신부는 신랑의 새 아내와 내기해서 이겼고, 둘은 다시 부부가 되어 행복하게 살았어요.

지금까지 소개한 이야기는 민담인 「뱀 신랑」의 줄거리예요. 극작가 오영진은 전통적인 소재로 작품을 즐겨 썼는데, 「뱀 신랑」에서 소재를 가져온 작품이 바로 1943년 〈국민문학〉에 발표한 「맹 진사 댁 경사」랍니다. 지금부터 살펴볼 「맹 진사 댁 경사」와 「뱀 신랑」을 잘 비교해 보고, 어떤 공통점이 있는지 알아맞혀 보세요.

「맹 진사 댁 경사」의 시간적 배경은 조선 시대 말기입니다. 작품 제목을 보니 맹 진사의 집안에 무슨 경사가 일어난 것 같지요? '진사' 자리를 돈으로 산 맹 진사는 탐욕스럽고 이기적인 인물입니다. 맹 진사는 자신의 딸인 갑분을 세도가(勢道家, 정치상의 권세를 휘두르는 사람. 또는 그런 집안)인 김 판서 댁 미언과 혼인시키기로 하고는 우쭐대지요. 그러던 어느 날, 맹 진사는 미언의 숙부인 김명정에게서 미언이 절름발이라는 말을 듣게 돼요. 경사를 앞두고 있었던 맹 진사의 집안은 발칵 뒤집혀요.

갑분은 미언에게 시집가지 않겠다고 고집을 피웁니다. 맹 진사는 궁리 끝에 하인인 입분을 갑분인 것처럼 꾸며 혼례를 치르기로 하지요. 혼례 당일, 미언은 절름발이가 아니라 멀쩡하고 잘생긴 모습으로 나타

납니다. 맹 진사의 집안은 또다시 한바탕 소동이 일어나지만, 예정대로 미언과 입분의 혼례가 치러지지요. 왜 미언은 자신이 절름발이라는 거짓 소문을 낸 것일까요?

미언: (입분의 손목을 지그시 잡으며) 놀라지 마시오. 이번 일을 이렇게 꾸민 사람도 실상은 나였소. 내가 그같이 꾸몄든 것이오. 내 명정 숙부로 하여금 절룩발이라고 헛소문을 내게 한 것도 기실은 나였소.

입분: 네?

미언: 그 정도가 지나쳐서 그대를 이렇게까지 괴롭힐 줄은 몰랐소.

입분: 서방님…… 무슨 연유로 그런…….

미언: 그 연유는? 아가씨는 터득지 못하겠소? 내가 무엇을 구해서 그런 장난을 했으며 무엇을 찾아서 그런 일을 꾸몄는지 짐작하지 못하겠

소?

입분: 잘 모르겠어요.

미언: ……사람의 마음, 더욱이 여자의 마음, 그 마음의 참된 무게와 깊이가 알고 싶었든 것이오. 병신이라든가 거지라든가 돈이 있다든가 없다든가 이것은 모두가 겉치레뿐이오. 이러한 부자나 영화에 취한 사람들하구도 사귀어 볼 대로 사귀어 봤구. 그 마음씨의 천박함에는 진절머리가 나도록 겪은 나요. 내가 참으로 찾든 마음씨는 당신과 같은 참된 사람이오. (중략) 당신이야말로 내가 찾든 아내요.

－오영진, 「맹 진사 댁 경사」 부분

미언은 신부의 진심을 확인하고 싶어서 거짓 소문을 낸 거예요. 조건에 상관없이 자신을 사랑하는 사람을 신부로 맞이하기 위해 지혜를 발휘한 것이지요. 갑분은 아버지 맹 진사처럼 이기적이고 질투심이 강한 인물이었고, 입분은 종이었지만 마음씨가 착한 인물이었거든요.

이로써 맹 진사 댁에 '경사'가 될 뻔했던 혼례는 미언과 입분의 '경사'가 되었습니다. 따라서 이 작품의 제목은 실제 의미와 반대되는 반어적 표현이에요. 이러한 반어적 표현은 맹 진사를 풍자하고 조롱하는 효과를 높여 주지요.

혹시 「맹 진사 댁 경사」와 「뱀 신랑」의 공통점을 발견했나요? 네, 맞습니다. 착한 인물인 김 정승의 셋째 딸과 입분이 모두 행복한 결말을 맞이하지요. 권선징악(勸善懲惡, 착한 일을 권장하고 악한 일을 징계함)이라는 교훈도 주고요.

또한 「맹 진사 댁 경사」와 「뱀 신랑」의 중심 소재는 우리 조상들이 중요하게 여긴 '관혼상제' 중 하나인 '혼례'입니다. '관혼상제(冠婚喪祭)'란 유교적 원리에 바탕을 둔 가정 행사로, 관례·혼례·상례·제례를 가리키는 말이에요. 오영진은 혼례를 소재로 한 「맹 진사 댁 경사」 외에도 상례와 제례를 다룬 「배뱅이굿」과 「한네의 승천」도 창작했답니다.

일제의 민족 말살 정책이 강력하게 추진되었던 일제 강점기 말에 한국적인 해학과 풍자가 담긴 「맹 진사 댁 경사」가 발표된 것은 중요한 의미를 지닙니다. '웃음도 주고 교훈도 준' 이 작품은 연극으로도 큰 성공을 거두었어요.

오영진은 당시 조선에는 글을 읽거나 쓸 줄 모르는 사람이 많아서 민족 계몽을 위해서는 영화가 좋겠다고 생각했습니다. 그래서 일본으로 건너가 영화 제작소에 입사해 영화를 연구했지요. 오영진은 희곡뿐 아니라 시나리오와 영화 평론도 발표해 우리나라 영화 발전에 크게 이바지했어요. 「맹 진사 댁 경사」 역시 1956년 '시집가는 날'이라는 제목의 영화로 제작되었답니다.

〈시집가는 날〉(1956)
오영진의 희곡 「맹 진사 댁 경사」를 바탕으로 1956년에 제작된 영화다. 이병일이 감독을 맡았고 조미령, 김승호, 김유희 등이 출연했다. 한국 영화 최초로 국제 영화제인 아시아 영화제에서 특별 희극상을 수상했다.

서정주의 시를 교과서에 실어야 할까?

한국 문학사를 다룰 때 서정주를 빼 놓고 이야기하기는 힘들어요. 서정주가 뛰어난 언어 감각으로 자신만의 독특한 감수성을 표현한 시인이라는 점에 많은 사람들이 동의하지요. 하지만 서정주의 시를 교과서에 싣는 문제에 대해서는 의견이 분분해요. 왜일까요? 서정주가 친일 시를 썼기 때문입니다. 서정주의 시 중에 「마쓰이 오장 송가」라는 시가 있어요. 이 시는 조선인 최초로 가미카제 특공대원이 된 인재웅을 예찬하는 내용이에요. 인재웅이 창씨개명해 일본식으로 바꾼 이름이 마쓰이 히데오지요. 제2차 세계 대전 당시 일본의 가미카제 특공대는 폭약을 매단 전투기를 몰고 연합군 수송선단을 향해 돌진했어요. 제국주의 일본을 위해 목숨을 바친 조선 청년 마쓰이의 죽음에 대해 서정주는 다음과 같이 노래합니다.

우리의 동포들이 밤과 낮으로/정성껏 만들어 보낸 비행기 한 채에/그대, 몸을 실어 날았다간 내리는 곳/소리 있이 벌이는 고운 꽃처럼/오히려 기쁜 몸짓 하며 내리는 곳/조각조각 부서지는 산더미같은 미국 군함!

물론 일제 강점기에 친일 작품을 발표한 문인이 서정주뿐인 것은 아니에요. 하지만 친일 행위를 반성하고 이를 작품에 담아낸 경우도 있습니다. 친일 작품을 쓴 문인 중 한 명인 채만식은 광복 후에 「민족의 죄인」이라는 소설을 발표했어요. 이 소설에서 채만식은 친일 행위의 정도와는 상관없이 친일 행위를 했다는 사실 자체가 중요하다며 반성하고 고백합니다. 이런 자기반성을 거쳤기 때문에 채만식은 「논 이야기」나 「미스터 방」과 같은 작품을 쓸 수 있었던 것이지요. 서정주는 자신의 친일 행위에 대해 살아남으려 어쩔 수 없이 한 일이라고 변명했습니다. 하지만 이후 서정주의 행보에서는 후회와 반성을 찾을 수 없어요.

다음은 전두환이 대통령이던 1987년에 서정주가 쓴 「처음으로」라는 시예요.

이 나라가 통일하여 흥기할 발판을 이루시고/쉬임 없이 진취하여 세계에 웅비하는/이 민족 기상의 모범이 되신 분이예!//이 겨레의 모든 선현들의 찬양과/시간과 공간의 영원한 찬양과/하늘의 찬양이 두루 님께로 오시나이다

이 시는 서정주가 전두환의 생일에 바친 것으로, 전두환을 예찬하는 내용입니다. 1980년대에 서정주는 독재 정권의 편에 서서 정권에 저항하는 민주화 운동을 비난했어요. 이러한 행동은 어쩔 수 없이 친일 시를 썼다는 서정주의 변명을 무색하게 만들지요.

서정주가 이런 시들을 쓴 것과는 별개로 서정주의 좋은 시들은 교과서에 실을 수 있지 않느냐고 말할 수도 있습니다. 그런데 작가와 작품을 분리해서 생각할 수 있을까요? 서정주의 '좋은' 시와 친일 시는 결국 한 사람의 작품이에요. 작가와 작품을 분리할 수 없다면, 아무리 좋은 시라고 하더라도 친일 시를 쓴 시인의 작품을 무조건 긍정적으로 읽을 수 있을까요?

이때 '좋은' 시의 기준이 무엇인지도 중요한 문제입니다. 서정주의 '좋은' 시는 교과서에 실어도 된다고 할 때, 어떤 시가 좋은 시일까요? 예전에는 순수 문학이 좋은 문학이라는 견해가 널리 퍼져 있었습니다. 순수 문학이란 어떤 이념이나 가치에 얽매이지 않고 자유로운 문학을 말하지요. 그런데 순수한 문학이라는 것이 정말 있을까요? 온전히 자유롭고 순수한 문학이란 존재하지 않는 것일지도 모릅니다. 현실로부터 자유롭고자 하는 것 역시 하나의 가치이니까요. 때문에 순수성을 기준으로 좋은 문학을 판단하기는 어려워요. 대신 그 문학이 지향하고 있는 가치가 무엇인가를 기준으로 삼을 수는 있지요.

그렇다고 서정주의 시를 교과서에 싣지 말자는 것은 아니에요. 한 문인을 여러 측면에서 평가할 수 있는 기회가 마련되어야 한다는 것입니다. 서정주의 시를 교과서에 실을 때 「화사」나 「동천」 같은 시와 「마쓰이 오장 송가」 같은 시를 함께 싣는다면 어떨까요? 그런 교과서로 서정주의 시를 배운다면 여러분은 서정주에 대해 어떻게 평가할까요?

〈대한민국 문학관 지도 – 전국 방방곡곡으로 떠나는 문학 여행〉

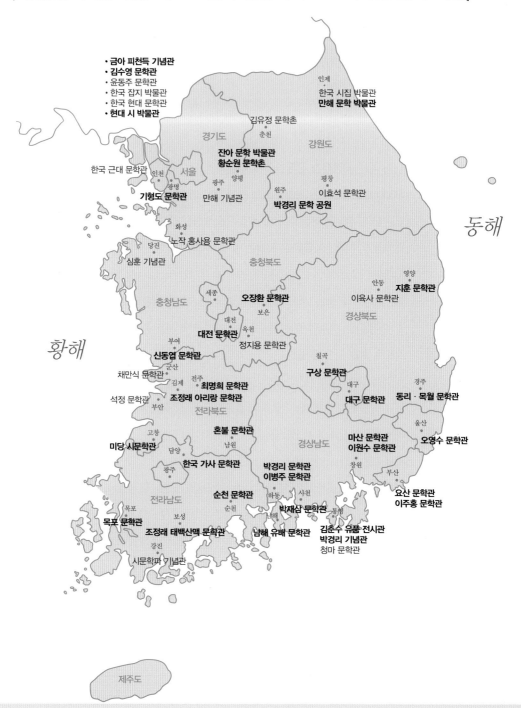

· 금아 피천득 기념관
· 김수영 문학관
· 윤동주 문학관
· 한국 잡지 박물관
· 한국 현대 문학관
· 현대 시 박물관

인제
한국 시집 박물관
만해 문학 박물관

김유정 문학촌
춘천

경기도

강원도

잔아 문학 박물관
황순원 문학촌

한국 근대 문학관

인천 서울

광명
양평
만해 기념관
광주

평창
이효석 문학관

원주
박경리 문학 공원

동해

화성
노작 홍사용 문학관

당진

심훈 기념관

충청북도

영양
지훈 문학관

안동

충청남도

세종

오장환 문학관

보은

이육사 문학관

경상북도

대전
대전 문학관

옥천
정지용 문학관

부여

신동엽 문학관

군산

칠곡
구상 문학관

채만식 문학관

김제 전주

대구

경주

석정 문학관

최명희 문학관
조정래 아리랑 문학관

대구 문학관

동리 · 목월 문학관

부안

전라북도

고창

혼불 문학관

남원

경상남도

마산 문학관
이원수 문학관

울산

오영수 문학관

미당 시문학관

담양

창원

광주

한국 가사 문학관

박경리 문학관
이병주 문학관

부산

순천 문학관

전라남도

목포

목포 문학관

보성

순천

하동

사천

박재삼 문학관

요산 문학관
이주홍 문학관

벌교

통영

조정래 태백산맥 문학관

남해 유배 문학관

김준수 유품 전시관
박경리 기념관
청마 문학관

강진

시문학파 기념관

제주도

298   한국 현대 문학사를 보다

윤동주 문학관

윤동주 관련 자료를 전시하는 곳이다. 근교에 '윤동주 시인의 언덕'이 있다.

서울 종로구 창의문로 119   02-2148-4175

한국 잡지 박물관

잡지 전문 박물관으로, 우리나라에서 발행된 잡지 9000여 종을 소장하고 있다.

서울 영등포구 여의대방로67길 11   02-360-0041

한국 현대 문학관

한국 현대 문학 관련 자료를 전시하는 곳이다. 다양한 체험 프로그램도 운영하고 있다.

서울 중구 동호로 268   02-2277-4857

한국 근대 문학관

한국 근대 문학 관련 자료를 전시하는 곳이다. 일제 강점기에 세워진 창고 건물을 활용해 지었다.

인천 중구 신포로15번길 76   032-455-7165

노작 홍사용 문학관

홍사용을 기념하기 위한 문학관이다. 각종 강좌, 연극 공연 등도 진행한다.

경기 화성시 노작로 206   031-8015-0880

만해 기념관

한용운을 문학과 생애를 기념하기 위한 곳이다. 전시실과 학습실, 조각 공원 등이 조성되어 있다.

경기 광주시 남한산성면 남한산성로792번길 24-7   031-744-3100

김유정 문학촌

김유정의 고향인 춘천 실레 마을에 있다. 문학촌 내에는 전시관, 생가, 체험방 등이 있다.

강원 춘천시 신동면 김유정로 1430-14   033-261-4650

이효석 문학관

이효석 관련 자료를 전시하는 곳이다. 주변에 이효석 생가가 있으며, 매년 9월 효석 문화제가 열린다.

강원 평창군 봉평면 효석문학길 73-25   033-330-2700

한국 시집 박물관

한국 근현대 시집을 전시하는 곳이다. 도서관과 체험 공간도 마련되어 있다.

강원 인제군 북면 만해로 136   033-463-4082

정지용 문학관

정지용의 문학과 생애 관련 자료를 관람하고, 체험실과 영상실에서 다양한 프로그램을 경험할 수 있다.

충북 옥천군 옥천읍 향수길 56   043-733-6078

심훈 기념관

심훈 관련 자료를 전시하는 곳이다. 가까운 곳에 심훈이 「상록수」를 집필한 집인 '필경사'가 있다.

충남 당진시 송악읍 상록수길 105   041-360-6883

석정 문학관

신석정의 문학 세계를 기념하기 위한 곳이다. 신석정과 교류한 문인들의 작품도 전시하고 있다.

전북 부안군 부안읍 석정로 63   063-584-0560

채만식 문학관

채만식의 작품과 유품을 전시하고 있다. 군산은 채만식의 고향이자 묘소가 있는 곳이다.

전북 군산시 강변로 449   063-454-7885

시문학파 기념관

김윤식, 박용철, 신석정, 정지용 등 시문학파의 작품과 유품을 전시하는 곳이다.

전남 강진군 강진읍 영랑생가길 14   061-430-3187

이육사 문학관

이육사의 문학과 생애를 기념하기기 위한 곳이다. 독립운동 관련 자료도 함께 전시하고 있다.

경북 안동시 도산면 백운로 525   054-852-7337

청마 문학관

유치환 문학과 생애 관련 자료를 전시하는 곳이다. 복원한 생가도 함께 있다.

경남 통영시 망일1길 82   055-650-2660

사진 제공처

20쪽 『금수회의록』/ 국립한글박물관

30쪽 상우 『춘원시가집』/ 국립한글박물관

30쪽 하 『나의 고백』/ 국립한글박물관

31쪽 하 『문장독본』/ 국립한글박물관

42쪽 하 〈소년〉 창간호 / 국립민속박물관

43쪽 묵호 등대 / ⓒJinho Jung

52쪽 〈황성신문(皇城新聞)〉/ 국립중앙박물관

69쪽 모란봉과 대동강 / 국립민속박물관

70쪽 염상섭 동상 / 대한민국역사박물관

82쪽 상 부시쌈지 / 국립민속박물관

112쪽 백담사 만해 기념관 / ⓒJijw

116쪽 하 겨울의 두만강 / ⓒFarm

129쪽 『금강산 유기』/ 국립한글박물관

130쪽 금강산 구룡폭포 / ⓒUwe Brodrecht

134쪽 하 그믐달 / ⓒESO

135쪽 보름달 / ⓒJorge Mejía peralta

154쪽 하 용인 이씨 족보 / 국립민속박물관

157쪽 하 〈삼천리(三千里)〉/ 국립한글박물관

167쪽 하우 『사상의 월야』/ 국립한글박물관

172쪽 상좌 경성우편국 옆 거리 / 국립민속박물관

172쪽 상우 경성 조선 호텔 / 국립민속박물관

172쪽 하 종로의 상점과 행인들 / 국립민속박물관

173쪽 상 종로 시가지 풍경 / 국립민속박물관

173쪽 하 경성역 / 국립민속박물관

175쪽 〈조광(朝光)〉/ 국립한글박물관

177쪽 1930년대 청계천 빨래터 / 국립민속박물관

183쪽 김유정 기념 전시관에 전시된 「봄 · 봄」/ 한국문화관광연구원

185쪽 〈조선일보〉에 실린 「만무방」, 〈조선일보〉

191쪽 〈사랑방 손님과 어머니〉(1961) / 영화 〈사랑방 손님과 어머니〉

202쪽 봉평 메밀꽃밭 / ⓒJE Jin

208쪽 하 〈가톨릭청년(-靑年)〉/ 국립민속박물관

220쪽 설날 풍경 / ⓒRepublic of Korea

225쪽 『백석 시 전집』/ 국립한글박물관

228쪽 『시론』/ 국립한글박물관

247쪽 유치환 생가 / 한국관광공사

263쪽 「청춘 예찬」 문비 / 한국학중앙연구원

266쪽 일제 강점기 평남 진남포의 풍경 / 국립민속박물관

267쪽 MJB 커피 / ⓒRoadsidepictures

268쪽 사군자 / 국립중앙박물관

270쪽 『문장 강화』/ 국립한글박물관

271쪽 『무서록』/ 국립한글박물관

272~273쪽 겨울의 낙동강 풍경 / ⓒSeongbin Im

282쪽 상해 임시 정부 기념관 / ⓒEricmetro

289쪽 〈마음의 고향〉(1949) / 영화 〈마음의 고향〉

295쪽 〈시집가는 날〉(1956) / 영화 〈시집가는 날〉